俳諧の詩学

俳諧の詩学

川本皓嗣

岩波書店

俳句の「意味」とは——序に代えて

A　お邪魔します。また論文のことでご相談したいんですが。
B　どう、仕事ははかどっていますか。
A　ええ、なんとか進んでいたんですけど、とつぜん言ってることに自信がなくなって。あせるばかりで、一行も書けなくなったんです。
B　ははあ。
A　もう頭のなかが真っ白です。
B　いったいどうしたの。
A　先生、文学研究って何ですか。学問ですか。
B　なるほど、悩み込んじゃったわけだ。いいね。論文の途中で一度、パニックにおちいるのはいいことです。とくに初めての大論文ではね。どうぞしっかり悩んでください。
A　そんな。よくあることですか。
B　まあ人によるけど、珍しいことではないね。優秀な学生ほどそうかもしれない。

A　で、どう考えればいいんですか。文学のことですけど。

B　いちばんかんたんな答え方は、こうです。現に多くの大学で文学の教育と研究が行なわれている。専門の教師がおり、学生がいる。だから社会によって意義と必要性を認められた、りっぱな学問である。もっとも今では、地球規模で生き残りを賭けた大競争が始まり、弱肉強食のあられもない弾圧や強奪がはびこるなかで、文学などは無用の学問として、座敷の片隅に追いやられたり、下手をすると箒で外に掃き出されたりするケースもあるようだ。でも、これはとんでもない間違いで、そういう今こそ文学の力が必要だと思うけどね。

A　もし学問だとしたら、真理を追究するわけでしょう。

B　一応、そういうことだ。学問は理論的真理にかかわり、技術は特定の結果を生み出す方法にかかわる。むろん、自然科学の場合とは違って、文学的な「真理」の幅というか、許容誤差のようなものは、相当に大きいだろうけどね。

A　では例えば文学の解釈に、これは真理だと言えるものがありますか。手近な例で言いますと、『おくの細道』に出てくる芭蕉の句に、

田《た》一枚植ゑて立ち去る柳かな

というのがありますね。芭蕉が那須から白河へ向かう途中で、遊行柳《ゆぎょうやなぎ》を見に立ち寄って、詠んだ句です。この解釈を調べているうちに、なんだか考え込んじゃったんです。

B　遊行柳というのは、西行法師がその昔、ええと何だっけ、「道のべに清水《しみづ》流るる柳かげしばしとてこそ立ちどまりつれ」という歌を詠んだ、名高い柳だね。謡曲『遊行柳』の材料にもなっている。

A　ええ。で、この句の意味ですが、例えば今栄蔵編『新潮日本古典集成五一　芭蕉句集』（一九八二）の注は、こうなっています。「西行ゆかりの柳の陰にたたずみ、しばし懐古の情にふけって、ふと気づくと、早乙女《さおとめ》はすでに田一枚を植え終っている。ああ思わず時が経ったなあと、思いを残して柳のもとを立ち去ったことだ」〔今　一七九〕。ほかの解釈も、たいていは似たり寄ったりです。ところがこの定説に対して、気になる異論が出ているんです。尾形仂《つとむ》『松尾芭蕉』（一九七一）で見つけました。問題なのは、「田一枚」を植えたのは誰かという点です。

その尾形説〔尾形A　七二―七七〕によると、ここで芭蕉は謡曲『遊行柳』の幻想世界に入り込み、みちのく巡礼のワキ僧を気取っているのだ――つまり、謡曲でよくワキ僧がやるように、柳の精や西行の「跡をとぶらい」、魂を鎮めようとして、芭蕉自身がせめてもの手向けにと、田に下り立って、早乙女たちといっしょに田を一枚植えたのだというのです。とても面白い見方ですし、文法的に見てもたしかにこの方が、「植ゑ」たのと「立ち去」ったのが別人ではないという点で、より自然だと思います。それにしても、この二説は真っ向から対立しています。その上、ついでですが、「立ち去」ったのは芭蕉ではなく、農夫や早乙女たちだという説まであるんです。これは、どう考えればいいんでしょうか。

B　どう、というと。

A　もちろん、真理は一つだから、どうしても一つに決めてほしい、なんて素朴な注文をつけているんじゃないんです。ただこんなふうに、同じ問題にいくつもの違った「答え」が平気な顔で出されていて、どれもが本当らしく見えるとき——逆に言えば、どれもが決定的な証明を欠いているときに、「学者」のはしくれとしては、どういう態度をとればいいんでしょうか。どの説にしても、いわゆる「科学的」な証明なんか、できっこないですよね。

B　できません。

A　初めのうちは、この句が例外的に難しいから、もともと意味があいまいだから、こういう問題が起こると思っていたんです。いわゆる「原則に対する例外」で、ほかのたいていの句については、安定して揺るぎのない解釈、つまり真理の読み取りが成り立つだろう、そうたかをくくっていました。まあ、厳密な証明はむりだとしてもですね。

　ところが、だんだんほかの句に当たっていくうちに、たいてい大なり小なり解釈の違いがあることがわかりました。いやそれどころか、そのつもりで見ていくと、何の問題もなさそうな単純な句の解釈さえ、なんだか疑わしくなってきたんです。そんな句でも、やはりその気になれば、ほかにいろいろ面白い解釈ができそうだし、しかも、そうした解釈をはっきり否定する根拠はどこにもない、というわけですね。そうなると、自分がいったい何をやっているのか、わけがわからなくなってきたんです。

B　答えがはっきりしないので、いらいらするってことですか。

A　いや、いろんな解釈ができること自体は、べつにいいんです。文学なんだから、そういうことは当然あるだろうと思います。しかし、それなら「研究」の方はどうなるんでしょう。もし文学も学問の一種だとすると、その学問の研究者としては、せめて態度の上だけでも、ただ一つの真実にこだわるべきでしょうか。きょろきょろ日和見《ひよりみ》をしたりせず、断固としてどれか一つの説に味方して、その論証につとめたほうがいいんでしょうか。たいていの学者は、少なくとも表面では、できるだけ異説の弱味をついて、あくまで自説こそが真理であるという言い方をしているようですが。

B　言い方、というのは面白い言い方だね。その点をさきに片づけよう。文学ばかりでなく、ほかの分野でもそうだけど、論文のスタイルとしては、なるべくはっきりと、自説こそが真理であるかのように、言い切ることが望ましい。「……と思われもする」とか、極端な場合には、「……と言えなくもないのではなかろうか」なんて、妙にふんぎりの悪い言い方を濫用するのは、警戒のしすぎでかえって嫌味だよ。

A　ええ、よくわかります。でも慣れないうちは自信もないし、断言するのが空おそろしくて、つい及び腰になっちゃうんですよね。

B　どうせ論文を書くというのは、限られた個人が限られた、つまり多少なりとも偏った主張をすることだね。完璧を期してどれほど努力しても、それが究極の決定版ということには、けっしてならない。むしろ他人からいろいろつつかれ、批判されることで、主張はさらに練り上げられていくわけだ。それならば、誰かに揚げ足をとられるのを怖がって、いちいち裾の乱れなんかを気にかける必要はない。むしろ素直に、旗幟《きし》鮮明に主張を打ち出す方が、よほど謙虚なやり方だろう。といっても、これはあくまで文体の話だよ。論文の内容の方まで粗っぽい独断と偏見を押し通せというのではけっしてない。

A　はい。気をつけます。

B　それは余談だけど、ともかく君が俳句のことで解釈の問題に突き当たったのは、まさに当然の成り行きだよ。これはどんな文学形式にも通じることだけど、なかでもそうした問題がいちばんはっきり表われるのが詩、詩のなかでも俳句だと思う。その意味で、話がしやすいね。

独断と偏見を恐れずに言えば、詩というものの特徴は二つある。表現の意外性と意味の不確定性だ。まずどこか引っかかる、へんな言い方をすることと、それから、その意味がよくわからないこと――これがそうだと意味をはっきり断定できないことだ。これは文学一般のもつ特徴だけど、詩はとくにそう。というよりも、そういう特徴をあらわにして、そこに読者の注意を惹くこと自体に、詩の最大のねらいがあるといっていいだろう。

A　意味の不確定性というと、パースとかデリダとか、ポストモダンとか、何やら舌を嚙むような名前が飛び出してきそうですね。友達でそっちの方面にくわしいのがいて、かなり吹き込まれました。例えばどんなことばでも、その意味を厳密に最終的に決定することはできないというような。

B　そうそう。

A　それについては、英英辞典で思い当たるふしがあるんです。英語の授業で先生から、いつまでも英和辞典に頼っていてはだめだ、あれはただの〈翻訳語辞典〉だから、はやく英語の〈国語辞典〉に慣れなさいと言われて、さっそく英英辞書を買ってきました。ところがその辞書である単語を引いてみると、英語でその意味を説明しているんですね、当たり前ですけど。で、その説明に出てくる単語を英英辞典で引くと、またまた別の単語が出てくるという具合で、いつまで追っかけていてもきりがない。これで打ちどめ、という確かな意味にたどり着かないんです。何だかもどかしいような、足が地につかないような、じつに変てこな気分でした。

B　うん、しかもおそろしいことに、実は日本語にせよイタリア語にせよ、どこの国語辞書でもみなそうなんだ、これも当たり前の話だけど。つまり、そこからすべての意味が積み上げられていくような、数学で言えば公理のような、確実な意味の土台はどこにもないということだ。別な言い方をすれば、ことばはそうして仲間うちで堂々めぐりをしているだけで、いつまでたっても、その外にある(かもしれない)現実とは、ぴったり嚙み合わないんだね。

A　かもしれない、というのは……。

B　だって、もしかりに、ことばの向こうに何か現実といえるものがあるとして、たとえそれが目に見え、耳に聞こえ、肌で感じられたとしても、それをきちんとつかまえるためには、ことばで言い表わす以外には、どうしようもないだろう。ところが、そのことばの意味がよくわからないんだとすれば、いったいどういうことになるか。

A　はあ。

B　だがね、これはよくわかってもらえると思うけど、こんなことは新発見でも何でもないんだ。人間がことばを使い始めたそもそもの最初から、ことばはもともとそういうものだったし、それ以上の何物でもなかった。そして人間はそのことを、たとえ無意識にせよ、ちゃんと承知していたはずだ。その何よりの証拠に、人間は詩というへんなものを発明して、たえずそのことを思い起こし、そのふしぎさにあきれながら、それを逆手に取って、遊び戯れていたんだよ。

ただ、ヨーロッパという特殊な文化圏には、努力を重ねていけば、やがてはきっとことばの意味が確定できる——言い換えれば、ことばの向こうにあるただ一つの真実を、ことばで言い当てることができる、と信じる人々がいたというだけさ。だが、どうしてもそうすることができないのは、実はことばの方に問題があるんじゃないかと、ようやく考え始めたんだ。もっとも今じゃ、ヨーロッパはぼくらの一部になってもいるから、これはけっして他人《ひと》ごとではないけどね。

A　すみませんが、もうちょっと具体的に話していただけませんか。

B　例えば、さっきの芭蕉の句を考えてごらん。「田一枚植ゑて立ち去る柳かな」という句を残したとき、芭蕉は、これこそがこの句の唯一正しい意味だというものを、はっきり心に決めていたと思うかい。もしそうなら、こんな舌足らずな言い方、へんな言い方をしないで、ちゃんとよくわかるように言ったはずだろう。そもそも俳句のように短い不自由な形式を使って、ほとんど片言《かたこと》みたいにことばをはしょって何かを言えば、きっといろんな違った受け取り方をされるだろうということぐらい、芭蕉ほどの詩人なら、いやというほど承知していたに違いない。そうじゃないかね。

A　そうですね。どうしてもはっきり言いたいことがあれば、何とか工夫して、もっと別のやり方で言ったはずですね。べつに芭蕉は俳句という、おそろしく窮屈な形式しか使っちゃいけないと、誰かに命令されていたわけじゃないんですから。

B　だから、芭蕉はわざとそうしているんだ。片言だから意味がよくわからない、決められない、そういう表現のもつ面白さと可能性にこそ、芭蕉は賭けていたんだね。さまざまな読み取りの可能性、意味のひろがりや交錯や矛盾の可能性——俳句というのは、ことばが本来もっている意味の不確定性そのものを表面化し、強調し、読者に痛感させることを、いちばんの付け目とする遊び、といって悪ければ、芸術なんだ。

A　なるほど。

B　で、さっき詩の第一の特徴に挙げた、へんな言い方というのは、いわばそうした意味の不確定性に読者の注意を惹きつけるためのわな、しかも、それ自体が面白くて魅力のつきないわなだといえるだろう。例えばぼくらはふだん、お金を使って暮らしている。といっても、お金そのものに興味があるんじゃなくて(なかにはそういう妙な人もいるけどね)、それと交換に、何か物が手に入りさえすればいい。それと同じように、ぼくらはことばを使って、その代わりに意味(おおよその意味だね)という物が手に入り、その場の用が足りさえすれば、ことばはもうお役ご免で、どこかへ消えてなくなってもかまわない。ふだんは誰も、ことばを通貨のように、ほとんど意識しないで暮らしているわけだ。

A　ところが、ここに芭蕉という詩人がいて、「田一枚植ゑて立ち去る柳かな」などと、へんなことを言い出すわけですね。そもそもいったい誰が田を植えて、誰が立ち去ったのかさえ、よくわからない。「柳かな」という、何の説明もないぶっきらぼうな断定のしかたも、やはりへんですよね。ただ柳だなあと言われても、どう受け取っていいんだか、すぐには見当もつきません。

B　それだけじゃない。そもそもこのたぐいの発言が、五・七・五という何だか規則的な拍数をもつ語句で組み立てられていることだって、やはり妙に気にかかることの一つだね。気にかかって、しかも面白い。だからそうした意外性のせいで、読者はふつうのことばを聞いたときのように、さっさとこの発言を忘れることができず、いわば、しばらくことばをごろごろと掌の上で転がして、つくづくその姿を眺めてみることになる。いつもと違って、ことばそのものが頭に引っかかって、その意味をああでもないこうでもないと、探し始めるわけだ。

A　そうか。へんな言い方だからこそ、意味がすぐにはわからない。だから意味を探すんだけど、もともとへんな言い方だから、結局のところ、意味がはっきり決められない。表現の意外性と意味の不確定性とは、表裏一体の関係にあるわけですね。

B　その通り。そして、よくできた俳句の妙味は、最終的・決定的な意味の読み取りではなく、そういうきりのない往復運動にある。その間、読者は句のことばそのものから、一歩も離れることができない。ことばを見捨てて、あっさり立ち去ることができないんだね。言ってみれば、そうして表現と解釈のあいだを行ったり来たりする行為そのものが、〈詩〉なんだ。ただ一つの正しい解釈と引き換えに、表現自体があっさり手放されるようなところには、〈詩〉の出る幕がないと言っていいだろう。

A　で、結果としては、ことば本来のふしぎさ、面白さが強く実感されるわけですよね。

B　うん。繰り返すように、もともと文学にはそういう性質がある。ただ、例えば小説には、描写とかストーリーとか思想とか、いろいろ他の要素が混じり込んでいるために、この点が目立たなくなっているだけだ。もちろん詩の場合でさえ、必ずしもことばの働きだけに焦点が当てられるとはいえない。そこにも物語があったり、教訓があったりするからね。ただ、俳句はあまりにも短くて、そういうものを容れる余裕があんまりないから、本来の特徴がとくに目立つわけだ。短いからこそ、〈詩〉が前面に出るんだね。その意味で、俳句は詩のなかの詩といっていいだろう。

A　それではうかがいますが、結局、この句の解釈はどうなりますか。学問として、それをどう扱えばいいんでしょうか。

B　君はどう思う。

A　そうですね。その目であらためて眺めてみると、この句はまったく片言そのものですね。「田一枚」「植ゑて」「立ち去る」「柳かな」――この四つの部分が文法的に、たがいにどう関係するのかについて、何の指示もありません。誰が、いつ、何を、どうしたのか。だから、さっき挙げた三つの解釈どころじゃなく、もっと斬新な解釈だってできそうですね。例えば、田を植えたのは、実は柳である――「柳が田一枚を植ゑて」立ち去ったのだというような。柳の精だったら、それぐらいのことはできそうだし、謡曲にせよ民話にせよ、何とかそれなりの説明はつけられるかもしれません。それとも「田一枚」の貧弱な土地柄を哀れんで、語り手の人物が親切に「柳を植ゑて」やったのだ、とかね。

B　おやおや、これ以上解釈の数を増やしてどうするの。ちゃんと収拾をつけてくれなくちゃ。

A　すみません、ちょっと悪乗りしすぎました。

B　ともかくこうした事実を前にして、研究者にできることは、この句の意味のあいまい性、つまり多義性をあくまで尊重して、可能な解釈を列挙すること、そのなかから、いちばんありそうだと思われる釈義を論証すること、そしてあとは読者の判断と好みにまかせることだと思うね。もちろん、ありそうだとはいっても、ただ文法的・論理的に可能だというだけでなく、例えば謡曲を取り込んださっきの解釈のように、背後の文化的伝統をたしかに踏まえて、それぞれの語句のひびきや意味につながる含意や連想のネットワークを、しっかり見定めてかかる必要がある。妥当な解釈と、そうでない（いまの君の迷解のような）解釈を区別することが必要だろう。

A　でも、どれが妥当な解釈かというのは、なかなかむずかしい問題ですね。

B　うん、いろんな読み取りの角度があるからね。でもとりあえず、俳句（つまり俳諧連歌の発句《ほっく》だね）については、とりあえず、こう考えるといいかもしれない。君がかりに、この句を発句とする連句の座にのぞんだ場合、どんな面白い（新鮮で、しかも誰もが納得するような）脇《わき》（第二句）を付けることができるだろうかと（ただし芭蕉のころまでには、必ずしもあとに脇が付けられることを想定しない、独立した発句も作られ、読まれていたようだがね）。発句というのは、そうして他人がさまざまに解釈して、自分なりの付句《つけく》をする楽しみを残すために、わざと「脇をあまく」してあるんだよ。この点を無視して、たった一つの真実、「正しい」解釈にこだわるようでは、何のための俳句だかわからない。肝心の〈詩〉の真実の方が死んじゃうよ。即死だね。

A　はあ、耳が痛いです。もうちょっとで皆殺しに手を貸すところでした。

B　すべて文学作品には、いろんな解釈があり得るだろう。そこが文学の値打ちだよ。だがむろん、そのなかでどれが妥当な解釈なのかを考えるというのも、これまた当然の仕事だ。たしかにことばの多義性も大事、〈詩〉も大事だけど、どんなときにも見境なく、あれもいい、これもいい、どれとも決めかねるというのでは、始末がつかないからね。

A　はい。だとすると、先生、これは解釈の問題に限らず、文学研究のいろんなアプローチや方法一般にも通じることだと考えていいんでしょうか。

B　そうさ、それが言いたかったんだよ。むろん学問的研究と銘打つからには、何かの方法にしたがって、厳密に、フェアに論証を進めることはどうしても必要だろう。ただの幼い感想文に終わらないためにはね。

ただしそのさいに、それがあり得る方法の一つにすぎないこと、ほかにも接近の方法があり得ることを、よくわきまえていることが肝心だ。そして、ある見方が妥当だという場合に、なぜそうなのか、誰にとって、いつ、どこで妥当なのかをはっきり意識しておくことが大切だろう。ある時代、ある場所、ある人々には、それなりの切実な問題意識や美意識があるはずだね。そうしたときに、そういう差し迫った関心に引きつけて作品を読むのは、きわめて妥当なことだ。作品の意味づけや評価が次々に変わっていくのは、たいていそういう理由からだといっていい。ただ、その方法を決定版だと決め込まないこと。たとえ論述のスタイルでは、ある程度そういうふりをして見せるにしてもね。

Ａ　よくわかりました。思いがけない結論のようにも思えますが、実はきっとそうなるような気もしていたんです。何とか面白い続きが書けそうです。

目　次

I　短詩型としての俳句

1　短詩型とは何か――いひおほせて何かある

一

短詩には何ができるか。それを考える順序として、まず東アジアとは反対に、西洋では短詩がいかに例外的で、いかに軽く見られてきたか、その点をまず確認しておく必要がある。

例えばカヴァノーおよびミチー編『オックスフォード短詩選』*The Oxford Book of Short Poems* という本があって、これは西洋詩のアンソロジーとしては、かなり珍しい部類に属する。その序文には、

こういう短詩(きわめて短い詩――本書がソネットで埋め尽くされないように、十四行未満の詩とする)の選集を編んだのは、そうした長さの制限によって、一般に詩というものについて、何か新しいものが見えてくるのではないかという期待からだ。これまでどんな詩人や詩が見落とされ、粗末に扱われてきたことか。また、たとえアンソロジーに収められた場合でも、まわりを取り囲むもっと長い仲間たちのせいで、短詩の効果がどれほど押し殺されてきたことか。つまり短い詩(といっても、ただ息が長く続かないだけの詩というわけではない)に、ゆったりと呼吸する機会を与えたかったのである。

[Kavanagh 37]

とある。編者たちによれば、詞華集はどれも同じ詩を載せがちであり、しかも「それらはたいてい長いか、または長めの詩ばかりである。なぜなら詩人の真価が問われるのは、いちばん大がかりな作品によるものだという思い込みがあるからだ。だが、必ずしもそうとは言い切れない」[Kavanagh 37]という。

それに対して、ふつう東アジアでは、むしろ短詩のほうが主流であって、例えば日本では、「短詩型」という特殊な呼び名が流通している。これは一般に、ただ短い詩の定型を指すものと受けとられているが、もともとは日本の俳句と短歌という特定の詩的形式を言うために、わざわざ作られて、のち用途のひろがった語である。例えば欧米の詩には、「定型」という専門用語（英語でfixed form、フランス語でforme fixe）はあるが、「短詩型」という固定した言い方は見当たらない。最近目にするshort formやforme brèveは、他ならぬ「短詩型」の訳語として、日本の俳句や短歌を指すために用意されたものだろう。また「短詩」に当たる英語のshort poemや、フランス語のpetit poème（あるいはpoème bref）も、しっかり定着した詩法上の術語というよりは、むしろふつうの日常語に近い感覚で用いられている。

そうして見ると、短詩がりっぱな詩の定型として確立されているというのは、（イスラムやインドなど、よく知らない他の文化圏での伝統はさておき）きわめて東アジア的な現象だと考えられる。[1] すぐ思い当たるのは、漢詩の五言絶句（二十音節）、七言絶句（二十八音節）、短歌（三十一音節）、俳句（十七音節）などである。日本の感覚ではやや長いと感じられる五言律詩（四十音節）、七言律詩（五十六音節）、韓国の「時調（シジョ）」（一部が不定型）、『万葉集』の「長歌」でさえ、欧米の詩からみれば、かなり短いほうである。

もともと西洋の詩的伝統には、短歌や俳句のように、極端に短くて「まじめ」な詩の定型自体が存在しない。(2) 詩は一般に長いのが常識なのであって、英語詩最大の傑作の一つとされるミルトンの叙事詩『失楽園』*Paradise Lost*(第二版、一六七四)は、一万五六五行に及ぶ。もっとも、叙事詩や劇詩、さらに物語詩などは、むしろ長大であることを本領とするかもしれない。だが、いわゆる抒情詩の代表的な作品にしても、例えばキーツの死を悼むシェリーの挽歌「アドネイス」Adonais(一八二一)は四九五行、熱い恋の思い出にこと寄せて、人の世の無常を嘆くヴィクトル・ユゴーの「オランピオの悲しみ」Tristesse d'Olympio(一八三七)は、一六八行にわたっている。

しかも実は、「行」という単位そのものが、西洋と日本とでは比較にならない。英語やフランス語の原詩と日本語への翻訳との平均的な長さから概算してみると、いわゆる余情や言外の連想は別として、日本語の詩句一つの伝える情報量は同じ音節数の英仏詩の詩句の二分の一にすぎない。俳句の一句が直接伝える表面的な情報量は、英詩の標準的な弱強五歩格の一行(十音節)や、フランス語詩のアレクサンドランの一行(十二音節)の分量にさえ達しない。そのわけは、日本語の音節構造(母音一つか、子音一つプラス母音一つ)が極度に単純だから、それぞれの音節に含まれる情報量は、ごく限られているからである(例えば極端な例を挙げれば、英語で一音節の string「ひも」は、日本語に直すと「ス・ト・リ・ン・グ」と五音節になる。つまり一音節当たりの情報量は、五分の一程度だ)。短歌一首は、英・仏詩のせいぜい一行半に当たるだろう。

俳句が五・七・五音、短歌が五・七・五・七・七音というリズム分節でできているために、西洋では前者を三行詩、後者を五行詩ととらえ、翻訳でもその形を用いる傾向が強い。だが三行詩、五行詩という言い方は、詩行が長いのがふつうである西洋では誤解を生みやすく、短詩型が実際どれほど極端に短いかに気づくのは、フランスのジャン・サロッキが言うように、もとの句を日本語で読んだ(あるいは目で見た)者だけである。「日本語で表記された俳句を読んでみれば、（あれこれ頭を働かす前に）ひと目見るだけで、そこには三行詩などない（またはめったにない）ことに、すぐ気づくだろう」[Sarocchi 19]。その一方で、あまり西洋詩になじんでいない日本人作者や読者の多くもまた、俳句や短歌の異常な短さを、本当に自覚してはいないかもしれない。

それでは、なぜ西洋の詩は長く、日本あるいは東アジアの詩は短めなのだろうか。その理由の一つは、実はそれぞれの韻律形式の違いにある。もともと音数律（音節的韻律）によらざるを得ない日本語の詩では、各リズム分節（七音節か五音節のフレーズ）の切れ目と文法的（意味的）切れ目とを揃える必要がある（字余りや字足らずが頻繁に重なると、リズムが感じられなくなる）ため、退屈なリズムが続くことになるので、本来、長詩には向いていない（「七と五の韻律論」を参照）[川本A　三一二―二二]。例えば七・五、七・五の詩行が延々と何百行も繰り返される詩を考えてみていただきたい。また漢詩でも、五言・七言というリズム分節や、さらにその内部での二・三や四・三といった義務的な切れ目があるので、（「平仄《ひょうそく》」と呼ばれる声調的アクセントの変化があるとはいえ）やはり長大な詩には適していない。日本や中国に叙事詩がなく、(3) その種の語りでは散文、あるいはきわめて緩やかな（規則的でない）韻律をもつ韻文（辞・賦など）が用いられるのは、主としてそのせいである。

それに対して、西洋の主な言語の韻律は、必ずしもリズムの切れ目と文法的（意味的）切れ目を一致させなくてもいいという点で、音数律よりはるかに柔軟性があり、長い詩のリズムに変化をもたせることができる。(4) 『平家物語』には叙事詩に近い面もあり、楽器の伴奏で詠唱されるという点で、ホメロスのそれを思わせもするが、きまった韻律をもたない（「定韻律詩」ではない）点が大きく異なる。ギリシャ悲劇と能の類似についても、同じことが言える。

そして第二に、西洋の詩が、叙事詩でなくてもある程度の長さを必要とすることについては、そうした形式面よりもむしろ内容の面で、西洋の文化的・宗教的背景に根ざす、もっと深い理由があるようだ。

現代フランスの詩人イヴ・ボヌフォワの「俳句と短詩型と日本の詩人たち」(拙訳)によれば、

われわれの詩の歴史では、これまで短詩型はあまり目立った存在ではありませんでした。なぜかと言えば、ヨーロッパでは長い間、現実はたんなる神の創造物であって、それ自体に神が宿るものではないと感じられてきたからです。ヨーロッパ人の精神は、風の音に耳を傾けたり、木の葉が落ちるのを眺めたりするよりも、神学的な、あるいは哲学的な思考をめぐらせたりすることの方に、ずっと忙しかったのです。だからわれわれの詩は、そこである思考をきちんと展開するために、十分な長さを必要とします。

[ボヌフォワ　一九九二]

最短の詩型であるソネット(四連、十四行の定型詩)でさえ、「前提と結論を立派にそなえた三段論法に似ているふし」があり、「少なくとも詩であるのと同じくらい、論説でもある」。そして十九世紀になると、「つかの間の印象を語る以外に何の野心もない短詩の作者たちは、(……)下らない詩人、あるいは少なくとも、もっと長大な詩の作者よりもマイナーな詩人と見られるようにさえ」[ボヌフォワ　一九九四]なったという。

むろん今日では、ヨーロッパの人間も、「自分たちの宗教的ないし形而上学的な信念の多くが、ただの神話にすぎないことを学び、理解し」ている。「現象の裏には何もないという考え、人間が必ずしも自然より優れているわけではないという考えは、今後、誰もが受け入れるほかないもの」〔ボヌフォワ　一九六〕である。だがそれでもやはり、

一個の人格としての彼の自意識は、けっして弱まることがないでしょう。個人そのものが現実であり絶対的な価値を持つというキリスト教の教えを、西洋人が忘れるのは容易なことではありません。

したがって、ヨーロッパの詩人は今後も「自己の内面を解明するという長い仕事」を続けるほかはなく、そうして「『自我』が相変わらず独り言を続ける」〔ボヌフォワ　一九七〕のをとどめるすべはない。

以前のフランス詩と同様、今日の詩でも、短詩はまだつかの間の現象で、せいぜいのところ、時にはそれに近づくこともあるという程度、それ以上ではありません。われわれに残された可能性と言えば、まだまだ長い詩のさなかで、短詩に向かう動きを起こすことだけでしょう。〔ボヌフォワ　一九六〕

西洋の抒情詩が長くなる根本的な理由が、ここにある。ボヌフォワも言うように、欧米でいちばん短い定型はソネット（十四行詩）であり、それ以下の作品が、エピグラム（寸鉄詩）やリメリック（ふざけた脚韻を売り物とする五行の定型詩）などをも含めて、諷刺詩か軽妙詩（いわゆる「ライト・ヴァース」）扱いを受け、とかく軽視の対象となるのは、このためである。

実際には日本の俳句や短歌よりずっと長い「短詩」でさえ、こうして小物扱いされるのだから、俳句や短歌に注がれる西洋の目が一般に、必ずしも日本人が期待し、想像するような性質のものでないことは当然であり、これも一面の事実として承知しておく必要がある。幕末に来日した外交官ジョージ・アストンや、明治の初めに東京大学で教えた言語学者チェンバレンらが、はじめて俳句に出会ったとき、それをどうしても「まじめ」に受け取ることができなかったのは、もともと西洋側に、そうした抜きがたい先入見があったからである。

芭蕉を敬愛するというボヌフォワでさえ、当初、俳句は「一冊の植物標本集」〔芳賀A　一八七〕のようなものだと思い込んでいたらしい。つまり、芳賀徹の解説によれば、

「月」といい、小さな「蛙」といい、「菊」あるいは「大根」とさえいっても、それらが俳句という短詩のなかにすばやく鮮明によみこまれてしまうと、西欧人が「自然」と呼ぶものとはかかわりがないもののように見えてくる。それらは輪郭明瞭な一世界の一粒一粒の要素であって、西欧人にとっての自然、つまり認識の進展とともにたえず吟味しなおし、再構成しなければならない一種の氾濫状態、測り知れぬ深遠とは範疇が異なる、というわけである。〔芳賀A　一八八〕

俳句が西洋に紹介されてから、もう百年以上になる。その間、芭蕉をはじめとする古典的作品の鑑賞や研究の面でも、また詩その他の創作文学に及ぼした影響（ことに一九一〇年代、英米圏の詩に画期的な飛躍をもたらしたイマジスム（イメージ中心主義）（本書Ⅳ-2「詩語の力」を参照）の淵源の一つとして）の面でも、欧米の言

語によるハイクやアイカイ(「俳諧」のフランス語)制作の面でも、[5] 俳句の存在感はいちじるしく強まった。小学校やハイスクールでのハイク作りは、今では作文教育に欠かせないプログラムの一部になっている。

とはいえ、ごくふつう一般の見方からすると、日本の俳句や海外諸国の創作ハイクは、スウェーデン語でハイクを書いて、ノーベル賞を受賞した現代詩人トランストロンメル(Tomas Tranströmer, 一九三一―二〇一五)らのめざましい例外を除けば、東洋趣味の典型として、神秘主義と瑣末主義をないまぜにしたマイナーなものだという印象が、かなり根強く残っているようだ。すでに述べたように、これは俳句やハイク自体の性質よりも、むしろ西洋詩歌の伝統に付きまとう先入見によるところが大きい。いま触れた欧米のイマジスムが、まとまった運動としてはわずか数年で衰えたのも、やはり主として、わずか数行から十数行を出ないその作品が、詩としては小粒に過ぎると感じられたからである。

日本では、といっても近代に入ってからのことだが、長篇小説も短篇小説も同じく「小説」と呼んで、両者の間に大きな差異を認めていない。ところが西洋では、長いものは novel(フランス語では roman)、短いものは short story または単に story(conte)と称して、はっきりと区別を立てている。中篇小説だけを指す novella(nouvelle)という呼び名もある。だが、そういう西洋側の通念を離れてみると、こうして量の違いに質的な違いを見るやり方に、格別の理由があるとは思えない。わざわざ別の名を用いるほどに、根本的な差があるだろうか。むろん詩の場合には、西洋でも呼び名に区別はないが、やはりサイズの大小による価値づけの違いがあって、これも同様に、たしかな根拠を欠いている。

その点を見据えた上で、詩のエッセンスは逆に短詩のほうにあると指摘したのは、アメリカの詩人・小説家のポー(「作詩論」The Philosophy of Composition)[Poe 31-46]である。ポーは、一度の読書で読みきれないほど長い詩は、「真の詩的効果」を損なうので好ましくないと説いて、フランスその他の近・現代詩に大きな影響を及ぼした。詩の「短さは、意図された効果の強さと正比例の関係にある」とまで、彼は言う。もっとも、その原理にもとづいて彼が書いたと称する有名な詩「大鴉」The Raven（一八四五）は、一〇八行もある。そして彼自身も、「ただし、何かの効果を生み出そうとすれば、ある程度の長さはどうしても必要だ」[Poe 35]と念を押している。だから、ポーは必ずしも俳句ほど短い詩を念頭に置いていたわけではないが、議論の方向自体は理にかなっている。

短詩を考えることは、西洋の詩をも含めて、そもそも一般に「詩的」であるとはどういうことかを考えるためのいい材料になるだろう。というのは、長い詩はそのすべてにわたって「詩」であり続けることは困難であり、多くの部分に「詩的でないもの」――例えばマラルメのいう「物語ること、教えること、そして描くことでさえ」（「『語論』へのまえがき」Avant-dire au *Traité du Verbe*）[Mallarmé 857]――を含まざるを得ないからである。それらは小説などの散文や絵、芝居や映画や漫画をはじめ、詩以外の手段でもできることである。ポーによれば、「長篇詩なるものは、実は短詩をつないだもの――つまり短い詩的効果を連ねたものに過ぎない」。そしてミルトンの「『失楽園』の少なくとも半分は、本質的には散文である」[Poe 34]。

それに対して、もし俳句など極端な短詩が詩であるならば、その限られたスペースには、詩以外の要素を持ち込む余地が少しもない。ボヌフォワによれば、

では実際のところ、短詩型の特徴とは何でしょうか。それは、詩的経験そのもの、詩以外の何物でも

ないような独特の経験に向かって、身も心も開くという能力を増大させることです。
［ボヌフォワ　一九二］

つまり、詩の名に値するようなすぐれた短詩は、詩である以外に何の用もないと言えるだろう。

二

すぐれた短詩こそは「詩」そのものだとして、それでは詩とは何か。真正面からそう問うてみると、にわかに強い光彩を帯びて立ち上がってくるのが、よく知られた芭蕉のことばである。それを手がかりに、あらためて短詩のありかたを考えてみたい。

芭蕉の発言(『去来抄』)のきっかけは、弟子其角《きかく》の句である。

下臥《したぶ》しにつかみ分《わ》けばやいとざくら

堀切実によれば、句意は「美しく咲き乱れた枝垂《しだれ》桜の下に仰向けに臥して、その咲き乱れて地上近くまで垂れさがった花の枝を思いきりつかみ分けてみたいものだ」。芭蕉は去来に向かって、其角はいったいどんなつもりでこれを自分の撰集に入れたのだろうかと問う。去来が「糸桜の十分に咲きたる形容、よくいひおほせたるに侍《はべ》らずや」と問い返すと、芭蕉は言う。「いひおほせて何かある」［奥田A　四四六―四七］(6)。

しだれ桜は地面すれすれにまで垂れ下がる。そこから、地面に寝転んで仰向きにそれを眺めたい、それどころか、花盛りの枝を手で掻き分けてみたいという発想が生まれる。去来の言うとおり其角の句は、しだれ桜のしだれ桜らしさを巧妙に言い尽くして余すところがない。だが芭蕉は、それがどうしたと言う。

これは一つには、いかにしだれ桜独特の姿を言い当てているとはいえ、仰向けに寝そべって桜を手づかみにしたいなどという、いかにも其角らしい放胆な機知のひけらかしに対する批判の表われだろう。「松のことは松に習へ」(『三冊子』)[奥田A　五七八]と言う芭蕉の目から見れば、ここには「花」「桜」というもっとも重大なテーマの一つへの配慮、畏敬の念が見られない(本書I-3「芭蕉の桜」を参照)。

とはいえむろん、「いひおほせて何かある」という思いきった一般論の意味合いは、芭蕉のそうした伝統主義的美学の次元にはとどまらない。このすぐあとで、去来は「ここにおいて肝に銘ずる事あり。初めて発句になるべき事と、なるまじき事を知れり」(『去来抄』)[奥田A　四四七]と述べている。ここで去来の言う「発句」は、独立した短詩と読み替えることができる。連句の句のなかで発句だけが、前後の句の支えなしでも詩として自立できることが求められるからである。

ただし、ここで付言しておかねばならないのは、俳句のような短詩の大きな魅力の一つが、まさに対象をたくみに「言い尽くす」こと、誰にもなじみ深い景物や人情の一こまをずばりと「言い当てる」ことにあるという点である。よくぞわずかな語数でこれだけのことを言い切ったものだと感嘆させられる例は、俳句や短歌にはいくらもある。そもそも十七字で何かを「言いおおせる」だけでも、並外れた技量や修練を要するのであって、豊かにしなやかに垂れ下がる糸桜の姿をみごとに表現した其角が、それを自慢に思うのもむりはない。

だが、発句で何かを言い尽くしてもしようがない、と芭蕉はいう。これをどう解すればいいだろうか。むろん、そもそもわずか十七音の「詩」のなかで何かを言い尽くすとは、具体的に一体どういうことなのかという根本的な疑問がまず湧いてくるが、いまはそれを問わないことにしよう。むしろこの芭蕉の発言を、ものを言い尽くさないこと、言い残すこと、意図的に空白や亀裂を設けることを作句の要諦とする、という積極的な教えとして受け取ってみよう。

句を作るとは、目や耳に触れたもの、心に感じたことを、そのまま素直に「述べる」ことだと信じている人は少なくない。「写生」という耳に入りやすい(実は、きわめて厄介な問題を含んで複雑な)スローガンが、そうした思い込みを助長しているかもしれない。だが、ちょっと考えてみれば明らかなように、たとえ「詩」でなくてさえ、たった十字や二十字で何か面白いことや意味深いことを「言い尽くす」ことは、けっして生易しいことではない。『論語』の、

朽木《きゅうぼく》は雕《え》るべからず、糞土《ふんど》の牆《しょう》は塗るべからず。

(朽ちた木には彫刻ができないし、腐った壁は塗り替えがきかない)

とか、ラ゠ロシュフーコー『箴言《しんげん》集』の、

自己愛は、お世辞にかけてはとびきりの名人だ。

などは、その難事をあざやかになし遂げた珍しい例だからこそ、いまだに人類の記憶に焼きついているのだが、それでもこれらを詩と呼ぶことはできない。なぜなら、これらはある真理ないし観察の結果を、まっすぐ言わず、やや横道(ここでは比喩)にそれてはいるものの、たしかに十分言い尽くしたものだからである。他の多くの諺や格言の場合と同様、読者はここでもその「真意」を求めて、しばらく手探りの回り道を楽しんでから、やがてただ一つの正しい意味に到達し、それでなるほどと納得して終わる。

ところが俳句をも含めて、「詩」はなるほどと意味を納得して終わるものではない。何度でも新鮮なことばの回り道を楽しみながら、いつまでもその意味を探り、考えあぐねるものである。言い換えれば詩とは、思いがけない表現の魅力によって、読者をそうした回り道に誘い込み、そこから当てどのない意味探索の旅に連れ出すようなことばのしかけであり、わなであるとも言えるだろう。

蛸《たこ》壺《つぼ》やはかなき夢を夏の月　芭蕉（三八五）[7]
閑《しづか》さや岩にしみ入《いる》蝉の声　芭蕉（五一三）

これらの句は、何事も言い尽くしてはいない。語り手が目にし、耳にしたことをただ「素直」に述べたものでもない。それどころか、むしろこれ見よがしに多くを言い残し、舌足らずで辻褄の合わない表現や、ちぐはぐで不調和なイメージによって読者の意表を突くことで、これはいったい何を言いたいのだろうかという好奇心を掻き立てようとする。卑俗でユーモラスな「蛸壺」と、王朝風に典雅な「はかなき夢」、そしてさわやかで涼しげな「夏の月」の組み合わせは、不釣合いそのものである。その上、「蛸壺や、はかなき夢を、夏の月」というこま切れの発話は、「や」で止まり、「を」で途切れ、「月」という名詞で結ばれて、そもそも文法的な文の体をなしていない。

一方、「閑さや」の句のほうには、「蛸壺や」ほどの文法的な乱れがないとはいえ、「や」で投げ出し、体言止めで突き放すという素っ気なさ、文としてのまとまりの悪さという点では、ほぼ同じである。その上、液体でも匂いでもない蟬の声が固い岩に「しみ入《いる》」と言い、騒がしい蟬しぐれを「閑か」だと言う。これほど穴だらけ、矛盾だらけの発言で、何かが述べ尽くされたと考えることは、到底できない相談だろう。これらの句は明らかに、わざとすべてを言い尽くさず、多くの肝心な部分を言い残しているのである。

では、こうして語り手がちらりとヒントを出すだけで言い残した部分を補い、「その先」にあるはずの深い意味を句から読み取るのは誰か。それは言うまでもなく読者である。俳句も詩の一種だから、小説や映画よりも読者の積極的な参加、つまり創造的な読み取りの努力に依存する部分がはるかに大きい。まして俳句のような短詩型は、句の余白を埋めようとする読者の協力なしには、ほとんど成り立たないジャンルだと言ってよかろう。天下の名句として知られる、

古池や蛙《かはづ》飛《とび》こむ水のおと　　芭蕉　（二六七）

にせよ、

此《この》道や行《ゆく》人なしに秋の暮　　芭蕉　（九〇二）

にせよ（これら二句も、文法的には前の二句と同じ不完全な「言いさし」の構造をもっている）、もし表面上のメッセージだけをそのまま素直に受け取って、それで事終われりとするならば、句はほとんど何の意味もない雑談や独り言の断片でしかなくなってしまう。古い池に蛙が飛び込んで、その水音が聞こえたからといって、それが一体どうしたというのか。晩秋の日暮れ、この道は人っ子一人通らない――こういう発言をする機会はふだんいくらもあるだろうが、たとえそう言ったとしても、ふだんなら、相手が聞いてうなずいて、それでおしまいということになる。

　このように一見ありふれた発話が、古今にすぐれた俳句として尊重されるのは、読者の協力があればこそである。言い換えれば、作者も読者のそうした協力を予期し、それを計算に入れた上で句を作るのであって、周知のように、こうした句が外国語に訳されると、読者からの適切な協力が期待できない場合の「詩」の無力さが、にわかに露わになる。詩の出来の良さは、そこから読者が自分でどれだけ深く豊かな意味を汲み出せるかにかかっている。だとすれば、詩のテクストのできばかりではなく、「詩」の共同制作者としての読者の資質、つまりことばに対する感度の良さと想像力の豊富さも、問われることになるのは言うまでもない。

　もっとも芭蕉や蕪村の句の場合、読者は必ずしもただ一人、徒手空拳でそれらに接するわけではない。なぜならそうした大家の句には、すでに長年積み重ねられてきた解釈と研究の歴史があるからである。彼らの句がわれわれの手許に届くとき、それらはすでに解釈の伝統という濾過装置をくぐり抜けたあとであることが多い。だからわれわれは、芭蕉や蕪村というお墨付きの古典(カノン)を読む場合、その一部と化したお墨付きの解釈をも同時に読むことになる。だが、たとえそうだとしても、俳句の余白の大きさは、個々の読者のために、たっぷりと関与の余地を残してくれている。まして近・現代の句、ことに当代の句の場合には、まだ解釈・批評の古い踏み分け道ができていないだけに、読者の果たすべき役割は、はるかに大きいといえるだろう。

詩、ことに俳句のような短詩が、刺激的な片言《かたこと》で読者の関心をそそって、大いに想像の翼をひろげさせようとする好例の一つとして、ここでは俳句の代わりに、フランス二十世紀の詩人ジャン・コクトー(一八八九—一九六三)のよく知られた短詩「耳」(堀口大学訳)を取り上げてみよう。

私《わたし》の耳は貝の殻《から》
海の響きをなつかしむ

[コクトー　二一]

これは「カンヌ」Cannesと題された連作の一つだが、そのタイトルを抜きにしても、一読して穏やかな青い海と白い砂浜が目に浮かぶような、さわやかな詩である。この詩からわれわれは、何をどのように読み取ろうとするのだろうか。

最初に確認しておく必要があるのは、この詩が「閑さや」の句と同様、まったく筋の通らない二つの唐突な立言でできていることである。言うまでもなく、「私の耳は貝の殻」ではないし、かりにそうだとしても、貝殻が「海の響きをなつかしむ」はずがない。このいかにも魅力的なたわごとに誘われたわれわれは、ぐっと身を乗り出し、積極的に詩に参加して、何としてもそこに「意味のある意味」を見出そうと努めずにはいられない。

実は、耳を貝殻に見立てるのは詩人ばかりではない。『スーパー・ニッポニカ二〇〇一』百科辞典（小学館）によれば、俗に耳と呼ばれる「外耳道の開口部で側頭部に突出している凹凸に富んだ扁平《へんぺい》な器官」は、解剖学的には「耳介《じかい》」と呼ばれ、「その形から耳殻《じかく》ともいう」（嶋井和世）らしい。この「殻」は貝殻を意味する。英語では耳殻を concha というが、その語源は conch「ホラガイ。（一般に）巻貝」である。

とはいえ語り手は、耳の形が貝殻に似ているというだけの理由で「貝の殻」と呼んだわけではない。この詩の意味構造は、「私の耳は貝の殻だ。なぜなら、海の響きをなつかしむから」という倒置形式、あるいはなぞなぞ形式をとっていると見るのが自然だろう。形状もさることながら、まず何よりも、海の響きをなつかしむ耳だからこそ、貝殻に譬えられたのである。

だがそれにしても、貝殻は海の響きをなつかしむだろうか。

羈鳥旧林《きちょうきゅうりん》を恋ひ、
池魚故淵《ちぎょこえん》を思ふ。
（旅の鳥は古巣のある林を恋い慕い、池で飼われる魚は、もといた淵をなつかしむ）

というのは、陶淵明「田園の居《きょ》に帰る　その一」の一節である。それらの生き物でさえ、現にそういう懐郷心を抱きそうだが、この聯はそれよりも、むしろ語り手がわが身をかえりみて、自分の感情を鳥や魚に仮託したものという印象が強い。だとすれば、生命のない貝殻の場合は、なおさら詩人の感情の投影かと思われるが、恐らくこの詩の魅力の鍵は、貝殻自体の抱く潮騒へのノスタルジアという、理不尽で美しい詩的飛躍そのものにあるだろう。生きた貝はもちろん、その抜け殻でさえ、あるべき故郷の海辺を恋しがるはずだ――そして「私」の耳も、その貝殻にそっくりだからこそ、海を愛し、どこにいても海のざわめきをなつかしく思うのである。

　詩の表面上の矛盾や亀裂に触発された読者の想像は、連想や推理の筋道はさまざまに異なるにせよ、おおむねこのように働くのではないだろうか。ただ気になるのは、この詩の語り手の耳にたえず聞こえているらしい「海の響き」のことである。これはたんなる空耳だろうか。むろん海の近くにいるのだとすれば、何のふしぎもないが、それでは海を「なつかしむ」理由にはならない。事によれば、これは語り手の耳の奥にざわざわする耳鳴りを、なつかしい潮騒の音に聞きなしたのではないか。そう言ってしまえば興醒めのようでもあるが、逆に、たえず自分を悩ませる耳鳴りをなつかしい潮騒ととらえ、それは自分が海を愛するせいだと思い返すのは、これも美しい詩的想像力のなせる業ではないだろうか。いずれにせよ、そう考えてみるのも読者としての私の自由である。

　詩は、なかでも短詩は、ことに俳句は、読者との共同作業で生み出される。たしかに作品を書いたのは詩人であり、詩のテクストは詩集のページに印刷されているが、「詩」そのものは、そのどちらにもない。詩はテクストに促された読者のたどる「意味」への回り道、あるいはもっと正確に言えば、テクストとそれを読み取ろうとする読者の間の相互作用、いつまでもきりのない行ったり来たりのなかにある。だから、俳句の作者の仕事は、わずか十七字のなかで何かを「述べる」、あるいは「いひおほせる」ことではなく、マラルメの言い方を借りれば、読み手を「夢見させる」ためのことばの装置を組み上げることにこそあると思われる。

注

(1) 日本語については、「音節」よりも「モーラ」または「拍」と呼ぶほうが正確だが、ここでは比較の便宜を優先する。

(2) 「短詩」の言い換えとして、epigram「エピグラム(寸鉄詩)」という語が用いられることがあり、俳句も一時は「日本のエピグラム」と呼ばれていた。とはいえ、エピグラムは機知や諷刺のきいた短い詩というだけで、俳句のように決まった形式があるわけではない。

(3) 白楽天の「長恨歌」と「琵琶行」は、いずれも七言で、それぞれ一二〇句、八八句という長さである。だが、こうした長篇詩はまれである上に、おおむね物語詩や諷刺詩の性格をもつ。

(4) もっとも、フランス語詩の韻律は、強弱という要素を含みながらも、音節的な性質が強い(その意味では日本語の音数律に近い)ので、英語やドイツ語の詩にくらべれば、長詩には不向きである。フランスに長篇詩の傑作が比較的少ないのは、そのせいもあるだろう。

(5) 俳句がフランスの詩に与えた影響については金子美都子『フランス二〇世紀詩と俳句』[金子]を、スペイン(カタルーニャを含む)については、田澤佳子『俳句とスペインの詩人たち』[田澤]を参照。

(6) この芭蕉の語については、堀切も指摘するように、「発句の生命は余情にあること」[奥田A 四四七注]を教えたものと解し、その背景に漢詩の「含蓄不尽」を認めるというのが定説である。まさにその通りだと思われるが、小論ではその「余情」自体を、詩一般の視点から見直そうとしている。

(7) 以下、芭蕉の発句には句番号[井本B]を付す。

2　日本の「秋」——文化のなかの季語

日本人がことさらに自分を独特な、風変わりな民族と考えて、わけもなく自己満足にひたったり、逆に卑下したりする必要はどこにもない。だが「日本人の文化の客観的現実」の一つとして、「気候にたいへん敏感」で、「季節に対して繊細な感受性を持つ」〔ベルク　六五―六六〕ことは、どうやら疑いの余地がないらしい。

一　季節のめぐりへの感受性

ただし、これは主として文化の特殊な傾向をいうのであって、必ずしも直接、日本の気候条件との因果関係を論じているのではない。例えば和辻哲郎のように、「日本はモンスーン域中最も特殊な風土」、すなわち「熱帯的・寒帯的の二重性格」（傍点和辻）〔和辻　一六二〕を帯びる風土をもつゆえに、日本人が「しめやかな激情、戦闘的な恬淡」（傍点和辻）〔和辻　一六六〕を国民的性格とすると言うのではない。ベルクによれば、せいぜい言えそうなのは、「日本人の季節現象に対する感受性が社会・文化遺産（文学・芸術的遺産、米作の長い歴史、等）によって研ぎすまされてきたという事実（粗雑な決定論が無視してしまう事実）」〔ベルク　六七〕——俳句の「季語」の存在にも見られるように、日本では「気候にたいへん敏感」な文化が育ち、その文化が「日本人のひとりひとりに気質の変化を作り出し」、「気候の影響を活性化」して、逆にますます

「日本人に季節の影響を受けやすくさせ」〔ベルク　六五〕てきたという事実だ。

歳時記を開いてみると、例えば秋になって感じる寒さ、冷ややかさの度合を言い表わす季語がずらりと挙げられている。秋がだんだん深まっていくにつれて微妙に変わっていく「寒さ」の感覚や印象を、これほどきめこまかに識別し、それぞれの特徴を整理した上で、個人の主観を越えた共通の語彙にまで凝縮させた例が、他のどこかにあるだろうか。

収録項目の比較的少ない高浜虚子の『新歳時記』でさえ、そうした季語の数は十もある。なお、ここで『新歳時記』を取り上げるのは、同書が強い規範意識をもって編まれたからである。虚子は、定見もなくやたらに季語を取り込む他の歳時記を批判して、「季題も玉石混淆しては佳題も目立たず、一々其《その》選択の煩累《はんるい》に堪へないであらう。実に季題の整理といふことが此の歳時記の一つの目的であつた」〔高浜　二〕という。同書に収められた「季題」は、虚子による精選を経たものばかりである。

秋の寒さにかかわる語だけを抜き出して、それぞれの語に虚子が付したコメントを、虚子の言いかたそのままに引用する。

冷《ひや》やか　秋になつて感ずる冷やかさをいふ。石の上に、或《あるい》は板間につめたさを感ずるくらゐの冷やかさである。**秋冷《しゅうれい》**。

やや寒《さむ》　秋季感じ始むる寒さである。少し寒いといふ寒さ。**秋寒《あきさむ》**。本格的の寒さではない。秋のさむさである。

うそ寒《さむ》　やや寒・そぞろ寒等と同じ程度の寒さであるが、其《その》寒さを感ずる心持に違ひがあるのである。

うそうそと寒いのである。くすぐられるやうな寒さである。

肌寒《はださむ》　秋も深くなると大気が肌に寒々と感ずるやうになる。袷《あわせ》一枚ではどうも肌寒いといふ寒さである。

朝寒《あささむ》　露霜など置きそめて、朝の間だけ寒さを覚ゆるのを言ふ。人の息の白く見ゆるのもこれから。

夜寒《よさむ》　秋、夜分寒さを感ずるのをいふ。夜業の手先が冷えたり、坐つた所を立ちたくないやうな気がしたり、又戸外へ出てふと夜寒を感ずるといふやうなことも多い。

冷《すさ》まじ　秋の冷気やや強いもので、寒いとまではゆかぬ感じをいふのである。昔は「風寒《かぜすさまじ》の日」等とも使はれてゐる。中国の詩等では「凜《りん》」といふ字を同じ意に使つてゐる。

そぞろ寒《さむ》　秋、そぞろに寒さを覚ゆるといふ寒さをいふのである。心持の上の寒さの語で而も寒さの度合がはつきり判る。

身に入《し》む　秋も漸《やうや》く深くなり、寒さが身に入むのを覚えるのをいふ。

露寒《つゆさむ》　晩秋露の霜を結ぶかに寒さを覚えしめるのをいふのである。（……）曠野に白々と置き勝《まさ》つてゐるのを見ると、ぞつとするほど寒気を覚ゆるものである。

〔高浜　五六九―六一二〕

こうした虚子の説明は、おそろしく微妙繊細だとはいうものの、実はわかったようでわからないという見方もあるだろう。これを外国語に翻訳しようとすれば、相当てこずるに違いない。季語の配列も、必ずしも時間的な順序を追っているようには思えない。なかでも「冷《すさ》まじ」の語に対する「寒いとまではゆかぬ感じ」という解説が、ことに気にかかる。だんだんきびしさを増す寒さの進行が、ここではっきり逆戻りするように思われるからである。これについては尾形仂の卓説があって、「すさまじ」はもともと「荒涼」「凄」の意味をもち、季語としては「冬枯れに近いころの、晩秋の冷然・凄然の感についていうのが本義」〔角川書店　三六〕だという。この語はむしろ、「露寒」のあとにすえるのが順当ではないだろうか。

わかったようでわからないのは、一つには、虚子がある語を説明するのに、他ならぬその語を使うという循環論法におちいっている場合が多いからである。「うそ寒」を「うそうそと寒い」、「そぞろ寒」を「そぞろに寒」いというのでは、そもそも語の定義の体をなさないのではないか。もっとも虚子のねらいは、国語辞書のように「客観的」な定義を与えることではなく、俳句作者の実感に訴え、詩心を掻き立てることにあったと思われる。だからこそ「冷まじ」のように、語感そのものにずれがある場合には（尾形が暗示しているように、虚子はおそらく「冷やか」に通じる語と受け取ったらしい）、ことばの向こうにあるはずの具体的な感覚さえ、その存在があやうくなりかねない。

だが逆にいえば、こうした季節の感覚は、日本では自然がそれほど微妙に変化するというよりも、むしろその変化（と感じられるもの）を表現することば自体に依存する面が大きいとも言える。「肌寒」や「身に入《し》む」という語で言い表わす他ないような寒さの感覚が、現にあることはたしかであり、だからこそこれらの語がひろく通用しているのだろう。だがその半面、これらの語があるからこそ、多くの人がそうした微妙な感覚に気づき、それと認識することができるとも言える。そのどちらが先かを問うのは無意味だが、季節現象へのこうしたこまやかな感性が、季節の多様性そのものから直接生まれたというよりは、むしろことばという約束ごとに集積された文化の記憶、文化の伝統を通じて育てられてきたと見るのが適切だろう。

虚子自身、「寒さ」にかかわる季語について、

> 間違ひ易いのは、「寒き朝」、「寒き夜」は冬で、「朝寒」「夜寒」は秋であることである。それは意味或は文字の感じ等から各々の場合に使ひ別けたのである。(傍点川本)〔高浜　六八四〕

と述べている。近頃よく嘆きの声が聞かれるように、こういう「古い」日本語のニュアンスとその区別が現代人の日常生活から消えていくということは、その語が指し示す特殊な感覚そのもの、他とは微妙に異なる印象そのものが消えていくことに、ほぼ等しいだろう。

日本の場合、そうした季節感の定着に文学、ことに詩歌の及ぼした影響は、思いのほかに大きい。話を秋に限っても、「月」「露」「霧」など、ほかの季節でも見られるものが、連歌・俳諧では秋という季節だけに限定されている。そして歳時記などを見ると、実際に天文学上、気象学上、生態学上その他の理由から、そうなるのがもっとも自然なのだという説明がついていることが多い。例えば、「月」は虚子によれば「自然界で最も世人に歎美せられるものの一つである。殊に秋は四季の中で一番さやけく清いために、『月』といへば**秋の月**をいふのである」(傍点川本)〔高浜　五三七〕。また「露」は「秋季に最も多いので単に露といへば秋になつてゐる」〔高浜　五二七〕。たぶんその通りだろうが、それだけでは、「月」や「露」がもっぱら秋のものと決められている(ただし「春の月」や「夏の月」「夏の露」などは、それぞれ季語として認められている)ことの説明にはならない。その意味で、これらは日本文化の伝統を離れては通用しない「常識」なのだ。

どの語をどの季節に配するかについて、虚子は「あくまで文学的見地から季題個々について事実・感じ・伝統等の重きを為すものに従つて決定した。中には理屈上をかしいものもあり事実と違つてをるものもある」〔高浜　四〕と断っていて、判断の比重は「事実」よりも「文学的見地」の方に傾いているようだ。例えば霧について、虚子は「昔は霧も霞も区別がなかつたやうであるが、今では春は霞、秋は霧と定まつた」（傍点川本）〔高浜　五四六〕という。事実、気象学の上では、両者の区別は何もない。なお、春は霞、秋は霧という「分担がおおむね成り立」ったのは、遠く平安時代のことらしい〔片桐　一二三五〕。では、なぜそう「定まつた」のだろうか。

その経緯を簡単にいえば、和歌で季節にかかわる歌語（季の詞《ことば》）が盛んに用いられ、題詠が繰り返されているうちに、その「本意（主な興趣）」が徐々に固まっていき、のち連歌では、一巻のあちこちに、一定のきまりにしたがって季節の語を配置する必要上、季語の季節をただ一つに限定する必要が生じたのだ。

二　四季の中心としての秋

『万葉集』の巻八と巻十では、歌のテーマや素材にしたがって四季の別が立てられ、それが和歌集における季節分類のさきがけとなった。だがさらに画期的で、後世に決定的な影響を及ぼしたのは、最初の勅撰和歌集『古今集』の冒頭に、四季の部がすえられたことだ。全二十巻の最初の六巻を、春（上・下）・夏・秋（上・下）・冬の歌が占め、後半の初頭に当たる第十一巻以下には、恋の歌五巻が置かれて、四季と恋がたがいに相対する形になっている。

四季の部では、それぞれの時候の代表的な風物や人事をテーマとして、季節が推移していくありさまがたどられ、また恋の部では、恋の花が芽生え、開き、そして散っていくまでの過程が、やはり時間の推移にしたがって示される。『古今集』は、そうした歌材の時系列による配置、相互の照応・対比などに周到な注意をはらった、緊密な構成を特徴とする。

以後、近代に至るまで、日本詩歌のもっとも重要なテーマ、詩語とその支配的な含意、さらには連想のネットワークなどの大枠が、しっかりと固定されることになった。むろん『古今集』の後に出た多くの歌集や物語類の影響で、テーマや詩語、あるいは含意にはさまざまな変化があったが、大筋はほとんど変わっていない。ことに宮廷貴族が没落して武家の時代に入ってからは、かえって理想としての王朝文化に対する絶対的な尊崇の念が強まった結果、王朝文化の記憶装置として、美の規範としての『古今集』の権威は、まさに圧倒的なものとなった。

四季のなかでももっとも注目され、日本の美意識の中核を占めたのは秋である。この傾向は、時代を下るにつれて、いよいよ顕著になっていく。それでは、『古今集』の秋の部によって骨格を定められたといってよい日本の秋――「秋」についての日本人の文化的概念(表象体系)――は、どのような材料でできているのだろうか。その材料はむろん、できるだけ実際の秋の景物や歳時(年中の出来事)のなかから、いかにもそれらしいものが選び出されたことだろう。だがそこにはすでに、ある鮮明な方向性があって、それが日本人にとっての「秋」の意味づけを反映している。

三　悲しい秋

小町谷照彦の要約によれば、『古今集』の「秋歌上」では、「立秋・秋風・七夕・悲しい秋・秋の夜・月・虫・雁・鹿・萩・露・女郎花《おみなえし》・藤袴《ふじばかま》・撫子《なでしこ》・百草《ももくさ》の花・月草・野などの順に景物が配列され、情趣的な景物によって悲しく寂しい秋の季節感が表出されている」。ここでは「悲しく寂しい秋」というのがキーワードになる。一方、「秋歌下」では「紅葉の歌が多く三分の二近くを占めている。(……)移ろう紅葉、散る紅葉が哀惜をこめてうたわれた」。その他には、「秋の草木・菊・山田・九月晦《みそか》の歌が収められ、菊は移ろい盛《ざか》りといって、花盛りを過ぎて少し色ばみかけたものも賞美され、菊の露に長寿の願いが託された」[小町谷　三六六]。ここでは華やかな紅葉への賞賛の裏にひそむ「移ろい」「落葉」への強い関心が注目される。春の「散る花」とともに、「飛花落葉」の仏教的無常感がその底にある。『古今集』では、まだ月がさほど重視されていないのも興味深い。

秋は寂しく悲しい。花の色が移ろい、涙のような露が草葉に降りる。わびしい時雨《しぐれ》が通り過ぎ、木の葉が枯れて、散り落ちていく。王朝時代から中世への橋渡しをつとめる『新古今集』の時代になると、そうした秋の概念を集約する時分として、とりわけ夏から冬へ、そして昼から夜へ、つまり光から闇への衰微・凋落を二重に表象する「秋の夕暮」に、歌人たちの興味が集まり、「秋夕《あきのゆうべ》」が代表的なテーマの位置を占めるようになった([川本A　三六―五八]を参照)。

というわけで「悲しい秋」は、今日にいたるまで、日本人の季節感情の中核をなしている。だが実はその秋も、日本では初めから悲しく寂しい時節だったわけでは決してない。『万葉集』の秋の歌をみても、のちの時代に見られるような悲痛傷心の情はほとんど表われていない。さきにも触れたように、ここには「古い詩文」[高浜　六〇八]、ことに中国渡りの詩文の影響が及んでいるのだ(1)。

中国では早くも戦国時代の末に、揚子江沿岸に成立した『楚辞《そじ》』をさきがけとして、「悲秋《ひしゅう》」のテーマが確立されていた。

悲しい哉《かな》　秋の気為《た》るや
蕭瑟《しょうしつ》として草木揺落《ようらく》して変衰す　[小南　二四七]

『楚辞』に収められた宋玉の『九弁《きゅうべん》』は、自分の不遇と老衰に対する悲傷を、草木の凋落に重ね合わせることによって、中国の秋の季節感を決定づけた。その後、漢代から六朝時代にかけて、この傾向はいわゆる辞賦《じふ》のジャンル、なかでも潘岳《はんがく》『秋興《しゅうきょう》の賦』などに受け継がれて、秋は悲しいものという通念が出来上がった。

そうした辞賦の類を多く収める詞華集『文選《もんぜん》』が奈良時代以後、日本で大いにもてはやされ、また唐の詩人白楽天の『白氏文集《はくしもんじゅう》』が、平安時代に熱烈な歓迎を受けた。そうして中国の「悲秋」は、まず平安朝初期の和製の漢詩に直接取り込まれ、ついで和歌のなかで定石化、というよりも、ほとんど制度化・規範化されることになった。なかでも『和漢朗詠集』(一〇一二ごろ)「秋」の部の「秋興」に掲げられた、白楽天の「暮に立つ」の起承句、

大抵《おおむね》四時《しいじ》心惣《す》べて苦《ねんごろ》なり　就中《このなか》に腸《はらわた》の断《た》ゆることはこれ秋の天　［大曽根　八九］

（だいたい四季折々、心の痛まないときなどないが、なかでも断腸の思いをさせるのは秋の空だ）

は、ことに愛誦されたらしい。

『古今集』の「悲しい秋」の歌（秋歌上。よみ人知らず）は、どれも「悲秋」の日本化の試みである。

物ごとに秋ぞ悲しきもみぢつつ移ろひゆくを限りと思へば　（一八七）［以下、小町谷］

（「移ろふ」は「色あせる、散る」。「限り」は「最後」）

なかでも、

いつはとは時は分かねど秋の夜《よ》ぞ物思ふことのかぎりなりける　（一八九）

（「いつはとは」は「特にいつがそうだという違いはないが」。「かぎり」は「極限」）

になると、ほとんど先の「暮に立つ」の直訳に近い。

また、百人一首で有名な大江千里《おおえのちさと》の、

月見れば千《ち》ぢにものこそ悲しけれ我が身一つの秋にはあらねど　（一九三）

に見られる着想、「秋は誰にもくるはずなのに、どうして私一人がこんなに悲しいのだろう」という発想も、やはり『和漢朗詠集』に収められた白楽天「燕子楼」の句、

燕子楼《えんしろう》の中《うち》の霜月《そうげつ》の夜《よ》　秋来《きたっ》てはただ一人《いちじん》のために長し　〔大曽根　九三〕

（燕子楼に霜夜の月が冴えわたる夜は、ことに昔が思い出されて眠れず、秋の夜は自分一人のために長いのかと思われる）

から得られたものに違いない。

一方、『古今集』ではそれほどでもなかった「月」は、その後、秋の大テーマの一つになった。これも白楽天らの詩と、やはり中国の風をまねて平安時代からさかんに催された八月十五夜の「月の宴」によるところが大きい。「露」は『万葉集』でもおおむね秋にかかわっているが、はっきり秋のものと決まった裏には、『和漢朗詠集』にも収められた白楽天の「暮行吟《ぼこうぎん》」の名句、

憐《あわ》れぶべし九月《くがつ》の初三《そさん》の夜《よ》　露は真珠に似たり月は弓に似たり　〔大曽根　一二九〕

（「九月初三」は「九月三日」）

や、漢詩に頻出する成句「秋露」の影響があるだろう。

むろん、こうした季語の季節感のすべてが中国からきたというわけではない。例えば春の「霞」と秋の「霧」の使い分けなどは、純然たる日本文学史上の現象であり、先に触れたように、和歌のテーマ分類や連歌の季語分類の必要に迫られてのことと推測される。「日本人が、中国思想の不断の影響を受けながらも、その影響にずぶぬれになることからいかにうまく身をかわしてきたか」〔大岡　一二一〕――『古今集』に見られるような「四季のきわめて精緻な分類、類型化」〔大岡　一八一〕とその生み出す情感が、「支那人のとはまつたく違つたものであつた」〔大岡　一二二〕ことに、異論はまったくない。ただ、ここで強調したいのは、季語の由来よりもむしろ、季節感のように自然の変化そのものと直結しそうな現象でさえ、いかに「古い詩文」に左右され、常套的な型に依存するところが大きいかという点である。

そしてその点については、中国からの由来をもう少し意識してもいいだろう。「ぶらんこ（鞦韆《しゅうせん》）」は、なぜとくに春の季語なのか。虚子は例によって、「年中ありはするが、子供達が元気に乗り遊ぶのは、ぽかぽか暖くなつてからのことで、その起こすきしりには暢びやかな春らしい響があつて、いかにも長閑な感じのするものである」〔高浜　二一三〕と、そうなるのがごく自然であるかのように、写生的・実感的な説明を加えている。だが、ぶらんこと春との結びつきは、明らかに中国の「寒食《かんしょく》節（冬至から百五日目前後の三日間）」の行事に由来するものだ。ぶらんこは、主として北方の子供や女性の遊びが、のち宮中で宮女の楽しみになったものだという。白楽天「寒食の夜」の「痴男騃女《ちなんがいじょ》　鞦韆《しゅうせん》に喚《さけ》ぶ（無邪気な子供たちが、ぶらんこでキャアキャア言っている）」など、多く詩に詠まれている〔植木　五六―五七〕。そして平安初期の漢詩集『経国集』には、嵯峨天皇の御製「鞦韆篇」が収められている〔小島　一〇二―一〇七〕。「七夕」や「天の川」「牽牛・織女」も同様だ。日本でだんだん季語が定まり、季節感が固まっていくときに、中国の詩文がどれほど規範的な力を発揮したかを（逆に言えば、われわれの祖先が、いかに隣国の文物をひたすら仰ぎ見ていたかを）、忘れるわけにはいかない。相手こそ違え、最近でも似たような現象が見られるからだ（本書Ⅳ-3「第二芸術論を疑う」を参照）。

四　イスラエルの秋

言うまでもなく、こうした規範的概念の威力が強く感じられるのは、決して日本だけではない。テルアビブ大学の詩学教授ジヴァ・ベン＝ポラートは、イスラエルの秋の詩、秋の歌について、きわめて興味深い研究を行なった（拙訳「月と芋とノスタルジア」ほか）。ベン＝ポラートによれば、秋というテーマは一般に、三つの概念にしたがって表象がパターン化される。（一）実りと豊饒の象徴として、（二）衰退と死の象徴として、そして（三）ある特定の気分、すなわち苦境や不遇へのノスタルジックな諦めの象徴としての秋である。ところがイスラエルの詩やポピュラー・ソングで優勢なのは、イギリスの詩人キーツの「秋に」To Autumn に代表されるような豊饒の秋や、シェリーの「西風へのオード」Ode to the West Wind、フランスの詩人ボードレールの「秋の歌」Chant d'automne に見られるような破壊や死をもたらす秋ではなく、もっぱらロマン主義以降、ヨーロッパの詩で主流となった感傷的な秋ばかりである。

イスラエルはおおむね地中海性気候に属している。五月から十月まではほとんど雨の降らない乾季、十一月から四月までは雨季で、両者の入れ替わるごく短い期間が、秋と春に当たる。雨季は冬だが降雨はわずかで、寒くもない。だから、秋は衰微ではなく大地のよみがえりの季節である。雨は降れば恵みの雨であり、大多数の木は常緑樹、わずかに木の葉が散るのはむしろ冬のことである。渡り鳥も秋に帰ってくる。ところが奇妙なことに、詩や歌で展開される秋のイメージは、現実とは無関係に、もっぱら黄葉や落葉、陰鬱な雨や霧、冷たい秋風、去っていく渡り鳥など、すでにヨーロッパでセットとして固まった「悲しい秋」のレパートリーばかりである。そして面白いことには、現実のイスラエルの秋を、ありのままに、実際の風物に忠実にうたった詩は、読者にはなかなか秋の詩だと認識されないという[ベン＝ポラート、Ben-Porat]。

五　豊作の句

日本の和歌でも、実りの秋の概念がほとんど見当たらない。ごくまれに稲が詠まれることはあっても、例えば『古今集』以下では、「稲」と「去《い》ね」や「刈る」と「離《か》る」の掛詞に利用されたり、またせっかく秋の取り入れが歌われても、坂上是則の、

刈りて干す山田の稲のこきたれてなきこそわたれ秋の憂《う》ければ　（古今・雑上・九三二）

（「こきたれて」は、「稲をしごき落とす」と「涙をしきりに落とす」の掛詞。私がそのように泣いて毎日を過ごしているのは、秋が悲しくてたまらないからだ）

のように、かえって「悲しい秋」のテーマの添え物にされるしまつである。

また収穫も豊穣も、秋の代表的な景物に入る余地がない。「秋の心、人により所により賑はしきことも御入候へども、野山の色もかはり物淋しく哀れなる体、秋の本位なり」（『至宝抄』）〔伊地知B　二三四〕だからである。「稲葉」「早苗」「穂」「山田」など、かろうじて歌語に組み入れられている景物は、つらい農作業とその成果の喜びを語るというよりも、もっぱら季節のしおらしい風景の一部として捉えられている。


昨日《きのふ》こそ早苗《さなへ》取りしかいつの間に稲葉そよぎて秋風の吹く　（古今・秋上・一七二・よみ人知らず）

大嘗会《だいじょうえ》で地方から奉献される稲をつきつつ歌われる歌は、豊穣を祝うものとして、勅撰集の「賀」の部などに収められているが、それらは実りの喜びを大らかに喜ぶたぐいの歌ではない。『枕草子』第九十七段にちらりと見える農作業（稲こき）へのあからさまな蔑視とともに、これは都会住まいの王朝貴族の美意識の反映ともいえるだろうが、ここでもまず、「悲秋」概念の根強さを読み取るべきだろう。

中国では、日本ほど抒情の種《たね》の選り好みが強くはなく、農事は詩材リストの中心からは遠いとしても、その片隅をたしかに占めている。清・康熙帝欽定の『佩文斎《はいぶんさい》詠物詩選』を見ると、「天」から「虫」に至る、すべて六十四種の詩題の第三十三種に「農・圃《ほ》（はたけ）・樵《しょう》（きこり）」があり、その「農類」には、「田家」や「春耕」に交じって「豊年謡」の詩が収められている〔張　九七七―八八〕。また詩題第七種中の「社日」、具体的には豊穣を祈る「春社（春の祭）」や豊年を祝う「秋社（秋祭）」など〔張　二二九―三二〕を、ここに加えてもいいかもしれない。

俳諧は、和歌や連歌が避けてきた実生活の各領域に、あえて足を踏み入れることを面目とした。だから発句や連句で「豊年」や「豊作」「稲扱《いねこき》」などが季語として、時には正面から詠み込まれたのは、日本では画期的なことだった。

よ の 中 は 稲 か る 頃 か 草 の 庵《いほ》　芭蕉　（四五八）

では、刈り入れはまだ遠い世界の風景という扱いを受けているが、『猿蓑』の「市中《いちなか》は」歌仙の脇以下の三句、

あ つ し あ つ し と 門《かど》 々《かど》 の 声　芭蕉
二《に》 番《ばん》 草《ぐさ》 取 り も 果《はた》 さ ず 穂 に 出《いで》 て　去来
灰 う ち た た く う る め 一 枚　凡兆

は、例年にない日照り続きに今年の豊作を見込んで、農作業に寸暇を惜しみ、嬉しい悲鳴を上げている農家のあわただしい活気を伝えている。

なお、日本と中国のどちらにも、秋を直接、死と凋落に結び付けるような詩は見当たらないようだ。

六　むすび

日本の秋のテーマは、凋落の悲哀と諦めというただ一つの概念にしたがって、その表象体系がこまかく整備されてきた。ただ、季節や風物のそうしたやや偏った意味づけが、文化記憶として長年にわたって学ばれ、継承されてきたばかりでなく、和歌などの規範的・義務的な「本意」として強い拘束力を及ぼしてきた点に、日本の季節感の特異性を見出すことができるだろう。

注

(1)　中国の「悲秋」が日本に伝わり、独自のめざましい展開をとげたことについては、拙論「秋の夕暮」〔川本A三―六一〕を参照されたい。

3　芭蕉の桜――「花」の本意と本情

芭蕉の句に詠まれる桜には、二つの大きな特徴がある（ただ「花」といえば桜の花を指すという、古来の詩文上の習慣に従って、芭蕉の桜の句は「桜」と「花」の両方にまたがっている）。その第一は花の種類にかかわり、第二は花の「本意・本情」にかかわるが、もともと両者の根は一つである。

中世連歌以来、「桜」という句材がたどった経緯を振り返ってみよう。二条良基の『連理秘抄』（一三四九）には、「発句に時節の景物（＝風物）背《そむ》きたるは返す返す口惜《お》しき事也。殊《こと》に覚悟すべし。景物の宗《むね》（＝中心）とあるがよきなり」として、「二月」には、「梅　待花《まつはな》より次第に、三月までは、只花をのみすべし、落花まで毎度大切也」［木藤　五三］とある。発句では、ひたすら「花」を詠み込めというのである。発句以外に用いる「季語」についても、「花」や正花《しょうか》(1)のほかには、わずかに「桜」「山桜」「遅桜」［伊地知A　四二］の三語だけが挙げられている（草案本とみられる『僻連《へきれん》抄』には、ほかに「糸桜」「庭桜」［伊地知D　四九］があったが、のちに削られたようだ）。

松江重頼《しげより》『毛《け》吹草《ふきぐさ》』（一六四五）を見ると、「連歌四季之詞」の「中春」では「初花（初桜）」「糸桜」、そして「末春」では「八重桜」「庭桜」「遅桜」と正花［竹内　七〇―七二］が挙げられているのみだ。一方、「誹諧四季之詞」では、「二月」に「彼岸桜」「姥桜《うばざくら》」「樺桜《かばざくら》」「犬桜」「熊谷《くまがえ》桜」「墨染《すみぞめ》桜」「烏帽子《えぼし》桜」、そして「三月」には「伊勢桜」「緋桜《ひざくら》」「桐ヶ《きりが》谷《やつ》桜」「楊貴妃桜」「薄桜」「泰山府君《たいざんぷくん》桜」「塩釜桜」「児《ちご》桜」「普賢象《ふげんぞう》桜」「雲珠桜《うず》」および正花〔竹内　五七―五八〕と、一挙に数が増えている。

以後芭蕉の師、北村季吟の『山の井』(一六四八)の約二十語をへて、『増山井《ぞうやまのい》』(一六六三)「春　山桜」に至っては、四十語近くがずらりと列記されている〔玉城〕。もっとも、ここには重複(「初桜」と「初花」、「糸桜」と「枝垂桜《しだれ》」など)もあり、また木の種類や特徴の名称ではないもの(「初花」「遅桜」「家桜」など)も混じっているが、これらは言うまでもなく、ひろく定着した桜の呼び名のリストであって、植物学的な分類をめざすものではない。

『毛吹草』と『山の井』は、どちらも貞門の作法書であり、現に芭蕉以前や同時代の貞門俳諧では、種々雑多な桜の名が入り乱れ、まさに百花繚乱の観を呈している。例えば貞門の句集『犬子集《えのこ》』(一六三三)の「春・下」のうち「花」「桜」のグループには、「虎尾桜《とらのお》」「塩釜桜」「楊貴妃桜」「熊谷桜《くまがえ》」をはじめ、二十に近い語が詠み込まれ、ただの「桜」や「花」は、ごくまれにしか出てこない〔森川　三三一―四五〕。

ところが芭蕉は、そうした桜の変種や異称にはほとんど興味を示さない。ただ単に「花」と呼ぶ場合はもちろん、「桜」という具体名を出すときでさえ、それ以上に桜の種類を特定することを、極力避けているように見える。ほぼ一千句に近い芭蕉の発句のうち、乾裕幸によれば、「花」の句は六十六句、「桜」は二十句(ただし傍題を含む)で、全句に占める両者の割合は第一位だという〔乾　四九〕。そのなかで、「花」と「桜」以外の桜の呼び名は、『校本芭蕉全集』「語句索引」で調べてみると、わずかに「山桜」(四)、「初桜」(三)、「糸桜」(二)、「姥桜《うば》」「児桜《ちご》」「八重桜」「犬桜」(各一)の六語、句数にして十三句しか見当たらない(ただし存疑の句を除く)(〔島居　三四三―七六九〕を参照)。

しかも、これらのうち七句は、芭蕉が江戸に来て間もない一六七八―七九年ごろまでに作られている。

つまり、まだ他門の影響圏内にある時期の句であって、例えば、

糸桜こやかへるさの足もつれ　（三一）

風吹《ふけ》ば尾《を》ぼそうなるや犬桜　（三二）

では、どちらも花の姿や風情でなく、もっぱら名前だけが問題になっている。前者では、糸桜に見とれているうと（酒も入るのだろうか）、帰り道で足が「糸」のように「もつれる」という。後者は犬桜が風に散って、枝の花が「犬」の尾のように先細りになるという。

これは典型的な貞門や談林流のことば遊びであって、「児桜」であれ「姥桜」であれ、花名はどれも洒落か見立ての材料になる。だから『犬子集』などで、「家桜」や「遅桜」にかこつけた遊びの種が尽きると、さらに材料を求めて、呼び名の面白い桜に手を伸ばすことになるのは、当然の勢いだろう。そうした句では、その花の実体を知る必要さえない。

とはいえ、ここで注意する必要があるのは、このように無邪気なことば遊びでさえ、和歌・連歌以来の「花」の本意がしっかり踏まえられていることである。いまの芭蕉の二句で言えば、前者は「春の日の暮るるをも知らず、帰るさを忘れつつ」（『至宝抄』）〔伊地知B　二三三―三四〕、後者は「春の風をいとひ、あだなる事をなげき」（一条兼良『和歌題林抄』）〔中田　二〇〕という和歌以来の「花」の本意に依存している。貞門や談林の句では意外にも、題の本意は重要な支えであり、本意を周知の前提とすることで、はじめてパロディが成り立つのである。

その上実は、「犬桜」を犬に見立てるように、名前の字面からおかしな「本意」を捏造することでさえ、必ずしも極端に伝統を逸脱した行為だというわけではない。例えば歌枕の「老蘇《おいそ》の森」が、ほととぎすの名所というだけでなく、「老い」への連想をその本意とするように、固有名を文字どおりに受け取るのは、和歌の常套手段だった。ただ犬桜の場合には、もとの名もそこからの連想も、優美な和歌には容認しがたい俗臭を帯びているだけである。のちの芭蕉も、「笠嶋《かさじま》(雨除けの笠)」、「二見《ふたみ》(蓋と身)」、「温海山《あつみ》」と「吹《ふく》浦(暑さを吹く)」、「月山《がっさん》(月の山)」などで、この手を使っている。

だが江戸に出て、自己の作風に自覚を深めてからの芭蕉は、「花」に関する限り、そうした語呂合わせを、きびしく自制する決意を固めたようである。あれこれの桜ではなく、すべて「花」と「桜」で押し通すこと。言い換えれば、「花」というもっとも重要な季題を詠むときには、余分な連想をきびしく抑え、排除して、ひたすら和歌・連歌以来の正統的な「花」の本意を見つめ、それを深めていこうということだろう。

発句のみならず連句の付句でさえ、芭蕉は「犬桜」「姥桜」「児桜」の類はもちろん、もっとありふれた「家桜」「庭桜」「緋桜」「糸桜」などの語も、ほとんど用いていない。また連歌や俳諧には、花の定座が認められる「正花」の議論がつきものだが、芭蕉は案に相違して、「花嫁」「花火」「花の浪」といった正花を、自身ではほとんど付句に詠まないばかりでなく、他の連衆にもめったに許していない。これも明らかに、意識的であるに違いない。

芭蕉は「花」については、明らかに俳諧から連歌の線にまで立ち戻ることを選んだのである。それどころか、さらに進んで中古・中世の和歌の世界にまでさかのぼったと見ても、事情はそう変わらない。二条為世が『和歌秘伝抄』(一三二六か)で述べているように、「新しきを求むるとてさまあしくいやしげなる事どもを詠まんこと有るべからず」〔久松A　二四四〕という精神から見れば、せっかく「花」「桜」という由緒ある優美な語がありながら、その種類にまで立ち入って珍しい名を詠み込むのは、「入立《いりたち》て案内者(=事情通)げに侍るこそ見苦しく侍れ」〔久松A　二四五〕ということになる。

とはいえ芭蕉にとっては、ここに深刻な問題が生じる。「但しあたらしき心いかにも出来がたし。代々の撰集世々の歌仙よみ残せる風情有るべからず」〔久松A　二四四〕と、為世が和歌などについてさえ言うように、俳諧を事とする芭蕉が、その命ともいうべき語彙選択の自由を捨ててしまっては、句に新味を出すことはおろか、何より大切な俳諧の独自性を打ち出すことさえ難しくなる。これはきわめて危険な選択だが、おそらく芭蕉には、それだけの覚悟と自負があったに違いない。基本的にはあくまで和歌以来の「本意」を踏まえながら、しかも当代の感性によって新たな境地を切り拓くこと、つまり「花」の俳諧的な「本情」を探ることをめざしたのである。

さて、芭蕉の花の句としてもっとも忘れがたいものの一つは、『ひさご』中の「木のもとに」歌仙の発句とその脇だろう。

木《こ》のもとに汁も鱠《なます》も桜かな　芭蕉
西日のどかによき天気なり　珍碩《ちんせき》

発句は、落花降りしきる樹下の花見、酒宴の馳走の中にまで花びらが舞い込む華やかさ、浮き立つような心のはずみを伝えて、余すところがない。紹巴《じょうは》の連歌作法書『至宝抄』(一五八六)が、いわば芭蕉に先回りして言うように、「木の下に(到りては)肴盃とりどりの遊び」〔伊地知B　二三三〕というのは、花の本意の一つである。一方、「木のもとに」の古雅に対して、「汁」「鱠」という、連歌とは無縁の俗な食物を配したところが、俳諧の働きである。

そして、さりげない口語調の脇句が、のどかな春の夕刻という時分を設定して、絶妙の空気を醸し出す。「温《あたたか》」「長閑《うらら》」は、『毛吹草』「連歌四季之詞」では、少し早い「初春」の季語だが、この脇によって、それらがまるで「花見」の本性であるかのように感じられる。周知のように、芭蕉は以前、伊賀の連衆と同じ発句で二度も試みた連句が気に入らず、三度目に近江の弟子たちとこの歌仙を巻いて、首尾よく『ひさご』に収めたという(〔宮本B　二二六―四三〕を参照)。

以前の脇句は、

明日《あす》来る人はくやしがる春　風麦

というものだった。芭蕉はこの脇の俗っぽさを嫌ったという見方もある。だが実は、今日中に散り果てそうな花を案じ、明日の失意を思いやるというのは、和歌や連歌では、華やかな花見の宴よりはるかに重い本意だった。これは「散るに身を砕く。命にかへて惜しめど、とまらぬことを恨み」(『和歌題林抄』)〔中田一九〕という中核的な本意から派生した枝葉の一つである。『至宝抄』には「今日こずば明日《あす》は雪とふりなん事をおもひ」〔伊地知B　二三四〕とある。十世紀の歌人で三十六歌仙の一人、藤原元真《もとざね》の『元真集』に、

わが宿の桜は風に散り果てぬあす来む人はくやしと思はむ

の歌がある。風麦の付句は、まさにそうした歌の俳諧化に他ならない。

それどころか、和歌以来の「花」の本意を云々するとすれば、むしろ芭蕉の発句と珍碩の脇の方が問題になるだろう。一〇七八年の内裏《だいり》歌合では、

尋ねこぬさきには散らで山桜見る折にしも雪と降るらむ

という藤原顕季《あきすえ》の歌が、非難を浴びている。私が来る前には散らなかった花が、なぜ目の前でどんどん散るのだろうというのは、「花をむげに惜しむ心なし」[峯岸　九六]、散るなと願うことこそが本意だろうという。芭蕉と珍碩の二句でも、この本意はきわめて稀薄である。

もし芭蕉が風麦の脇に満足しなかったとすれば、それは、まさに命に代えて花を惜しみ、そのとまらぬことを恨むという中心的な本意がもつ過度の観念性、後世の目から見ればかなり大仰な感傷性を排したかったからではないか。芭蕉の「花」の大きな特徴は、王朝末期から中世にかけて、桜の本意にしみ付いた無常感や、滅びの美学から解放されていることである。むろん、そこには「散るを惜しむ」気持ちがまったく欠けているわけではない。だがどの句を見ても、まず胸を打つのは、濃艶にして華麗、のどかでなつかしい花盛り(または落花)の光景であり、かすかな春愁の翳りを帯びた空気である。

命二ツの中に生《いき》たる桜哉《かな》　（二三九）
観音のいらかみやりつ花の雲　（二六二）
花の雲鐘は上野か浅草歟《か》　（二八九）
初桜《はつざくら》折しもけふは能日《よきひ》なり　（三五七）
はなのかげうたひに似たる旅寝哉《かな》　（三六八）
扇にて酒くむかげやちる桜　（三七二）
四方より花吹《ふき》入《いれ》てにほの波　（六一五）
暫《しばらく》は花の上なる月夜かな　（六七八）
奈良七《なな》重《へ》七《しち》堂《だう》伽《が》藍《らん》八《や》重《へ》ざくら　（九五一）

花の「本意」の上に立ちながら、そこに近世独自の「新しみ」と「軽み」を加えて、芭蕉は泰平の世にふさわしい花の「本情」を、うららかな華やかさに見出したのだ。花見の句が多いのも、当時の実情を反映してのことだろう。「木のもとに」の発句で「花見の句の、かかりを少し心得て、軽みをしたり」（『三冊子』）〔奥田Ａ　五九八〕と芭蕉みずから言う、その「軽み」とは、かすかに「本意」を匂わせながら、その重苦しい規範性と観念性を脱することではないか。

そして、発句とともに忘れがたいのは、蕉門連句の巻尾の二句、いわゆる「匂いの花」と挙句《あげく》とで一巻を「めでたく巻き収める」春風駘蕩《たいとう》たる気分である。

山は花所《ところ》のこらず遊ぶ日に　冬文《とうぶん》
くもらずてらず雲雀《ひばり》鳴くなり　荷兮《かけい》（『春の日』「蛙のみ」）

手のひらに虱《しらみ》這《は》はする花のかげ　芭蕉
かすみうごかぬ昼のねむたさ　去来（『猿蓑』「市中は」）

糸桜腹いつぱいに咲きにけり　去来
春は三月曙《あけぼの》のそら　野水（『猿蓑』「灰汁桶《あくおけ》の」）

言い換えれば芭蕉の花は、発句でさえ、連歌・連句ののどかな「匂いの花」に通じるものをもっている。匂いの花とは、歌仙なら二度目の「花の句（名残の裏の五句目）」、発句から三十五句目で、連句では「最も尊重され」、「一座の緊張も高まり、そのクライマックスのなかで詠まれるもので、この句の出来不出来が一巻を左右する」〔東　一〇九〕ほどだという。明智光秀を囲む「天正十年愛宕《あたご》百韻」（一五八二）〔島津A　三一五―四四〕は、こう結ばれている。

色も香《か》も酔《ゑひ》をすすむる花の本《もと》　心前《しんぜん》
国々は猶《なほ》のどかなるころ　光慶《みつよし》

今日のわれわれもやはり、「桜」と呼び「花見」と言い、いちいち桜の種類を区別しない。いまどこにでも咲く「染井吉野」は、明治初年または江戸末期に東京の染井からひろがったもので、昔から親しまれた山桜とは種類が異なるという。だが、いまわれわれの味わう「花見」の本情は、まさに芭蕉以来のそれではないだろうか。

注

（1）　花の定座なのに「花」が出せないときには、華やかさへの賞美の意をこめて、他季または無季の「正花」を出すことが許される（「余花《よか》」「花御堂《はなみどう》」「花婿」など）。

II　俳諧の詩学

1　新切字論——連歌から芭蕉、現代俳句まで

一　切字とは何か

切字は中間休止(シジューラ)ではない

俳句の用語のなかで、切字《きれじ》はいちばん厄介なものの一つである。切字のことは、わかったようでよくわからない、というのが大方の印象ではないだろうか。その「切字」は英語で cutting word と訳される。といっても、俳句を知らない海外の人々には何のことだかわからない。なぜなら、詩が行のなかで「切れる」こと、途中に語音の休止(pause)または間《ま》が置かれることなら、西洋にも東洋にも例は少なくない(例えばフランス語のアレクサンドラン(十二音節詩行)まん中の切れ目や、漢詩五言の第二字と三字の間、七言の四字と三字の間の休止)。だが、俳句で「切字」と呼ばれるのは、ある特定の語そのものが、具体的な音の休止とはかかわりなく、それがあることによって詩行を「切る」働きをすることだ。その点が、よく呑み込めないのだ。

西洋の詩で「切れ」に当たるのは「シジューラ」caesuraである。これは古代ギリシャ・ローマ詩以来の韻律法にいう「中間休止」、すなわち詩行の時間的な流れを行内の特定の位置で一時中断することを指す。「古池や」の句では、切字「や」が、一句をきっぱり二つに切り分けていると、しばしば説かれる。

そこには実は、たんなる文字「や」の存在だけではなく、その直後の大きな休止（シジューラ）——初五《しょご》のすぐあとにくるかなり長い音の休止（ときには延長）の効果もあるのではないだろうか。この点は今後、もっと注目されていいだろうが、いまこの問題に深入りすることは控えよう。(1)

それはともかく、俳句の切字は、このように際立った二つの中間休止（初五の後と中七《なかしち》の後）を前提として、その上にどのような韻律上の「切れ」を設けようとしているのだろうか。（すでに拙文「切字論」（『芭蕉解体新書』雄山閣出版、一九九七）〔復本B　一九七—二〇八〕を読まれた方は、このあと「三　新切字論」（本書六七ページ）から先を読み進めていただきたい。）

句中の切字と句末の切字

今日の俳句では、五・七・五音の定型や季語に比べて、切字はジャンルの基本条件として、それほど重視されてはいないようだ。切字がないからといって、俳句としての資格が問われることは、めったにない。それどころか、切字は多少とも古めかしい響きを伴うので、むしろ避けるべきだと考える作者も少なくない。ごく大まかに見積もって、現代の作品で切字が入っている句の数は、全体のほぼ三分の一から四分の一程度ではないだろうか。

そこで、現在の時点において、そもそも「切字」とは何か、何のためにあったのか、そして今後「切字」をどうするのかといった点を、正面から問い直すことは、ぜひとも必要な仕事であるように思われる。俳句の場合、切字は句をどこで（言い換えれば、何から何を）切り離すものだろうか。それはいったい何の役に立つのだろうか。

それについては、誰もがすぐに気づく大きな矛盾がある。これは相当に面倒な難問で、例えば芭蕉以後、現代までの俳句だけに目を向けている限り、おいそれと解けそうにはない。この点がごく最近まで、きちんと突き詰められることなく、ただ疑問のままに放置されてきたのも、ある意味ではむりもない。

現代の俳句では、切字はおおむね「や」「かな」「けり」の三つに絞り込まれてきた（なかでも「や」の使用例が圧倒的に多い）。だから、切字といえばすぐこの三つが思い浮かぶことになる。ところが奇妙なことに、「や」と残り二つの切字とでは、句のなかで置かれる場所がまったく異なる。

夜《よ》桜《ざくら》**や**うらわかき月本郷に　　波郷

石田波郷の句では、切字の「や」が句の途中に置かれている。だから見たところ、「や」はその前の「夜桜」と、その後の「うらわかき月本郷に」の間を断ち切っているように見える。例えば「古池や」の「や」が「古池」を、あとに続く「蛙飛び込む水の音」から、いったん切り離す働きをするとされるのと同様だ。もしそうだとすれば、切字は句を前後二つに切り分けているわけだ。

だが一方、

秋の江《え》に打ち込む杭《くひ》の響《ひびき》**かな**　　漱石

くろがねの秋の風《ふう》鈴《りん》鳴りに**けり**　　蛇《だ》笏《こつ》

では、「かな」も「けり」も句末にあるため、切字は句の途中のどこにも切れ目を作らない。つまり、それらが一句を二分していないことは明らかだ。だがその反面、句末に置かれた「かな」と「けり」は、(それぞれの微妙なニュアンスの違いは別として)どちらも句末に強い断定や詠嘆の語気をひびかせている。切字はここで、きっぱりとものを言い切って、句にいわゆるけりをつける働きをしているようだ。だから、句末の切字は、(これも切字と呼ばれているからには)一句を二つに切り分けるのではなく、句全体を、そのあとの何ものかから切断しているように見える。

というわけで、切字には句中に置かれるものと、句末にくるものとの二種類がある。それらのうち、いったいどちらが切字本来の役割を果たしているのだろうか。そもそもこのように、たがいに相容れない働きをするものを、一くくりに切字と呼んでいいものだろうか。

こうした矛盾をはっきり疑問として呈示したのは、外山滋比古「省略の文学——切字論」〔角川源義 三二〇—五〇〕が初めてだが、そこで矛盾が解決されたわけではない。

二 「切字論」とその後

切字の成り立ち

実はごく大ざっぱに言って、正岡子規による近代「俳句」確立の以前と以後とでは、「切る」ことの意味が、がらりと変わったのだ。しかもこの変質には、芭蕉以後の発句の変質が密接にからみ合っているように思われる。

それでは、そうした変質が生じる前に、切字はいったいどこで何を「切る」ものと考えられていたのだろうか。これについては興味深い事実がある。平安中期に短連歌、末期に長《ちょう》連歌が始まって以来、近世の俳諧連歌全盛の時代に至るまで、切字はつねに必須の心得として、格段に重視されてきた。だがそれにもかかわらず、そうした連歌・俳諧の作法書のたぐいのなかで、「切る」とは何を切るのか、何から何を切り離すのかという問題、今なら誰もが突き当たる初歩的な問題が、一度もくわしく論じられた形跡が残っていないのだ。これはまことに不思議なことではないか。芭蕉でさえ、この疑問を正面から持ち出した様子はない。

もっとも、この問題がこれほど終始なおざりにされ、話題にもされなかったということは、逆に言えば、その答えが元来あまりにもわかり切ったものだったため、誰もわざわざ問うことをしなかっただけではないか。事実、すでに連歌が始まって間もないころから、そのことを示すいくつかの重要な発言が残っている。

平安末期の歌論書、『俊頼髄脳《としよりずいのう》』(一一一五ごろ)には、短連歌を論じたくだりがある。短連歌とは、誰かが五・七・五の長句(和歌の上《かみ》の句に当たる)を言いかけ、別人がそれに対して七・七の短句(和歌の下《しも》の句に当たる)で答える(あるいはその反対に、誰かが短句を言いかけ、別人が長句で答える)という遊びで、これがのちの長連歌(鎖《くさり》連歌)の原型となった。

その短連歌について源俊頼は、例えば「夏の夜を短きものと言ひそめし」と中途半端に言いかけて、相手に「人は物をや思はざりけむ」などと、たやすくあとを続けさせるのはよくないという。なぜなら、この二句を合わせると、

夏の夜を短きものと言ひそめし人は物をや思はざりけむ
（夏の夜は短く明けやすい、などと言い出した人は、きっと恋の苦しみ――待つ間の長さ、逢う間の短さを知らなかったのだろう）

という一首の和歌が出来上がるからだ。ところが連歌は和歌と違って、別人どうしが別々の立場からやりとりを交わす点に面白味がある。だから、これを短連歌にするためには、最初の長句を「夏の夜を短きものと思ふかな」と結ぶべきだとする。つまり長句であれ短句であれ、「いふべき事の心を言い果つるなり」（傍点川本）［橋本 二八］――それぞれに事を「言い果たす」必要、意味的・文法的に言い終える必要があるというのだ。

こうして短連歌の長句と短句とが、たがいにもたれ合うことなく、それぞれに自立していることが、やがて長連歌が生まれる素地となる。和歌であれば上の句と下の句がスムーズにつながり合って完結し、そのあとに続きはない。それに対して、それぞれに独り立ちして、たがいに緩やかに連携し合っている短連歌の長句と短句のあとには、さらに長句、短句を次々に「付けて」いくゆとりがある。このように長々と連ねていく連歌が、長連歌と呼ばれる。連歌は百句や五十句、四十四句などを連ねるのが通例だったが、のちの俳諧連歌（いわゆる連句）が主流となってから、ことに芭蕉以後になると、それほど手のかからない三十六句の形式（いわゆる歌仙《かせん》）が主流になる。

そのどれにせよ、なかで発句《ほっく》（第一句）だけは、あとに長々と続く平句《ひらく》とは厳密に区別され、特別な扱いを受けてきた(ただし、平句のうち第二句、第三句、そして末尾の句はそれぞれ「脇句《わきく》」「第三」、そして「挙句《あげく》」として多少とも特別扱いされるが、それらと他の平句との間には、発句と平句の間ほど大きな開きがあるわけではない)。発句は連歌の巻頭を飾り、その後の展開を左右する一巻の主軸として、高い風格と重い存在感を示すことが求められた(考えてみると、作品の出だしにこれほどこだわる詩の形式は、珍しい)。だから発句には、いくつものきびしい条件が課せられていた。

まず、発句には切字が欠かせない。またそのほかに、七・七の「短句」ではなく、より重みのある五・七・五の「長句」の形をとること、その時その場の季節を詠み込むこと(いわゆる「季語」を含むこと)、そして「たけが高い」、すなわち高い格調を備えていることが求められた。だが、切字以外の要素はどれも、発句に限らず平句に備わっていてもおかしくない(例えば長句は一句置きに現われるし、季語は巻中の至るところに配される)。

それに対して切字は、見やすい形で発句だけに強制されるただ一つの要素である。つまり、発句がただの平句ではなく紛れもない発句だと、誰の目にもすぐわかる特徴、それが切字だったのだ。この特徴は、例えば格調の高さのように、読む人の解釈や印象に左右されるものではなく、一見してそれと確認できる具体的・形式的なものでなければならない。だからこそ切字は、目に見える語彙的・文法的手段を利用する。ごく単純に、切字があれば発句、なければ平句というわけだ(もっとも、平句には切字が絶対に入らないというわけではない。たまには平句に切字と同じ語が紛れ込むこともある。だが、これはたまたまであって、発句のように強制された結果ではない)。

「発句は言ひ切るべし」

それでは切字は発句のなかで、どのような役目を果たしていたのか。鎌倉時代初期の歌論書、順徳院撰の『八雲御抄《やくもみしょう》』（一二三五―四三ごろ）には、長連歌の発句について、次のような心得が記されている。

> 発句者必可二言切一（発句ハ必ズ言ヒ切ルベシ）。なにの、〔なには〕、なにを〔など〕とはせぬ事也。かな共《とも》、べしとも、又春霞《はるがすみ》、秋の風などの体にすべし。
> 〔久曽神《きゅうそじん》　二〇四〕

ここに初めて、のちの「切字」につながる「切る」の語が見られる。「言ひ切る」は、短連歌の句について言われた「言ひ果つる」よりも勢いが強そうだ。言い換えれば、連歌の発句は、それだけで終止・完結するとともに、脇句以下からきっぱりと「切れる」必要があるという。

つまり「切字」の「切る」は、もともと発句のまるごと全体を、後続の句から切り離すことを当然のように意味していたのだ。『八雲御抄』の言いかたによれば、発句は和歌の上の句のように、例えば「春立てば花とや見らむ白雲の」とか、「春立てど花もにほはぬ山里は」などと、句を中途半端に言いさして、その先を別人に締めくくらせてはならない。句をしっかり言い切るためには、「かな」や「べし」といった、切るための専門用語を用いるのが確実なのだ。ただし、ここで言われるように、「春霞」や「秋の風」などの体言止めだけでは必ず句が切れるとは限らず、それには条件が一つある（後述）。ここでは冒頭で触れたような句中の切れ、一句を二つに分けるような切れは、まったく問題にもされていない。

それならば、これをりっぱな根拠として、切字はつねに発句を後続の句から切り離す手段であった――

『八雲御抄』以来今日まで、そのことは誰にもわかり切ったことだったと結論することはできるだろうか。それは初めから自明だったが、ただ切字がどのようにして発句を後続句から切り離すのか、そのしくみがよくわからなかっただけだという説がある（藤原マリ子「俳諧における切字の機能と構造」）（［片山　三八］を参照）。

残念ながら、ことはそう単純明快ではない。それで片が付くのなら、先に触れたような句中の切れと句末の切れをめぐる困難などは、とうの昔に解決されていたはずだろう。これはどう見ても話が逆であって、実際には、切字が具体的にどのように発句を切るのかよくわからなくなったからこそ、『八雲御抄』の「発句は言い切るべし」（そして『連理秘抄』の「発句はまず切るべき也」［木藤　五三］など）の意味が、根元からぐらつき始めたのだ。事実、それらの発言にしても、「発句は句末で切れる」と、疑問の余地なく明言しているわけではないのだ[2]。

切字が句を句末で切り離すという「常識」が、現代の俳句研究者には必ずしも共有されてこなかったことについて、今さら多くの証拠を挙げる必要はないだろう。現に仁平勝は、初の論集『詩的ナショナリズム』（一九八六）以来、『去来抄』の「発句は十七字にて切るる」を根拠として、「切れ」とは「発句の五七五が脇句の七七から切れるための技法」［片山　一三］だと一貫して主張してきた——「けれどもわたしの考えは、いまだ俳壇に受け入れられていない」［片山　一五］という。また、先に挙げた外山「省略の文学——切字論」には、「（切字によってできる）空間は（切字が）一句の中間にあるか、末尾にあるかで区別して考えたほうがよい」［角川源義　三三〇］とある。むろん外山は『八雲御抄』を真っ先に引用しているが［角川源義　三二〇］、切字の本当の仕事が句末で句を切ることにあるとは言っていない。

それどころか、句末の切字よりも、むしろ「や」や「か」など、句を内部で二つに切り分ける（ように見える）切字の方が、本来の切字として、人々に強く意識されてきたことは明らかだ。『現代俳句大事典』の「切れ」の項（山下一海）では、「通常は一か所、初五か中七の終わりで切れることが多いが、五・七・五それぞれの途中で切れることもあれば、一句の末尾に切れが置かれることもある」〔稲畑〕という（「切字」ではなく「切れ」で項目を立てている意味合いには、ここでは触れない）。

　そして尾形仂『歌仙の世界』では、セミナーの学生が次のように質問している。「古池や　蛙飛び込む水の音」のような「初五や中七ではなく」、「馬かりて燕《つばめ》追行《おひゆく》別れかな」のように「座五に切れ字〔かな〕がくる場合は、どこで切れることになるのでしょうか」。それに対して先生が、「切れ字の効果は、ちょうどこだまのように、一句の言外に含まれた詩情を何度でも反復して反響させてゆくところにある。そうした反響音の中から、次の句が生まれてくるわけです」〔尾形C　二六〕と答えている。つまり「途中で切れる」のがふつうだという学生の前提を、先生は否定していない。そして他の多くの文献では、この問題にはあえて踏み込まないという例も多く見られる。

　「発句は必ず」句末で「言ひ切るべし」という『八雲御抄』のごく単純な規定は、おそらくある時期までは、誰も疑いを容れない常識だった。だがその後、その決まりが個々の発句でどのように実現されるか、切字の字句は句中でどのような効果を生むかといった点をめぐって、徐々に疑問や不審が生まれてきた――初めは誰の目にもはっきり見えていたものが、時代を経るに従って（ことに近代に入ってから）、だんだん理屈に合わない、説明のつかない矛盾のように見え始めた。その結果、切字の働きについて種々の迷いや混乱が生じ、その状態がごく最近まで続いたのだ。

「発句切字十八之事」

そこまでの経緯を、簡単にたどってみよう。「かな」や「べし」など、発句を句末で確実に終止・完結させる語の目録作りは、『八雲御抄』のごく初歩的な試みの後を受けて、すでに南北朝前期の連歌学書『連理秘抄』(二条良基、一三四九)にも見られる(かな、けり、なし、けれ、なれ、らん)[木藤　五三]。それらは「切る詞《ことば》」(梵灯《ぼんとう》『長短抄』)[伊地知A　一八〇]や「切《きる》てには」(宗砌《そうぜい》『密伝抄』)[伊地知A　二四六]、そして「らん留り」「けり留り」(宗祇『連歌秘伝抄』)[伊地知B　九四—九五]などとも呼ばれていた。「切字」という現行の用語が使われ始めたのは、室町時代中期のことらしい。

このころには切字のリスト作りが本格化し、伝専順《せんじゅん》の『専順法眼之詞秘之《せんじゅんほうげんのことばひの》事《こと》』(成立年未詳)には、「発句切字十八之事」として、十八の切字が挙げられている[浅野B　一—三]。これらの字句が句中に含まれていさえすれば、一句全体の「切れ」が保証されるというわけだ。ただ、上記『連理秘抄』の六つの切字は、どれも句末に置かれて、発句を後続句から切り離すという働きが自明なものばかりだったのに対して、ここに列挙された切字のなかには、具体的にどのように切れるのか、すぐには見当がつかないものがいくつも含まれている。ごく最近まで切字の研究があまり進まなかった大きな原因の一つが、ここにある。

専順の十八個の切字は、今日の目から見れば、まだ整理が行き届いているとは言えない。とりあえず、それらを文法的に分類してみよう。

助詞＝かな、もがな(＝…が(で)あってほしい)、か、よ、ぞ、や

助動詞＝けり、らむ(らん)、ず、つ、ぬ、じ(＝…ないだろう、…するまい)

形容詞終止形の語尾＝し(青し)

命令形の語尾＝せ（尽くせ）、れ（氷れ）、へ（散りそへ）、け（吹け）
疑問の副詞の語尾＝に（いかに）

命令形の語尾は、もちろん「せ」「れ」「へ」「け」の四つには限らない。のちの俳論書では、その他の語尾変化がだんだん追加されていった挙句、これらは一般に「下知《げじ》」（命令）としてまとめられ、やがて否定命令も数に加わることになる。また疑問の副詞「いかに」は、語末の「に」だけでなく、語全体を挙げるべきところだ。なお、「らむ（らん）」は「む（ん）」と混同されることが多く、やがて「む（ん）」がリストに加えられる。また、ここには『八雲御抄』の「べし（助動詞）」、『連理秘抄』の「なれ」、すなわち「なり（助動詞）」が欠けている。これらは追い追い「たり（助動詞）」や「あり（動詞）」などと共に補充されることになる。

もし切字が一句全体の「切れ」の保証であるのならば、それは句末に置かれるものと予想するのが、いまの常識だろう。そして専順の挙げる切字は、どれも発句の末尾に置くことができ、その直後で句を切ることができそうなものばかりだ。ところが、まことにふしぎなことに、上記『詞秘之事』や、その流れを汲む伝宗祇の『白髪集《はくはつ》』、紹巴の『至宝抄』（一五八六）、『発句切字』その他の連歌学書・俳論書で、それら切字の具体的な用例に当たってみると、切字が句末ではなく、ことさら句の途中に置かれていることが多い。しかもそうした場合、これも常識に反して、句は切字の直後で「切れる」とは限らないのだ。

直後で切れない切字

例えば助詞「や」の例を取り上げてみると、

かくしても身のあるべきと思ひきや　（『白髪集』）〔浅野B　六〕

のように、句末にあって句を言い切るような「や」の例が挙げられることはほとんどない。たいていは、

一声《ひとこゑ》にすむや雁なく夜《よ》はの月　肖柏　（『発句切字』）〔浅野B　二四〕

山や嵐はなのなみたつ春の海　宗祇　（『至宝抄』）〔伊地知B　二三七〕
（山には嵐が吹いているのだろうか。春の海には散る花の波が立っている）

など、句中の「や」の例ばかりが引かれる。とはいえ前者では、助詞「や」のすぐ後でいったん句が切れそうに見えなくもない。だから「古池や」の「や」のように、一句を二分しているかもしれない。だが後者の場合には、句は直後では切れず、係助詞「や」の係り結びによって、「山や嵐（ナラム）」まで行ってから切れる。

助詞「ぞ」についても同様で、句末ではなく、

花さけといはぬばかりぞ雨のこゑ　専順　（『至宝抄』）〔伊地知B　二三七〕

雨**ぞ**花ふればひらくる初桜　（『白髪集』）〔浅野B　四〕

（雨こそが花。雨が降るから初桜が開くのだ）

のように句中の切れが例示される。そして前者と違って、後者は「ぞ」の直後では切れず、係り結びで「雨ぞ花（ナラム）」のあとで切れる。

また疑問の副詞「いかに」についても、事情はよく似ている。『白髪集』などでは、

月**いかに**木《こ》の下やみの松の雨　（『白髪集』）〔浅野B　五〕

が挙げられていて、このように、「いかに」が直後で切れることもあり、また現に句末に用いられることもある。だが、「いかに」はふつう直後では切れない。例えば「いかにいかに知らずや」「いかにいかにあらむ」「いかにかすべき」、さらには和歌の「いかにいかに久しきものとかは知る」のように、下でそれを受ける語句に力を及ぼし、あとに一定の結びを要求する。これは係り結びとほぼ同じ現象だ。

実は「いかに」だけではなく、一般に疑問詞（これは品詞名ではないが）に属する代名詞「誰」「何」「いづこ」や、副詞の「など（＝なぜ）」、数詞の接頭語「幾《いく》」なども、ふつうその直後では切れず、いったん文のしめくくりがついたあとで切れる。『白髪集』以後、切字のリストのなかに「疑問詞」の数が増えていき、季吟の『俳諧埋木《うもれぎ》』には、「いづれ」「いづこ」など、八つの疑問詞が挙げられている〔浅野B　一一九—一二〇〕。また『至宝抄』には、「さぞ」や「いさ」など、あとのことば続きに同じような力を及ぼす副詞

も、切字に加えられている〔伊地知B　二三七—三九〕。これらの切字ももちろん、直後ではなく、結びの後で切れる。

このことから明らかなのは、最初に見た「夜桜**や**」「響《ひびき》**かな**」「鳴りに**けり**」のように、切字はその直後で句を切るものだという〈おそらく近代以後の〉先入見であり、切字のなかには直後で文の切れないものが多いということだ。浅野信『切字の研究』〔浅野A〕は、和歌の時代から芭蕉前後までの膨大な文献を渉猟し、周到な分析を加えた本格的な切字論であり、近代以後に現われたほとんど唯一の系統立った論考である。ところが残念ながら同書では、「直後で文が切れない」切字が、すべて「切字にならず」としてあっさり斬り捨てられ、「この辺のことは古人も明別を欠いていたかに見える」と一蹴されている。

三　新切字論

係り結び論とその不備

切字は必ずしもその直後で句を「切る」わけではない。それらが係り結びの原理によって、いわば遠隔操作的に、その勢いの及ぶ限界のあとで句を切る場合が多いというのは、拙論「切字論」〔復本B　一九七—二〇八〕に指摘した事実であり、これについては当時、尾形仂・堀切実・高橋睦郎ら諸氏から望外の評価をたまわった(3)。また、筑紫磐井氏の委嘱で新たに稿を起こした拙稿「切字の詩学」が『俳句教養講座二　俳句の詩学・美学』に掲載された〔片山　二五—三七〕。参照文献など、くわしくは前者の「切字論」を参照されたい。

ただ、これらの論は今から見ると、大きな見落としを含んでいた。すなわち、上記切字の係り結び論は、句末の切れすべてを説明しているわけではない。なぜなら、たとえ切字が係助詞やそれに類する語であっても、その力が必ずしも句末にまでは及ばない場合がたくさんあるのだ。例えば、

月の色に秋のなかばぞ知られける　（前大納言為氏）〔伊地知C　七二〕

ならば、句中の切字「ぞ」の係り結びによって、一句はその直後ではなく、句末の「ける」で切れている。だが一方、先に見た、

雨ぞ花ふればひらくる初桜

の場合には、切字「ぞ」の働きは「花」までにしか及ばない。つまり、ここで切字は、係り結びで一句を句末で切るという役割を果たしていないように見える。

この点についてはすでに、藤原「切字小考――切字論の再検証」〔『江戸文学』一三五―一三八〕に、鋭く的を射た批判が行なわれていた。ところが私は、うかつにもその意味を正確に把握しないまま、上記の「切字の詩学」を『俳句の詩学・美学』に寄稿した。そしてその機会に上記「切字小考」を読み直し、おかげで自説の重大な見落としとともに、そのことのはらむ決定的な意味合いにようやく気が付いた。ご指摘はまことに有難く、ご教示に心からお礼を申し上げる。そのご批判を踏まえた上で、ここに「新切字論」と

題して、切字の働きをあらためて見直してみたい。以下の考察にさいしては、必ずしも切字のすぐ後で句が切れるわけではないという上記の確認が、重大な手掛かりとなっている。

調査の必要

いま見たように、切字には、(一)句の途中に置かれた切字の係結《けいけつ》の限界が、句の途中までで句末には及ばず、結果として、句を完結して後続句から切り離す働きをしていない(つまり切れていない)もの、そして(二)その限界が句末にまで及んでいたり、また切字自体が句末に置かれることによって、切字が句全体を後続句から切るものとの二種類があるのを見落としたことが、拙論の難点だった。

そもそも専順以下の切字目録では、上述のように「かな」や「けり」など明らかに句末の切れに貢献しそうな切字と、「や」や「いかに」など主として句中で働くように見える切字とが、何の区別もなく平等に、十把一《ひと》からげに並べられている。ということは、この期《ご》に及んでも――つまり以前のように、ただ句を「切るべし」というだけの抽象論ではなく、それにはどんな「切字」を用いればいいかという「発句切字十八之事」のような具体論の段階になってさえ――相変わらず、ただ「切れる」ということだけが肝心で、われわれにとって何より気がかりな「どこでどのように」という問題は、まったく歯牙にもかけられていないのだ。

これはいったい何を意味するのか。仮に切字の役目の一つが、句を途中で切る(二分する)ことにあったとしよう。それなのに、こうして切字のすぐあとで句が切れず、係り結びの結び目まで来てようやく切れる例が多かったとすれば、それは多くの作者や読者にとって、句の確かな切れ目が一目瞭然ではない(文法に詳しい者にしか、一目でわからない）状態が、長く続いたことを意味する。もし句を句中で切る必要があるのならば、そんな遠隔操作の不安な切字ではなく、直後であっさり切れる切字ばかりが選ばれたに違いない。ところがそうはならなかったのだから、切字は本来、その名から想像されるように、またひろくそう受け取られているように、句をその内部で切る、二つに切り分けるという類いの働きを、実は初めから期待されていなかったのではないか。何であれ句中に一つ切字があれば、句全体が脇句から切れたのだ。

そこで、その目であらためて、歴代の主だった句撰集や、代表的な俳人の句集を選び出して、そこで発句に用いられた切字の種類とその変化を調べてみたい。これは実行するのにかなり骨の折れる、時間のかかるやり方だ。しかし従来の切字論は、実証的な裏付けに欠けるというのが、長年の憾みだった。切字のリストに一、二の作例を添えるだけの古い俳論書類ばかりを頼りにせず、具体的な作品に即して各時代の実態を知ろうとするならば、どうしてもこの作業を避けて通るわけにはいかない。仁平勝は金子兜太の定型否定論を批判して、「そんなことは理屈以前に、じっさいに（……）俳諧の発句の歴史でも（せめて「芭蕉句集」だけでも）調べて見るなら、（……）一目瞭然に知れるはずなのだ」［仁平　一三］と言い切っている。中世から子規までの発句について、その歴史調査を実行してみたい。

その場合どこかから、数字で詩は語れないという抗議の声が聞こえてきそうだ。もちろんある意味ではそのとおりだが、統計は詩を生み出すためのことばのしかけ・しくみについて、個々の作品だけではよく見えない全体的な事実の一斑を、明らかにしてくれるだろう。例えば音楽には感情的な面と並んで、厳密に数理的な面があるように、詩にも（当然俳諧にも）、形式面でもっぱら数に支えられている部分がある。

西洋の詩学は、数字や図式を抜きにしては成り立たないだろう。だから「詩行」や「韻律」のことを、英語でnumbers（数）と呼ぶこともあった。英語詩にはpentameter（五歩格詩行《ペンタミター》）、heroic couplet（英雄詩体二行連句《ヒロイック・カプレット》）があり、penult（末尾第二音節《ピーナルト》）がある。漢詩には二四《にし》不同、二六対《にろくつい》があり、下三連《かさんれん》がある。フランス語詩にはdécasyllabe（十音節詩行《デカシラブ》）、sizain（六行詩節《シザン》）があり、trimètre（三分節詩行《トリメートル》）がある。こうした詩の形式の数的側面の考察は、和歌や連歌や詩については、まだ開拓の余地があるかもしれない。

もっとも今日では『古典俳文学大系　CD-ROM版』［玉城］をはじめ、主要な句集の電子データベースが準備されている。それらが利用できれば、かなり手間が省けるかもしれない。とはいえ、「けり」や「かな」はまだしも、例えば「や」や「つ」を検索すれば、「やつるる」など、それらの字を含む語のすべてが網羅されてしまう。形容詞の語尾「し」や命令形「下知《げじ》」を、どのように検出すればいいのか。また切字のない句は、どうすれば見つかるだろうか。これらは、じかにいちいち自分の目で確かめる他はなく、むしろその方が手っ取り早そうだ。もちろん、限られた個人の努力では万全とはいかず、思わぬ見落としがあるかもしれないが、いまは厳密な細部ではなく、大づかみな見取り図を描き出せさえすればいいのだ。

連歌・俳諧の歴史を代表する撰集・句集に収められた発句——純正連歌の『菟玖波《つくば》集　下』（福井久蔵編、朝日日本古典全書、一九五二）の一一九句、『竹林抄』（島津忠夫ほか編、岩波新日本古典文学大系、一九九一）の二八八句、『新撰菟玖波集全釈　八』（奥田勲ほか編、三弥井書店、二〇〇七）の二五一句、俳諧連歌の『竹馬《ちくば》狂吟集』（木村三四吾ほか編、新潮日本古典集成、一九八八）の二〇句、『新撰犬筑波集』（同）の九三句、貞門の『犬子《えのこ》集』秋上・秋下（森川昭ほか編、岩波新日本古典文学大系『初期俳諧集』一九九一）の三七六句、次に談林の宗因（石川真弘ほか編『西山宗因全集三　俳諧篇』八木書店、二〇〇四）の七四三句、芭蕉（井本農一ほか編、小学館新編日本古典文学全集『松尾芭蕉集一　全発句』一九九五）の九七六句、、蕪村（尾形仂編、岩波文庫、一九八九）の一四六三句、一茶（丸山一彦編、岩波文庫、一九九〇）の二〇〇〇句、そして子規の『獺祭書屋《だっさいしょおく》俳句帖抄　上巻』（『子規全集三　俳句三』講談社、一九七七）の七四五句を対象として、そこで用いられた切字の有無や重複、種類とその位置（初五・中七・座五の末や途中のどこに置かれるか）を見定め、頻度を集計した。

ただ、多種多様な切字の有無や形、位置などの判定は、発句の意味を勘案しながら、揺れ動く各時代の作法書の見解を参照しつつ、そのつど判断することが必要なので、ある程度の揺れが生じる恐れなしとしない。とはいえ、％表記では小数点以下を四捨五入したので、全体の構図をゆがめるほどの誤差は生じないはずだ。句の解釈には、それぞれの撰集・句集の編者各位の注釈を参考にした。記してお礼を申し上げる。また、至らぬところは同学諸氏のご示教を賜りたく、今後さらなる調査のひろがりを期待したい。

連歌の切字――『菟玖波集』と「かな」

まず、中世純正連歌の頂点に立つ三つの連歌集を取り上げてみよう。その三つとは、南北朝期の准勅撰連歌集『菟玖波集』（二条良基・救済《きゅうぜい》共撰、一三五七）、室町中期の連歌私撰集『竹林抄』（宗祇編、一四七六）、同じく准勅撰連歌集『新撰菟玖波集』（宗祇ほか撰、一四九五）である。

『菟玖波集』に収められた発句は一一九句［福井　二九九以下］。ほぼすべてどこかに切字がある（切字がないのはただ一句、「呉竹《くれたけ》の千代もすむべき秋の水」（二一〇六・後宇多院）のみ）。なかでも句末の「かな」止めが圧倒的に多く、「かな」のすぐ前には、一句を除きすべて体言（名詞）が置かれている。その数は六一（五一％）で、全句の半数を超える。

風吹けば花に散りそふ心かな　（二〇六一・道生《どうしよう》法師）

それに次いで抜群に多いのは、体言止めで句中に何かの切字を置くもの三一（全句の二六％）。そうして見ると、『菟玖波集』の発句では、（a）〈「かな」止め＋直前の名詞〉か、それとも（b）〈体言止め＋句中の切字〉か、それら二つのタイプが計九二（同七七％）と、大部分を占める。

切字の種類や位置はさまざまだ（句末、初五末、中七末、第三音目、第九音目など）。


吹かぬ間も風ある梅の匂《にほひ》かな　（二〇三三・二品法親王《にほんほうしんのう》）

あすも見ん都に近き山桜　（二〇五二・無生《むしよう》法師）

花の色をかすまで見せよ夏の月　（二〇四一・寂蓮法師）

そのうち「ぞ」が一一（全句の九％）、「下知」が七（同六％）、「こそ」が六（同五％）、「ぬ」が五（同四％）、「し（形容詞の語尾）」と「もなし」がそれぞれ四（同三％）、「もがな」が三（同三％）、「らん」「む（ん）」がそれぞれ二（同二％）、他に「よ」「か」「いさ」「いつ」など。なお「ぞよ」は〈「ぞ」＋「よ」〉だが、一か所に切字が二つあるのは不自然なので、切字一つと判断した。今後このたぐいはいちいち断らない。

「けり」は「発句切字十八之事」以来、つねに切字の筆頭に挙げられているが、意外なことに句末の九つと初五末の一つ、合わせて一〇(同八%)だけで、切字中第二位だが、「かな」とは比較にならない。

さゆる夜は風と月とに更《ふ》けに**けり**　(二一四三・救済法師)

同じく、今日のわれわれになじみ深い「や」に至っては、体言止め句中に七つ(bの一三%、全句の六%)あるのみだ。ここには「かな」以外には、まだ特定の切字への強い偏向は見られない。

なお、発句に「かな止《ど》め、『物《もの》の名』(体言)止めが圧倒的に多い」こと、「両者を合わせた九四句(九三句か)は、七九%(七八%か)約八割になる」[金子金治郎　六六〇]ことについては、すでに『菟玖波集の研究』に指摘がある(ただし、「物の名」止めは、必ず句中に切字一つを含むことを付言する必要がある。後述)。しかも、句末切字「かな」の直前には、「山蔭は入《い》らぬに月の見えぬ**かな**」(二一〇七・後嵯峨院)の一例を除いて、すべて体言が置かれている。つまり、切字「かな」の有無を別にすれば、発句のほぼ八割が事実上の体言止めの形をとっていることになる。ここでは句の構造が思い切ってパターン化・様式化され、体言止めへの極端な傾斜がうかがわれる。内容の繊細さとはうらはらに、発句の構造そのものは、極度に単純化されていたのだ。

実は『菟玖波集』には、一句のなかに切字の重複する句が九つ(全句の八%)もある(二〇三一、二〇五一、二〇五四、二〇五五、二〇七一、二〇七二、二〇八三、二一一三、二一二〇)。

花**や**夢ちるはうつつの名残り**かな**　(二〇七一・二品法親王)

（咲いた花は夢だったのか。散るというのが現実であり、名残惜しい）

ここでは「や」と「かな」とが重なっている。これについては、芭蕉の節であらためて考え直してみたい。

先に触れたように、『八雲御抄』の発句論では、「春霞」「秋の風」などの体言による句末の「切れ」が示唆されていた。だが『連理秘抄』には、「かな・けり・らんなどやうの字は、何としても切るべし」に続いて、「物の名風情《なふぜい》は切れぬもある也。それはよくよく用心すべし」〔木藤　五三〕とある。体言止めでは句が切れない場合があるというのだ。

二条良基『僻連抄《へきれんしょう》』の巧みな解説は、まさにこの点を突いている。良基によれば、「梢より上には降らず花の雪」という体言止めの句は切れるが、「梢より上には降らぬ花の雪」は切れない。なぜならその末尾に「かな」を添えて、「梢より上には降らぬ花の雪かな」とは言えるが、「梢より上には降らず花の雪かな」とは言えない。「かな」を添えて意味が通じるようなら、そもそも句が切れていない証拠だというのだ（〔伊地知D　四三〕を参照）。このことの説明は簡単だ。

梢より上には降ら**ず**花の雪

は上記の（b）〈体言止め＋句中の切字（ここでは終止形の「ず」）〉というタイプに属している。ところが、

梢より上には降らぬ花の雪

の場合、「ぬ（「ず」の連体形）」は切字ではないので、一句は切字のないただの体言止めにすぎない。こういう場合にこそ、句末の切字「かな」が効果を発揮するのだ。

専順らによる切字のカタログ化は、連歌の作法を小手先の技巧にまで貶《おとし》めた元凶と見なされることがある。だが実は、切字のあるなしは、発句の命にかかわる大問題なのだ。しかも作り手の立場から見れば、長考の許されない即興の場で、発句が切れるかどうかの微妙な判断を、権威ある切字リストに仰ぐことができさえすれば、いま述べたような句のパターン化のおかげもあって、句作りはぐっと楽になるだろう。もっとも、いくつかの連歌論書では、切字を用いながら切れない句、逆に切字なしでも切れる句がまれにあるとして、その微妙な見分け方は秘伝や口伝に任せるといった記載が目につくが、ここではそうした秘儀的な細部には立ち入らない。

切字の目録ができて以来、切字の数は増える一方だったが、連歌や連句の作者の数は、格段に増えたに違いない。中世・近世の連俳ブームは、一つにはそのせいだったと言えるのではなかろうか。

「倒置構造」説の不都合

霞むとも雲をば**出でよ**春の月　（二〇三九・前大納言為相）

聞かぬに**ぞ**心はつくす郭公《ほととぎす》　（二〇八二・前大納言為相）

雲かへり風しづまりぬ秋の雨　（二二一六・救済法師）

この体言止めのパターンについては、以下のような見方がある。句末でなく句中に切字がある場合には、句は「倒置構造」をとる――すなわち「一句は座五から初五にもどり、句中の切字をつくる位置で留まって完結し、それによって発句が脇句から独立したと解されていた」（藤原「俳諧における切字の機能と構造」〔片山　四二〕。そして、「下の句から上の句へともどる循環する力動」には、「『歌のとまり』を重視した和歌伝統の影響が色濃く認められる」〔片山　四二〕という。上の「霞むとも」の句でいえば、この句は意味の上で、「春の月よ、おぼろげに霞んでもいいから、雲から出でよ」とつながるので、文は句末の「春の月」から冒頭の「霞むとも」に戻り、最後に「雲をば出でよ」の下知で留まるというわけだ。

たしかに和歌では、二の句、三の句から初句にかえるという倒置の考え方をすることがあり、また俳諧の作法書でも、和歌の知識を恃んで「上へ返る」たぐいの説明を試みるものがあるようだ（藤原「初期の切字の構造と機能」〔『近世文芸』一七〕を参照）。だがすでに見たように、短連歌で何より大切なのは、和歌の上の句と下の句をきっぱり切り離すこと、両者が決して滑らかにつながることのないよう、それぞれに「言い果つる」ことだった。また長連歌では、個々の句の独立が強調され、ことに発句は「言い切る」ことが生命だった。そうだとすれば、その発句のなかで、下から上へ、文や意味がぐるぐると回ってよいものだろうか。事実上の体言止めが集中のほぼ八割を占める発句のなかで、読者はいちいち語順を転倒してから、切れを納得するのだろうか。「切れる」とは、たんに文が文法的に終止することを意味するのだろうか。

芭蕉によれば、「たとへば歌仙は三十六歩也。一歩も後に帰る心なし。行くにしたがひ心の改まるは、ただ先へ行く心なればなり」（『三冊子』）〔奥田Ａ　五六六〕。倒置という考え自体が、次から次へとぎれとぎれに前に進み、「輪廻《りんね》」の後戻りを何より恐れる連歌の美学、体言止めを主体とする発句の切れ味に背くのだ。ついでながら、「山や嵐」（本書六五ページ）のような場合は、どこから回り始めればいいのだろうか。また切字が二つ、三つある場合は、どう考えられていたのか。

二句目の「聞かぬに**ぞ**心はつくす郭公」の場合はどうだろう。この句を座五からひっくり返して読めば、その意味は〈ほととぎすは、鳴き声を聞いたら聞いたで、次の一声に気をもむが、いまはまったく聞けないので、なおさら気が気ではない〉となる。だがこの句の面白さは、連歌の二句どうしの掛け合いの要領で、句のなかに問答（謎々）を仕掛けている点にある（本書Ⅱ－2「『三句放れ』と『匂付け』」を参照）。つまり〈聞くよりも聞かないほうが、かえって気がもめる——それはいったい何だろう。答えはほととぎす〉というわけだ。気の利いた「落ち」ともいうべき「郭公」を文頭に回したりすれば、せっかくの句の興趣が台無しになる。

そして最後の句、「雲かへり凪しづまり**ぬ**秋の雨」の場合には、そもそも語順を入れ替えること自体が不可能だ。この句の意味は、まさに語順そのままに、「漂うてゐた雲は山へ、風は吹かなくなり、そのあとにさびしさうな雨がばらりばらりと落ちた」〔福井　三一八注〕ということで、その逆ではない。句は切字の直後で切れるものという固定観念こそが問題なのだ。

『竹林抄』と『新撰菟玖波集』

こうした句の様式化・定型化は、以後さらに増強されていく。次の『竹林抄』（一四七六）〔島津B　三三四―七二〕では、全二八八句のうち、（a）〈「かな」止め＋直前の名詞〉は一四三（全句の五〇％）と、全体の半数に達している。しかも「かな」の直前には、一句の例外もなく、体言が置かれている（俊頼が『髄脳』で例に挙げた「思ふかな」のように、用言から続く「かな」は、好まれなくなったらしい）。また同様に、心敬好みと言われる複合型の句末切字、

散る花に明日《あす》は恨《うら》みむ風**もなし**　（一六三三・心敬）

の「もなし」二二（全句の八％）や、類似の切字「…もがな」一三（同五％）も、そのすぐ前に名詞が置かれる。

他方、（b）〈体言止め＋句中の切字〉は、『菟玖波集』の二六％から飛躍的に増大して、一〇〇（全句の三五％）に及ぶ。（a）と（b）の合計は二四三（同八四％）、そこに「もがな」「もなし」という事実上の体言止めの句をこれに加えると、なんと二七八（同九七％）となる。これはほぼ全句に近い数字であり、結論として『竹林抄』の発句は、句末切字の有無を度外視すれば、ほぼすべて体言止めになっていると言えるだろう。ただしこれは圧倒的な傾向だというだけで、切字一つがあれば用言止めでも句が切れるのは言うまでもない。

（b）の句中に置かれた切字のうち、今度は「や」が三四（bの三四％、全句の一二％）、これに用言止めの「や」を加えると四四（全句の一五％）と切字の第一位を占め、のちに好みがそこに集中していく傾向を予告している。そのほかには「下知」と「し」がそれぞれ二〇（同七％）、「ぞ」が一四（同五％）、「か」が一〇

（同三％）、「らむ」「こそ」「いづく」「誰《た》が」がそれぞれ三（同一％）、「む（ん）」「いづれ」「たり」がそれぞれ二（同一％）、ほかに疑問詞「幾春《いくはる》」「いかに」など。なお、ここでも「けり」は不人気で、わずか四（同一％）しかない。

切字がないと見える句は四つだけ。しかしそのうち、「あやな（＝理屈に合わない）」（一六二〇）という形容詞の語幹と助動詞「らし」（一七一八）は、かなり後の時代の作法書とはいえ『発句切字』（一五七九写）〔浅野B三五、二七〕に、また助動詞「き」（一七七七）は『無言抄』（一六〇三ごろ）〔浅野B　一二〕以後、切字と認められているため、この頃それらが切字として認識されていたのかどうか、確かなことは言えない。このように作法書の切字リストは時代と共に揺れ動くので、厳密な判定は難しい。

切字の重複する句は二五（全句の九％）の多きに達する。なかには「や」と「哉《かな》」の重複（一七〇八）や、切字が三つ重なるらしい句（一五七二、一六一九、一六二一、一六七九、一七〇二）もある。

月細し桂や茂《しげ》り隠すらむ　（一六七九・専順）

切字の数や句中の位置が、いかに問題とされていなかったかがわかる。

最後に、『新撰菟玖波集』（一四九五）〔奥田B〕の切字を見よう。この撰集は『竹林抄』を重要な材源としているので、両方で重なる句も少なくない。すべて二五一句のうち、（a）〈「かな」止め＋直前の名詞〉は一三九（全句の五五％）と、増加した。中世的な「もなし」が二〇（同八％）、「もがな」が九（同四％）。（b）〈体言止め＋句中の切字〉は八二（同三三％）で、わずかに減少している。（a）と（b）の合計は二二一（同八八％）、事実上の体言止めの句を合計すると、二五〇（同、約一〇〇％）となる。つまり、『竹林抄』以後も定型化の勢いは少しも衰えず、体言止めへの偏向が著しい。

「かな」以外の切字では、「や」が三九（bの「や」の四八％、全句の一六％）と、急激に勢いを加えている。ただしその位置は、第九音目が一一（bの「や」の二八％）、中七末が八（bの「や」の二一％）、

雪よりも埋《うづ》むや霞山もなし　（三六〇五・源勝元朝臣）

（せっかく雪が融けたのに、今度は春霞に隠れて山が見えない）

雪埋《うづ》む山の梢や時鳥《ほととぎす》　（三七〇九・入道前右大臣）

（山は雪に埋もれている。時鳥はその木の梢で鳴いているのだろうか）

初五末が七（bの「や」の一八％）、第八音目が六（bの「や」の一五％）、

逢《あ》ふ夜半《よは》や今年二つの天つ星《ぼし》　（三七三七・宗祇法師）

（今年は七月が閏月なので、牽牛・織女の逢瀬は二度あるわけだ）

分《わ》きてまづ咲くや南の山桜　（三六二四・慈照院入道贈太政大臣）

第三音目が五（bの「や」の一三％）、

梅やこれ一《ひと》葉《は》の後《のち》の初紅葉《もみぢ》　（三七八一・御製）

（秋がきて一葉が散ったのち、いち早く紅葉したのはこの梅の木だ）

と、「や」の位置が抜群に変化に富んでいる。それ以外には、「もなし」が二〇（全句の八％）、「下知」が一八（同七％）、「し」「もがな」がそれぞれ九（同四％）、「か」が七（同三％）、「ぞ」が五（同二％）、「む（ん）」が三（同一％）、「らむ」「いづく」「こそ」がそれぞれ二（同一％）と、多彩な変化を見せている。「幾日《いくか》」などの疑問詞のほか、「やは」は『発句切字』、「ならし」はより遅い『真木柱』［浅野B　二二、四五］に採録される。「けり」は座五末に一あるのみ。『新撰菟玖波集』は、切字の多様性という点で、注目すべき集だと言えるだろう。切字の重複は二二（同九％）と多く、切字のない句は一つもない。

『竹馬狂吟集』と『新撰犬筑波集』

ここから時代は純正連歌の全盛期から、俳諧連歌（連句）の興隆期に入る。和歌や連歌が主題や用語の範囲をきびしく制限したのに対して、俳諧連歌は語彙やテーマ選択の自由をうたった。先に述べたように、切字は西洋のシジューラのような語句の実際の切れ目（音声の休止）ではなく、それ自体が「切れ」の勢いを帯びる特定の語彙の存在だというのだから、俳諧連歌が語彙の自由化を強調したとき、切字という名の語彙の種類にも多少の変化が生じたかもしれない。

ところが実際には、この時代に入ってからも、切字の種類や用法には目立った変化が見られない。俳諧連歌の撰集でもっとも早いのは『竹馬狂吟集』(一四九九)で、それに次ぐのが『新撰犬筑波集』(一五三二―五五)、である。これら二種の撰集はきわめて小ぶりで、諸撰集とは分量の釣り合いが取れないが、この時期の切字の傾向を見る目安にはなるだろう。

それによれば、切字に関する限り、俳諧連歌の撰集が、純正連歌の流儀を忠実に受け継いでいることがはっきりする。具体的に言えば、『竹馬狂吟集』[木村]では、発句の総数二〇句のうち、(a)〈「かな」止め+直前の名詞〉が八(全句の四〇%)、

すずむしの震ひごゑなるよさむ**かな**　(一二)

そして(b)〈体言止め+句中の切字〉が一一(全句の五五%)。

折る人の手に**くらひつけ**犬ざくら　(五)

(a)と(b)を合わせると一九(全句の九五%)となる。ほとんどの句が二種のうちどちらかだ。言い換えれば、俳諧連歌でも、純正連歌で確立された簡便なやり方が通用していたのである。内容や格調のいかんにかかわらず、まぎれもない発句だと認められるためには、(a)と(b)のどちらかを選べばいい。必ずしも文雅の道に精通していない人々(なかには身分の高い人もいたはずだ)への浸透を目指す俳諧連歌で、そうしたすぐ使える「型」が重宝されるのは、当然だろう。つまり発句の形式はほぼもとのままで、内容が雅か

ら俗に、王朝的な優美から近世の機知に変わっただけなのだ。

「かな」以外の切字を見ると、「や」が六（bの五五%、全句の三〇%）、「下知（否定命令を含む）」が五（bの四五%、全句の二五%）。その他の切字はなく、どう見ても切字のない句が一つある。

西《せい》浄《じゃう》へ行かむとすればかみなづき　（一七）

（「西浄」は武家などのトイレ。「神」と「紙」をかける）

句中の「や」と「下知」への強い傾きが認められそうだが、これだけの句数では、有意な結論を下すのが難しい。

次に『新撰犬筑波集』［木村］では、「発句」の総数九三（「発句」の部に収められた付句一を除く）のうち、（a）〈「かな」止め＋直前の名詞〉が三六（全句の三九%）、（b）〈体言止め＋句中の切字〉が四七（同五一%）、合わせて八三（同八九%）。これに句末の「もなし」「はなし」を加えると、八五（同九一%）で、ほぼ全句に近い。ここでも体言止めを中心とする発句の「型」の存在が明らかだ。

「下知」を含む句は二二（bの四七%、全句の二四%）、「や」は一八（bの三八%、全句の一九%）。この二つ以外の切字はいずれも存在感が薄く、「けり」「む（ん）」「こそ」がそれぞれ三つ（全句の三%）、「し」「ぞ」「よ」「たれか」がそれぞれ二つ（同二%）にすぎない。切字の重複は九（同一〇%）で、切字のない句は四（同四%）（三二三、三九二、三九五、三九六。なかで三九五は『竹馬狂吟集』一七と同じ句）。だがそのうち、

陣《ぢん》衆《しゆ》みないぬの日めでたけふの春　（三一三）

の「めでた（形容詞の語幹。前出）」は、切字のつもりかもしれない。

これで『竹馬狂吟集』にちらりとうかがわれた「や」と「下知」の優位が、より鮮明な形で確認された。これは芭蕉以後の発句にも顕著な傾向であって、現代の切字を代表する「や」が、この時代から擡頭し始めたことがわかる。切字の判定はおおむね『至宝抄』［浅野B　八―一〇］による。

『犬子集』・宗因の発句と「や」

貞徳（一五七一―一六五三）は歌人・連歌師で、連句（俳諧連歌）を全国に広めた貞門俳諧の祖である。その流儀の普及に大きく寄与したのは、松江重頼編の大冊『犬子集』（一六三三）である。もっともこの書は貞門初期・興隆期の成果であり、これをもって一門を代表させることは、必ずしも当を得ないが、この一門は後年、盛んに派閥争いを繰り広げたので、他にこれという適当なアンソロジーが見当たらない。

内容はともかく、『犬子集』（すべて一五四二句）の巻第四秋上と巻第五秋下の発句三七六句［森川　八四―一一五］の切字は、中世から受け継いだ類型を一歩も出ていない。（a）〈「かな」止め＋直前の名詞〉が一三五（全句の三六％）、（b）〈体言止め＋句中の切字〉が二二三（全句の五九％）で、合わせて三五八（全句の九五％）にも達する。

句中の切字では、「や」が一四三（bの六四％、全句の三八％）。比率は『新撰犬筑波集』から大幅に増えた。その内訳を見ると、上五末の「や」が二五（bの「や」の二四％）、

山のはや鏡台となる夕月夜《ゆふづくよ》　（一一九一・重頼）

（月を円鏡《まるかがみ》、山の端を鏡台に見立てる）

中七末が五八（bの「や」の四一％）、

皆《みな》人《ひと》のひるねのたねや秋の月　（一一二九・貞徳）

意外にも中七末の「や」が格段に多い。用言止めを加えて、全句の「や」は一六二（四三％）。「や」以外の切字で注目されるのは、『新撰犬筑波集』では「や」と並んで目立っていた「下知」が、二二（全句の六％）と、大きく後退したのに代わり、「か」が三九（同一〇％）にまで躍進したことである。その他の切字は、『新撰菟玖波集』の多彩さとは比較にならないが、「よ」が九（全句の二％）、「し」が五（同一％）、「ぞ」が四（同一％）、「む（ん）」「こそ」「もがな」「もなし」がそれぞれ三（同一％）、「じ」が二（同一％）、「なり」「かや」「らん」や、疑問詞の変種「誰《た》が」「いかに」「いづれ」「なぢよ（＝どうして）」などがある。「けり」はわずかに中七後の二（全句の一％）と、問題にもならず、切字の重複は一七（同五％）、切字を一つも含まないと見られるのは四句（同一％）のみ（一〇一四、一〇五〇、一一三二、一一九八）。切字の判定は、主として『発句切字』〔浅野B　二二一―三九〕を参照した。

因襲的で変化に乏しい貞門俳諧に、やがて新風を吹き込み、圧倒し去ったのは、宗因（一六〇五―八二）

が率いて一世を風靡した談林派で、かの西鶴もこの流派に属している。だが、ここでも代表的な発句の集成を見定めるのが困難なので、去る二〇一七年に『西山宗因全集』(八木書店)全六巻が完結したのを幸い、宗因自身の全発句を観察の材料としよう。芭蕉はつねづね「上《かみ》に宗因なくんば、我々が俳諧、今以《もっ》て貞徳が涎《よだれ》をねぶるべし。宗因はこの道の中興開山なり」(『去来抄』)[奥田A　五二〇]と語っていたという。

宗因の発句はすべて七四三句[石川真弘　一―一四二]。談林の句は「阿蘭陀《おらんだ》流」などとあだ名され、宗因は発想や措辞の奔放さ、奇抜さをうたわれた。

阿《お》蘭《らん》陀《だ》の文字**か**横たふ旅の雁　(二五七)

世《よの》中《なか》**よ**蝶々**とまれ**かくも**あれ**　(四三五)
(荘子の夢中の蝶、「止まれ」と「ともあれ」)

やがて**見よ**棒くらはせ**ん**蕎《そ》麦《ばの》花《はな》　(六九八)
(そばを「打つ」棒)

だがその宗因の句も、句作りの枠組みという点から見ればやはり守旧的で、純正連歌以来の例のパターンを破壊するどころか、固定した型のなかに安住している気配である。(a)〈「かな」止め+直前の名詞〉は一〇七(全句の一四%)、そして(b)〈体言止め+句中の切字〉は四六〇(同六二%)、二種の合計は五六七(同七六%)と、『犬子集』を多少下回っている。宗因句では〈かな止め〉が比較的少なく、年につれて減っていく傾向が見える。「かな」は句の躍動を抑止するからだろう。

ただ、切字の種類をくわしく見ると、『竹馬狂吟集』あたりから目立ち始めた「や」の存在感と、『新撰菟玖波集』を上回る切字の種類の多さが注意を引く。「や」は全句で三一二(全句の四二%)、(b)の句中切字として二九八(bの六五%、全句の四〇%)と、『犬子集』よりもずっと多い。しかもそのうち初五末の「や」が一五八(bの「や」の五三%)と圧倒的で、むしろ中七末が多かった『犬子集』から大きく変化している。

まつ月や首長うして鶴が岡　(六九一)

だが一方、中七末の「や」も五七(同一九%)と、やはり存在感を保っている。

蕎《そ》麦《ば》切《きり》の先《まづ》一《ひと》口《くち》やとしわすれ　(七三〇)

他にも第八音の位置にあるものが三四(同一一%)(次の句は初五が字余り)、

秋よこよひさくやこの花月《つき》一《いち》輪《りん》　(六八五)

そして第九音目が二八(同九%)、第三音目が一九(同六%)と、『新撰菟玖波集』のように変化に富んでいる。また初めての現象として、〈用言止め＋句中の「や」〉が一四(全句の二%)ある。切字「や」は、宗因あたりでしっかり発句に定着したものと見ることができるだろう。

他に用例の多い切字を列挙すると、「下知」が五一(全句の七%)、「し」が三九(同五%)、「か」が三五(同五%)、「ぞ」が二九(同四%)、「こそ」が一六(同二%)。次いで「ん」が一二(同二%)、「たり」「なり」がそれぞれ一一(同一%)、「あり」が一〇(同一%)、「じ」が七(同一%)、「いかに」が六(同一%)、「ぬ」が五(同一%)、「なりけり」が四(同一%)、「つ」「もがな」「かや」がそれぞれ三、「何」「何か」が二、「何程」「いつ迠」「いづくんぞ」「何事」など、疑問詞のたぐいがどんどん増殖しているのが注目される。なお、「けり」は句中・句末を合わせても一一(同一%)で、依然として頭角を現わしてはいない。

こうした多種多様な切字の活用は、のちの芭蕉に対して、発句独立化へのよきヒントを与えたものと思われる。

芭蕉に感化を及ぼしたらしい宗因の形式上の型破りは、もう一つある。それは切字なしの句で、その数は五九(全句の八%)に及ぶ。先の『犬子集』秋上・下では切字のない句は七四三句中わずか四(同一%)しかなく、よくよくの例外だった。これはもちろん、何を切字とするかの判断にもよる。「あり」は諸書に挙げられていないが、宗因より時代の遅い『誹道手《て》松明《たいまつ》』(一六九〇)だけには「有《〔あり〕》」〔巌谷　五二四〕と記載があるので、切字ありとする。『八雲御抄』にあった「べし」は、以後どこでもまだ切字と認められていないので、なしとする。

なお、切字が重複するケースは二三(全句の三%)で、『犬子集』秋に近い比率を保っている。今日の目から見れば、かなり異例に見える「や」と「哉」の重複が二(二五、四二〇)あるのが目立つ。切字なしと切字重複の二点についても、芭蕉の項でくわしく述べることにしたい。

四　芭蕉以後

芭蕉と発句の革新

芭蕉(一六四四—九四)はそれまでの俳諧の性格を一変させ、近代俳句の基礎を築き、今日の隆盛を招いた江戸俳諧の第一人者である。事実、彼が生涯のすべてをかけて追求した俳諧は、機知の発揮をもっぱらとするそれまでの遊戯的な俳諧とは、ほとんど同じ名の文芸ジャンルとは思えないほどに異なっている。

そして芭蕉の出現は、長い歴史をもつ切字のありかたに革命的な変化をもたらした。そこには先輩の宗因のみならず、鬼貫や言水、素堂など、ほぼ同時代の作者たちと相呼応する面もあっただろうが、以下に見るいくつかの事実は、やはり主として芭蕉が抱いた革新的な発句観に基づくものと思われる。すなわち、連句の第一句とは別に、しばしばそれだけで詠まれ味わわれる発句の、句としての独立性を強く自覚し、その表現に深く思いを凝らしたのは芭蕉である。

「発句は門人の中、予《よ》におとらぬ句する人多し。俳諧においてハ老翁が骨髄」(『宇陀法師《うだのほうし》』)[尾形G　七二四]と、連句こそわが本領と自負していながらも、その一方で芭蕉は、独立した発句それ自体のもつ詩的可能性をも深く追究していた。最初の連歌集『菟玖波集』(巻第二十が「発句」のみに充てられている)以後の編集ぶりに見られる通り、発句だけを切り離して作り読むという習慣が、古くから確立していた。近世に入るとその勢いがますます強くなり、芭蕉が本格的な活動を始める天和・貞享年間（一六八〇年代）までには、「一方で発句が独立的享受を専有し、一方で付合《つけあい》は連句一巻の行様のなかで享受されるという二本だての俳諧鑑賞の習慣」（両角倉一「発句の成立」）〔角川源義　一三九〕が確立されていたらしい。では芭蕉においては、それら両者間のバランスはどうなっていただろうか。それを外から示す兆候（証拠ではない）と、内から示す兆候がいくつかある。まず前者の二つに触れてみよう。

いわゆる「芭蕉七部集」〔白石〕（むろん芭蕉一人で編んだものではないが）には、連句と発句との両方が掲載されている。その中味を見ると、連句のみの『冬の日』から出発して、さまざまな消長が見られるが、合計すると連句一四九八句、発句二二二七句となって、発句のみの優勢は動かない(4)。

そして次に「文台引き下《おろ》せば、すなはち反故《ほうぐ》なり」〔奥田A　五八〇〕という覚悟もあった芭蕉は、あとと残る可能性もある紀行文や俳文、画賛や詞書《ことばがき》・句文のたぐいにはほとんどの場合、発句だけをかかげ、連句や付合の引用を避けている。例えば初期の『野ざらし紀行』は、句集の性格が強いと言われるが、収めるのは発句ばかりで、もと草稿の末尾には、旅中で得た「唱和の句」、すなわち付合二十余りがあったが、数年の推敲を経た完稿では削られたという〔尾形G　三二六〕(5)。

『おくの細道』でも、冒頭で杉風の別荘に移ろうとして、「草の戸も」に始まる「表《おもて》八句を庵《いおり》の柱に」〔尾形G　三三六〕懸けたと言いながら、残る七句を伝えない。また須賀川の駅で等窮らと「風流の初《はじめ》や」以下の「三巻」（実は一巻）を巻いたと称しながら、脇句以下を記そうとしていない。主として発句に後世の評価を託するという芭蕉の決意は、すでに四十代の初めに固まっていたのではないか。現に、今日われわれの芭蕉評価は、発句にその多くを負うている。

このときの芭蕉の主な関心は、この句がいずれ連句の発句として使われる折に備えて、それが後続句から切字できちんと切れていると人々に認められることよりも、むしろ、それが孤立した発句として読まれる場合に見せる姿・表情・含意の方に注がれていたようだ。

こうして発句が連句と離れて一人歩きをし始めたということは、そのとき、和歌よりも短連歌よりも短い、まさに世界最短の詩が成立したことを意味する。その結果、両角が指摘するように、自己完結した一篇の詩であることが期待される発句は、何よりも連衆(その場の共同制作者)との調和やジャンルのしきたりが重んじられた従来の句にくらべて、表現や題材や詩的意味の深さなどさまざまな点で、変容せざるを得なくなる。事実、鬼貫や芭蕉をはじめ、同時代以後の俳人たちは、明らかにそれまでの句とは異なる清新な題材、個性的な表現、そして「従来のどの作者も詠みえなかった重量感、おりおりあらわれるふかい孤愁の影、対象への人間的接近等多面的に魅力のある発句」[角川源義 一三九]を生み出している。

芭蕉は新風確立に当たって、発句を後続句から切り離すというだけの「切字」の働きなど、従来の句作りの常道を、根本から修正する工夫を凝らしただろう。そのとき、句集や俳文・紀行文に記す数々の発句相互のスタイルやリズムの変化・多様性に、彼が意を注がなかったはずはない。そこで用いられた種々の切字は、発句の定型が生みやすい単調さを避け、そこに新味をもたらすための有力な手段だっただろう。いわば発句のなかでの切字の実質化である。その内なる兆候を眺めてみよう。

芭蕉が生涯に詠んだ発句の数はほぼ一千句、井本農一ほか編『新編日本古典文学全集七〇 松尾芭蕉集一 全発句』[井本A]によれば、九七六句。ほかに「存疑の句」があり、同一句にも異形があるが、ここでは同書の本文に従う。

芭蕉の切字については、やや特殊な問題がある。何が切字で、何がそうでないかを判定するには、各時代の作法書を目安とするが、その作法書の切字リストは時代によってずれがある。なかでも、芭蕉が句を作る以前は切字でなかったものが、芭蕉が新たに用いたという理由で、事後に切字と認定されることがよくある。その場合、どの作法書を基準とすればいいだろうか。もちろんどの俳人についても、多かれ少なかれ同じことが言えるが、芭蕉の場合は後で述べるように、とくにその困難が大きい。

芭蕉の死後に出た代表的な俳諧作法書に挙堂の『真木柱《まきばしら》』(一六九七)があって、芭蕉や彼に近い時代の切字とその例句を手広く収めている。この書の所説や句例には、その裏付けとして、芭蕉の師季吟の『俳諧埋木《うもれぎ》』(一六七三)などの先行書とともに、「今案《こんあん》」なるものが挙げられている。これは「古人の説くに今案のあらたなるを合せて底と蓋のごとし」〔巌谷　四三一〕と序文にあるように、おそらく芭蕉の作句や俳論にしたがって、筆者挙堂が従来の作法書のルールを書き改めようと――主として書き加えようとしたものと思われる。ここでは、この『真木柱』を一応の基準とするが、芭蕉が意図したすべての切字が採録されてはいないようなので、そのつど判断するほかはない(一句のなかで異なる切字が重なれば、いちいち数え、同一の切字が反復されている場合は、切字一つとする)。

全九七六の発句のうち、(a)〈「かな」止め＋直前の名詞〉が一九四(全句の二〇%)、(b)〈体言止め＋句中の切字〉は四七八(全句の四九%)。(a)と(b)の合計は六七二(同六九%)(「かな」直前に用言のあるものが二)、つまり、まだ全句の四分の三近くが中世以来の定型を踏襲している。芭蕉の句の全体的な新しさを思えば、これは圧倒的な数字だと言えるだろう。必ずしもすべてががらりと変わったわけではないのだ。

一方、芭蕉が切字にもたらした革新は四つ、(一)伝統切字の多用、(二)切字の創出、(三)切字の重複、そして(四)切字の省略、である。すなわち、

(一)伝統切字の多用

芭蕉の(b)〈体言止め+句中の切字〉のうち、〈「や」+体言止め〉の数は三一四(bの六六%、全句の三一%)で、宗因にほぼ等しい。その「や」の位置は、まず初五末の「や」が一七七(bの「や」の五六%)と、宗因と同じく過半数を占める。芭蕉といえばすぐに思い浮かぶ名句、「古池や」(二六七)、「夏草や」(五〇六)、「荒海や」(五三四)などからの連想で、一般に彼の句には〈初五末の「や」+体言止め〉の形式が多いという印象がある。この高い数字は、それを裏付けているかもしれない。

とはいえ、初五末もさることながら、中七末の七六句(同二四%)、

名月に麓《ふもと》の霧や田のくもり　(八八三)

第八音目の二七(同九%)、

み所《どころ》のあれや野《の》分《わき》の後の菊　(九二八)

第九音目の二二(同七%)、

どむみりとあふちや雨の花曇り　（八四五）

も、位置の多様性の上で見落とせない。また体言止めでなく、〈用言止め＋句中の「や」〉は三九（全句の四%）である（蕪村の項で後述）。体言止めに限らなければ、全句のなかで切字「や」は三五三（同三六%）と三分の一強を占めて、格段に重要な位置を与えられている。

宗因のあとを承けて、他の切字も、より幅広く起用されるばかりでなく、使用例も彼よりずっと増えている。それだけ切字それぞれの個性が生かされ、強調されているのだ。その内訳は、「下知」が六三（全句の六%）、「む（ん）」が五五（同六%）、「し」が五四（同六%）、「か」が二九（同三%）、「ぞ」「なり」がそれぞれ一七（同二%）、「よ」が一五（同二%）、「ず」が一四（同一%）、「たり」が一〇（同一%）、「ぬ」が九（同一%）、さらに「いつ」「もなし」がそれぞれ四、「らん」「もがな」「じ」「を廻し」（三七三、六九二、七五九。後述）がそれぞれ三など古来の切字がずらりと並ぶ。また「いづく」「いかに」「誰《た》が」など、古くからの疑問詞の類いもある。それらはおそらく意図的にまんべんなく活用されている。

それに対して、「けり」は、初五末が五、中七末が一一、句末が一二で、合わせてわずか二八（全句の三%）。その位置の多様性が注目されるが、「かな」や「や」のように芭蕉に重視された形跡はまったくない。よく知られた、

かれ朶《えだ》に烏《からす》のとまり**けり**秋の暮《くれ》　（一一八）

や、のちの蕪村の、

月天心《てんしん》貧しき町を通り**けり**　（五二九）

などの秀作が、「けり」が有力な切字だという通念を生んだのかもしれない。

なお、

青くても有《ある》べき物**を**唐辛子《たうがらし》　（七五九）

のような「を廻し」（中七末の「を」が、「……なのに」と逆接する）や、

奈良七重《ななへ》七堂《しちだう》伽藍《がらん》八重《やへ》ざくら　（九五一）

のように、表面上の切字のない「三段切《だんぎれ》」も、すでに『俳諧埋木』で切字として認められている［浅野B 一一二］。いまは後者を切字には数えない。

（二）切字の創出

芭蕉は、当時までの作法書に記載されていた切字のリストをフルに活用した。だがそれだけでは足りず、目録に指定されていない語句をも起用して、新たに切字の役目を果たさせようとした。なぜなら、以前と

は段違いの内容と表現を発句に盛り込もうとした芭蕉にすれば、そもそも「発句切字十八之事」以来、数は増えたものの、古くて融通の利かない切字目録を、権威の名のもとに押し付けてくる俳書の類に、いつまでも縛られている理由はなかったからである。

そこからただちに想起されるのが、例の芭蕉の切字論だ。『去来抄』には、「切れたる句は、字を以て切るに及ばず。いまだ句の切るる切れざるを知らざる作者のため、先達《せんだつ》、切字の数を定めら る。この定字《さだめじ》を入るる時は、十に七、八は自《おのず》ら句切るるなり」[奥田A　四九八]。芭蕉が切字のリストを嫌ったのは、どれか一つを含んでさえいれば、句の格調とも詩情とも関わりなく、機械的・自動的に発句と見なされたからだろう。俳句を一時の座興と考えていなかった芭蕉は、そういう無神経さが許せなかったのだ。

先の「切れたる句は、字を以て切るに及ばず」に続いて、「切字に用ふる時は、四十八字皆切字なり」[奥田A　四九九]という有名なことばがある。このことばはふつう、ついでに言い添えられた、あまり意味のない付け足しと受け取られてきたのではないか。だが、以下に見るような芭蕉の大胆な切字の用法を見ると、そこには文字通りの、より積極的な意味がこめられているようだ。「〔定字《さだめじ》を〕入れずして切るる句あり」[奥田A　四九八]。すなわち芭蕉は、発句の多彩さと深化を追求するうちに、昔から挙げられてきた「かな」や「や」などのほか、いろは四十八文字はどれでも使いようで切字に用いることができ、それらをフルに生かさない手はないと考えたのだ。

例えば、

桐の木**に**鶉《うづら》鳴《なく》なる塀の**内**　　（六四〇）

については、「に」を切字とする説と、「内」の体言止めで切れるという説、そして切字なしという説もあって、結論は出ていないようだが〔『新芭蕉俳句大成』〔堀切Ｄ　三二六―三二八〕を参照〕、初めの二つの考え方によれば、どちらの場合も切字の約束から一歩を踏み出して、未公認の字句を切字として働かせようという芭蕉の試みと見ていいのではないか。また、

辛崎《からさき》の松は花より朧《おぼろ》にて　（二二六）

については、ある旧弊な人から「慥《たしか》なる切字なし」（其角『雑談集《ぞうたんしゅう》』）〔尾形Ｇ　七八四〕という非難を受けたらしい（ほかに『去来抄』〔奥田Ａ　四二八―四二九〕を参照）。つまり、当時の常識では「にて」が切字と認められていなかったので、「哉」とでも置けば問題のないところを、芭蕉はあえて「にて」を選んだのだと其角は言う。(6)「にて」は四四一にも見える。これら二句も切字なしとする。そして、

蓬萊《ほうらい》に聞かばや伊勢の初便《はつだより》　（八二七）

などの「ばや（＝…したい）」九（全句の一％）は、古くからの切字ではなさそうで、(7)これも使えるという芭蕉の意思表示かもしれない（むしろ、この句の「に」を「切字的なもの」〔堀切Ｄ　九五四〕とする説もある）。その後、『宇陀法師』で、「露とくとく」（一八六）の「ばや」は切字「捨《すて》や」〔尾形Ｇ　七一八〕、そして「蓬萊《ほうらい》に」（八二

七)の「ばや」は「ねがひのや」〔尾形G　七一九〕として認定される。「いさ」は「人はいさ」のような「疑いの詞」(『無言抄』)〔浅野B　一一〕ばかりでなく、芭蕉は人や自分を誘う「いざ」の意味にも用いた(『真木柱』で追認)〔巌谷　四六七〕。また『八雲御抄』のあと姿を消した「べし」三は、『誹道手松明』(一六九〇)で、切字と認められている〔巌谷　五二五〕。

　管見に入る限り、従来の切字に手を加えたと思われるもの、例えば「じ」から工夫されたかもしれない「じな」(三四一)、「いざ」からの「いざさらば」(三三三)、「けり」と「らし」からの「けらし」(二八一)や「けりけらし」(二一四)、「ばや」からの「ばやな」(二八〇)をはじめ、新手の「いでや」(二九七)、「かは」(一四六)など、切字か否かの判定に苦しむ場合が少なくない。「なんと」「幾霜《いくしも》」「幾死《いくしに》」など、伝統的な疑問詞のリストに追加されたらしい新種もある。それぞれ使用数は少ないが、変化に富んでいて、芭蕉が切字についても、いかに「新しみ」を追求していたかがわかる。『宇陀法師』は、「当流活法」として、蕉門流の切字の用法をくわしく説いている(〔尾形G　七一八—一九〕を参照)。これらの点について、ぜひ先学のご教示をたまわりたい。

　だが、切字についても季語と同様、なぜか「先達」の定めが広く信じられていた当時、表面上は逆らわずに従っておこうというのが、芭蕉の態度である。なお芭蕉は、

閑《しづか》さや岩にしみ入《いる》蝉の声《こゑ》　(五一三)

の句の初五を、初案の「さびしさや」や後の「山寺や」から、矛盾と反撥のより大きそうな成案の「閑さ

や」に変えている〔奥田A　二七六〕。こうしたときの芭蕉は、強い断定の語気を含む助詞「や」が、句を意味の上で前後二つに切り分け、対立させること（いわゆる「二句一章」）を意識した、最初の作者だったかもしれない。「や」はれっきとした伝統的な切字の一つだが、切り分けるとは言っても、もちろん切字としてではない。切字としてならば、すでに見たように、発句を脇句から「切る」という以外の仕事が問題にされるはずがない。芭蕉が古来の切字の働きを軽視、ないし無視していたからこそ、「や」という語の句の内部での効果に思い及んだのではないだろうか。

（三）切字の重複

芭蕉には、一句のなかに切字が二つ（ときに三つ）重なっている場合が少なくない。そうした重複のケースは六〇（全句の六％）もあって、宗因の三％から急増している。

幾《いく》**年**《とせ》の白《しら》髪《が》も神のひかり**哉**　去来

について、許六が「切字二つの病《やまい》あり」と難じたとき、去来は「予、かつて切字二つあるに心なし（＝気にしたことがない）。二つありとも、これを切字に用いずば、苦しからじ」（『去来抄』）〔奥田A　四七八〕、つまり片方の切字は、それを切字として用いさえしなければ、それでいいと言い切っている。そこから芭蕉の指導ぶりが推測される。

夕が ほ**や**秋はいろいろの瓢《ふくべ》**かな**　（四〇三）

では、宗因に一例があったように、一句のなかで「や」と「かな」とが重なっている。[8]『真木柱』は切字一覧で、「上ニ切字有《あり》テ下ヲ哉ト留《とむ》」〔巌谷　四九〕に当たる場合として、この句を例に挙げている。実は『新撰菟玖波集』にも、いくつも先例がある。では挙堂や芭蕉自身は、それら二つの切字のどちらで句が切れると考えていたのだろうか。誰も呈していないこの疑問に対する自然な答えはただ一つ、切字があって句がきちんと後続句から切れてさえいれば、切れ字が二つだろうと一つだろうと、その位置や働きはどうでもよかったということだ。つまり、切字のあとで句がそのつど切れているわけではないのだ。

それにしても、切字は一つでも用が足りるのに、なぜこのようにわざわざ余分に用いるのだろうか。それはどう見ても、切字の字句をたんなる切字としてではなく、字句本来の資格で活用するため――それらのもつ表情、文体的・表現的効果によって(例えば「かな」は「かな」という語、「ぞ」は「ぞ」という語として)句を豊かに面白くするためだろう。

(四)切字の省略

芭蕉は必ずしも切字を発句の必須条件とは考えなかった。そこで、きまった切字を含まない句がいくつも作られた。

ほととぎす大《おほ》竹《たけ》藪《やぶ》をもる月夜　(六八七)

手をうてバ木《こ》魂《だま》に明《あく》る夏の月　(六九〇)

一日《ひとひ》一日麦あからみて啼《なく》雲雀《ひばり》　（六九一）

なかにはわざと切字をいっさい入れていない句と、芭蕉がひそかに切字を意図していたのによくわからない句とがありそうだが、今はその区別を問わない。その数はおよそ八一（全句の八％）、宗因とほぼ同じ比率で、おそらくその刺激によるものだろう。これだけ多くの切字なしの句を作ったのは、一つには発句を脇句から切るという昔ながらの義務から発句を解き放ち、また一つには〈「かな」止め＋直前の名詞〉や〈体言止め＋句中の切字〉という窮屈な型枠を外して、発句の表現を大いに多様化しようとしたからだろう。

蕪村

芭蕉の没後、ほぼ一世紀にわたる俳句沈滞の空気を一新したのが蕪村（一七一六―八三）である。彼は「正風」の中興を唱えたが、その俳風は、芭蕉のストイックな「誠」の世界からは一転して、瀟洒なロマンチシズムの色濃いものとなった。

尾形仂編の岩波文庫版『蕪村俳句集』［尾形D］は、尾形の発見したいわゆる「自筆句帳」からの句を合わせて、全一四六三句を収める。切字だけに注目すると、芭蕉以前の伝統を墨守している部分と、蕪村独自の境地を開いた部分とがある。

変わらない点としては、（a）句末を〈「かな」止め＋直前の名詞〉とする固定パターンが、四四五句（全句の三〇％）。この型は芭蕉よりも多用されて、約一〇％多い。（b）〈体言止め＋句中切字〉は五九三句（同四一%)で、こちらは一〇%以上少ない。両者を合わせると一〇三八句(同七一%)で、ほぼ芭蕉の場合に等しい。

(b)のなかでは〈「や」+体言止め〉が四一七句(bの七〇%、全句の二九%)と、芭蕉の六〇%よりわずかに上回っている。うち初五末の「や」が二四一(bの「や」の五八%)、中七末の「や」が一五六(bの「や」の三七%)と、この二つの合計三九七で、bの「や」の九五%に達する(残りは第八音目と九音目がそれぞれ一〇に近い程度)。つまり体言止めで句中に「や」をもつ場合、そのほぼ全句が初五末か中七末の「や」で切れ、他の位置に置かれることはめったにない。

芭蕉の「や」の多様性が、ここで少し失われた。ただ蕪村で目立つのは、中七末の「や」が初五末の六割以上にまで成長したことである。

水仙に狐あそぶや宵月夜《よひづきよ》　(遺稿四五一)

いわばシンコペーション風に、遅れ気味に切字が来るリズムを好んだのだ。

中七末の「や」以外に、蕪村の切字でもっとも大きい変化は、

畑《はた》打《うつ》や峯の御《ご》坊《ばう》の鶏《とり》のこゑ　(遺稿一三一)

のように、〈「や」+体言止め〉で一句をきっぱりと締める代わりに、

名月**や**神《しん》泉《せん》苑《ゑん》の魚《うを》躍る　（五四二）

みじか夜《よ》**や**浅《あさ》井《ゐ》に柿の花を汲む　（遺稿二四四）

のように、〈「や」＋用言止め〉でゆるやかに納める句が、一二五句（全句の九％）と飛躍的に増えた（芭蕉の場合はわずか三七句（同四％）に留まる）ことだ。全句に占める「や」の数は五四二（同三七％）と、比率は芭蕉とまったく変わらない。芭蕉の例とともに、今日の切字「や」の隆盛を準備しているようだ。

全体に、芭蕉の切り拓いた切字の見直し、実質化・多様化という方向を、蕪村が積極的に推し進めた形跡は見られず、むしろ蕪村とともに、切字の種類はおおむね芭蕉以前の古風に戻った観がある。蕪村の本領は、少なくとも形式に関する限り、多彩さや新しみよりも、リズム・気分のある種の安定にあるようだ。

圧倒的な「かな」「や」以外の切字では、まず形容詞の語尾「し」がわずかに四六（全句の三％）、「ぬ」が四四（同三％）、「たり」と「む（ん）」と「よ」がそれぞれ二九（同二％）、「下知」がわずか二一（同一％）、「ぞ」と「あり」がそれぞれ一四（同一％）、「か」が八（同一％）、「ず」と「つ」がそれぞれ七、「なり」が六、「を廻し」が五、「こそ」が四といった具合である。なかで気づくのは、語幹の「おぼつかな」三（四一五、四九一、七〇〇）や、「幾日《いくか》」「何子《なにし》」など疑問詞の開発に多少の工夫が見られることだろうか。

「けり」には依然として陽が当たらず、座五末にようやく四二（全句の三％）、中七末に二〇（同一％）。すべてを合わせても六二（同四％）で、芭蕉の三％よりやや増えたとはいえ、「かな」や「や」とは比較にならない。

芭蕉の革新を蕪村が強化したものに、切字なしの句がある。芭蕉の八%が、蕪村では一七八句（全句の一二%）と大幅に増えていて、切字を必須とする感覚が、この頃やや薄れてきたように見える。つまり、発句の独立を重視した芭蕉以来、発句を後続句から切り離すという切字の必要が、そう強く感じられなくなったのだ。切字のない句は現代俳句に通じるものがあり、この傾向は芭蕉・蕪村あたりで決定されたと見ることができよう。それと連動して、切字が重なるというケースも五四（同四%）と、わずかに少なくなった。

一茶と「けり」

江戸末期にリアルで平俗な口語表現に新境地を切り拓いた一茶（一七六三―一八二七）は、どうだろうか。岩波文庫版の『新訂　一茶句集』［丸山］の収めるところ二〇〇〇句。（a）〈「かな」止め＋直前の名詞〉が五五三（全句の二八%）、（b）〈体言止め＋句中の切字〉が八八二（同四四%）。それらを合わせると一四三五（同七二%）と、芭蕉や蕪村と同様、全句の四分の三に近い。この古い型枠に、変化はまったくない。

後者のうち〈「や」＋体言止め〉は六二一（bの七〇%、全句の三一%）で、ほぼ蕪村と同じ。位置の内訳は、初五末が四六三（bの「や」の七五%）と突出している。初五の「や」を盤石のものとしたのは、一茶かもしれない。その結果、中七末の一三五（同二二%）のほかには、第八音目が一八（同三%）、第九音目が三など、「や」が他の位置で活用される余地がなくなった。ただ、蕪村で注目した〈「や」＋用言止め〉は一五八（全句の八%）とやや少ないが、一茶のリズムの柔軟化に貢献している。

蟬なく**や**我家《わがや》も石になるやうに　（九四六）

全句での「や」の使用は合わせて七七九（全句の三九％）と、蕪村や芭蕉よりわずかに増えている。一茶の切字で目を引くのは、「けり」の重用である。一茶の「けり」は、中七末で五〇（全句の三％）、座五末で一一九（同六％）。両者を合わせて一六九（同八％）と蕪村から倍化して、全句の一割に近づき、「かな」と「や」を除く切字の筆頭に躍り出た。江戸末期の一茶に至って、ようやく「かな」「や」「けり」の三つが、切字の上位に並んだのである。

仰《あふ》のけに落《おち》て鳴《なき》**けり**秋のセミ　（一六八四）

なお、

芭蕉翁《をう》の臑《すね》をかじつて夕《ゆふ》涼《すずみ》　（九三八）

など、芭蕉や芭蕉忌を名指した句が少なくない（九三八、一六五二、一七五六、一八五二、一九五二、一九九八）ことにも明らかなように、一茶には芭蕉追慕の思いが（蕪村にさえまさって）強かった。だが、それは必ずしも切字には反映していないようだ。

なかでは「なり」が七一(全句の四％)、「下知」が五五(同三％)、「ぞ」が四五(同二％)、「よ」が四三(同二％)、「たりけり」が一七(同一％)、「か」「ん」がそれぞれ一五(同一％)、「し」が一四(同一％)、「たり」が一〇(同一％)など。蕪村で種類の乏しくなったその他の切字は、一茶でさらに種類が少なくなった。ただし、口語表現を取り込むのが得意な一茶は、「いつ迠」「何しに」「どこが」のような疑問詞を開拓するとともに、おそらく「ぞよ」「やら」など新奇な切字を生み出したと思われる。

切字のない句は一六二(全句の八％)と、蕪村よりやや減ったが、一定の水準を維持しており、一方、切字の重複する句は二七(同一％)と激減した。

子規

最後に、江戸の発句から近・現代俳句への転換点に位置する正岡子規(一八六七―一九〇二)の場合を見ておこう。子規は俳諧連歌から発句を切り離し、これを「俳句」と呼んで、近代詩の一形式として独立させ、今日の隆盛を招いた革新者、功労者である。そうだとすれば、ここにおいて切字は、発句を後続句から断ち切るという、そもそもの任務から決定的に解放されたわけだ。独立した俳句の推進者たる子規は、切字の効用について、あらためて思案をめぐらす機会があったかもしれない。彼自身が作った句の切字の用法に、何か従来とは異なる点が見られるだろうか。

子規がその短い生涯に詠んだ俳句は二万三六四七句(『正岡C　七三二』を参照)。そのすべての切字を数えつくす余裕はない。そこで一つの便法として、子規自身が自句のなかから選んだ『獺祭書屋《だっさいしょおく》俳句帖抄　上巻』を手掛かりとしてみたい。これは一九〇二年に、子規が一八九二年から九六年までの自作のなかから、見るべき句を抄出したものである。もちろんそこには、一八九六年から一九〇二年までに彼が詠んだ句は含まれていない(下巻は出版されずに終わった)。だが『俳句帖抄』の句は子規自身の意向、俳句観をじかに反映しているだけに、そこには切字に対する彼の考え(意識するとしないとにかかわらず)が読み取れるに違いない。

『獺祭書屋俳句帖抄　上巻』[正岡C　五七七─六六七]に収められた子規の句は、すべて七四五句。ここでも同様の観察基準を当てはめてみると、(a)〈「かな」止め+直前の名詞〉が二一六句(全句の二九%)、(b)〈体言止め+句中の切字〉が二六〇句(同三五%)、(a)と(b)を合わせると四七六句(同六四%)。この数字は蕪村や一茶より五、六%低い程度で、優に半数を超えている。近代俳句の第一歩とはいいながら、古来の句の骨格は、意外にもほとんど手付かずだ。ただ目立つのは〈「かな」止め+用言〉が一一(同一%)と増えたことだろう。

「かな」以外の切字を見ると、〈「や」+体言止め〉は一七四句(bの六七%、全句の二三%)で、こちらは蕪村や一茶よりずっと少ない。そのうち初五末は一一五(bの「や」の六六%)、中七末は四二(同二四%)、両者で一五七(同九〇%)と、大半を占める。宗因や芭蕉でリズムの多様化に貢献した、その他の位置の「や」は後退したままだ。また、蕪村の新機軸だった〈「や」+用言止め〉の方も五四(全句の七%)と、蕪村の九%、一茶の八%からいくぶん減った。全句の「や」は二二八(同三一%)と、四分の一強を占める。

「けり」は、句末が六三(全句の八%)、中七末が一九(同三%)。合わせて八二(同一一%)と、一茶の八%よりさらに増えた。一茶と子規の力で、切字「けり」の地位は、ほぼ確定したのではなかろうか。とはいえ、二つで句の大半を占める「かな」と「や」に比べると、「けり」の歴史の浅さや数の上での劣勢は、否定しがたい。

その他の切字はどうか。子規はもっぱら古風な切字を好んだようだ。一茶よりはやや種類が多く、ほぼ蕪村のレベルに戻った。「し」が三七（全句の五％）、「なり」が三〇（同四％）、「たり」が一六（同二％）、「ぬ」が一三（同二％）、「ず」が一一（同一％）、「ん」「よ」がそれぞれ九（同一％）、古めかしい「もなし」と「下知」が八（同一％）、「ぞ」「か」がそれぞれ三など。子規の句が、どこか芭蕉の発句のような多彩さに乏しい印象があるのは、そのせいだろうか。

切字のない句は七五（全句の一〇％）で、一茶をわずかに上回るが、蕪村よりは少なく、とりたてて俳句刷新の余響は感じられない。切字の重複は一八（同二％）と、さらに減った。

子規による近代化を経た後も、切字にはそれほど大きな変動が起こったわけではなさそうだ。さすがに過去の膨大な数の俳句を収集して、前人未到の「俳句分類」（［柴田］を参照）を達成しただけあって、知らず知らず伝統的な発句の型が子規の身に沁み込んでいたのかもしれない。彼は主張とは別に、内々には連句も楽しんでいたようだ。

「かな」「や」と「けり」

こうして過去の伝統のなかでは、芭蕉までの時代にも、また近代に入って正岡子規が登場したあとも、こと切字に関する限り、純正連歌以来の扱い方はあまり変わっていない。要するに、切字のなかでは句末の「かな」が圧倒的に優位に立っている。（a）〈「かな」止め＋直前の名詞〉）、それに次いで（b）〈体言止め＋句中の切字〉という型が多く愛用され、（a）と（b）を合わせると、全体の過半数以上、ときには九割以上を占めてきた。

切字の「や」がことに存在感を示すようになったのは、宗因以後、とりわけ蕪村や一茶以来のことだ。そして、「けり」が目を引く切字の一つとして用いられるようになったのは、江戸も末期になって、ようやく一茶が現われてからにすぎない。

それではわれわれが今日、俳句の切字といえばただちに「や」「かな」「けり」の三つを思い浮かべるようになった裏には、いったいどのような経緯があったのだろうか。近代俳句史のなかで、さまざまな作品や発言からその事実を厳密に跡づけるという仕事は、私の力に余る。

ただ、ここで一つ思い当たるのは、石田波郷が一九四二年の『鶴』十一月号に掲載した次の見解である。


実作の格としても、や、かな、けりの切字を用ひよ。解らなければ解らないままでもいい。重厚なこれらの切字を用ひよ。句を美しくしようと思ふな。文学的修飾をしようと思ふな。自然が響き応ふる心をふるひ起せよ。

(……)これは暴論でも古典復帰でもない。俳句の新しい進展を正しい基礎の上におく為である。
[石田 二〇九]

たしかにこれは「古典復帰」ではない。だが、「や」「かな」「けり」の三つがなぜそれほど質実かつ「重厚」で、あれこれ句を飾る試み以前の基本として不可欠な切字なのだろうか。

波郷には切字を詠んで有名な、

霜《しも》柱《ばしら》　俳　句　は　切　字　響　き　**けり**

の句もある。それが波郷独自の見方だったのか、あるいは当時の俳句界一般の受け取り方を反映しただけなのか、その答えは知らない。現に波郷自身も、この発言以後、自作をそれら三つの切字で押し通したというわけでは決してない。各位のご高教を乞う次第である。

むすび

ほぼ芭蕉までの切字の役目は、連歌の発句を句末で脇句以下から「切る」ことにあり、句中の何らかの「切れ」は、まったく問題にされていなかった。子規が発句を連歌から切り離して「俳句」と呼んだときに、過去の切字の効用（発句の独立性・完結性を保証する）は終わったのだ。

上記の調査を踏まえた上で、以下、今後の俳句と俳句研究へのささやかな提言をまとめてみたい。

もし現代の作者や読者には、「や」が直後で切れて、句を二分すると感じられるのであれば、その感覚を大いに生かすべきだろう。もともと芭蕉の言う異種モチーフの「取り合わせ」や、大須《おおす》賀《が》乙字《おつじ》の言う「二句一章」〔村山　八二〕は、芭蕉以後の発句や近代俳句の有力な武器であるに違いない。

同じように、句末の「かな」や「けり」は、それらの強い断定・断言のひびきやインパクト、「言い切る」語調の強さとその余韻のひろがりが、今後も大いに効果を発揮するだろう。

（a）〈「かな」止め＋直前の名詞〉および（b）〈体言止め＋句中の切字〉という、中世以後つねに圧倒的に重視されてきた二つの型は、おそらく俳句の本質をなす基本構造として、今後も愛用され続けるだろう。だが、それぞれに由来の違う「や」「かな」「けり」の三つをことさら神聖視し重用するのは、読者の退屈を招く危険がある。それらと並んで、芭蕉が愛用した「下知（動詞の命令形）」や「し（形容詞の語尾）」、「ん」「か」「ぞ」、さまざまな疑問詞など、勢いのある古い切字を復活して、それらに特有のリズム的・表現的効果を生かすべきではないだろうか。そのためには、まずそれらをりっぱな切字として、作者と読者がしっかり認識を共有すべきではないか。

ちょうど時代の流れにそって、続々と新しい季語が開発されてきたように、他にもっと現代的な響きをもつ切字を案出してもよかろう。二段切れや三段切れも、切字のうちに数えるべきかもしれない。芭蕉の主張どおり、切字のない句が多くあってもいいだろう。

もっとも、「切れ」といえども注（1）で述べたように、語音が現実に休止する（中断される）わけではない。物理的には何も「切れ」てはおらず、特定の字句の語勢で、意味の流れが「切れ」るような印象が生まれるだけだ。五・七・五の中間にくる真の休止（シジューラ）、ことに初五末の長めの中断が句に及ぼす効果について、今後もっと研究の進むことが期待される。

注

（1） シジューラ、ことにラテン語詩の中間休止法は、ルネッサンスのヨーロッパ詩に大きな影響、というより強大な圧力を及ぼした(〔Attridge〕を参照)。

　和歌や俳句などの日本詩歌に似て、主として音節の数にもとづくフランス語詩の中間休止(césure)を見ると、標準的な韻律であるアレクサンドランは、各行十二音節で、つねにその真ん中に休止が置かれる。

1 2 3 4 5 6 ‖ 7 8 9 10 11 12
La fille de Minos ‖ et de Pasiphaé. (Racine, *Phèdre*)
ラ・フィ・ユ・ド・ミ・ノス‖エ・ド・パ・ジ・ファ・エ
(ミノスとパジファエの娘)　(ラシーヌ『フェードル』)

これは一つには、十二音節という長い詩句の連なりを、一続きのリズムの単位として知覚するのは困難なので(タタタタタタタタタタタタ)、それを二つに割って、聞き取りやすい六＋六のリズム分節に分けるためだ(タタタタタ**タ**‖タタタタタ**タ**)。詩行は第六音節のあとでいったん休止して、その直前に強勢(アクセント)がくる。

　そこから考えてみると、俳句の基本的な中間休止(シジューラ)は、五・七・五の間の二つの切れ目、すなわち初五「蛸壺や」の直後と中七「はかなき夢を」の直後、「夏の月」の前に置かれる音の休止または延長(初五の後の方が、中七の後より、少なくとも三倍長い)(〔川本A　三二三—一五〕を参照)に当たると言えるだろう。これこそが、俳句十七音の韻律を刻む、いちばん固定的で具体的な意味上・リズム上の目安だからだ(もっとも俳句を朗誦するとき、いつも初五と中七の後にきちんと間が置かれるとは限らない。この点は、フランス語の詩でも同様だ)。

(2)　ただし『去来抄』には、「先師曰く『歌は三十一字にて切れ、発句は十七字にて切るる』」〔奥田A　四九九〕という、かなり趣意明瞭な発言がある。また秋色《しゅうしき》・歓雷編『花実集——柿普《ししん》問答』(一七七五)には、「去来曰《いわく》、発句に切字を入《いる》る事は第一句〔発句〕を切《きる》ため也」〔日本俳書　一九八〕とあり、そのメッセージはきわめて明快である。後者は副題どおり、去来と其角らの俳話や作品の記録と称しながら、実は『去来抄』などから想を得て其角に花を持たせた偽書だという。だが、当時の芭蕉一門の切字についての認識を明言した資料としては、貴重ではないか。

(3) [堀切C 一七三、『游星』 六九、高橋 二二二]などを参照。

(4) 『芭蕉七部集』(新日本古典文学大系七〇)の(一)『冬の日』には歌仙五、「追加」として連句一巡六句が収められている。連句計一八六句、発句だけの部はない。(二)『春の日』は歌仙三、「追加」六句と、四季の発句を収録。連句一一四句、発句のみ五八句。(三)『あら野』は、巻之一から八まで発句のみ、あと「員外」に歌仙九と半歌仙一を収める。連句三四二句、発句のみ七三五句。(四)『ひさご』には歌仙五のみ。連句一八〇句。(五)『猿蓑』には、巻之一から四まで四季の発句、五に歌仙四、「幻住庵記《げんじゅうあんのき》」、そして「几右《きゆう》日記」として発句が収載される。連句三四二句、発句のみ七三五句。(六)『炭俵』は、歌仙三、百韻一、発句四九八句、歌仙四を収める。連句三五二句、発句のみ四九八句。(七)『続炭俵』は歌仙四、支考「今宵賦《こよいのふ》」、歌仙一、発句五一九句を載せる。連句一八〇句、発句のみ五一九句。

(5) 芭蕉は門人らに宛てた書簡では、たまに連句の一部や付合を引用することもある(天和二・五・一五高山麋《び》塒《じ》宛、元禄七・八・九去来宛など)。

またごくまれな例外として、『鹿島詣《かしまもうで》』の末尾に三物《みつもの》を[尾形G 三三〇]、『笈《おい》の小文《こぶみ》』の冒頭に、別れの宴で「旅人と我名《わがな》呼《よば》れん」の句に付けられた脇句「又山茶花《さざんくわ》を宿々《やどやど》にして」[同 三三〇]を、『嵯峨日記』に其角の独吟数句や丈草らとの付合[同 三六八]を、『芭蕉庵三《み》ケ《か》月《づき》日記』に、月見の宴で素堂らと詠んだ和漢連句三十数句[同 三七一―七二]を、「『落来《おちく》るや』句文」に曽良の脇句[同 四〇二]を、書き留めているにすぎない。その他の文は、ほぼすべてコメント付きの発句ないし発句集の観を呈している。

(6) のち『真木柱』や一六九三年写の『白砂人集』が、「押字《おさえじ》」の「は」を伴う「にて留《どめ》」[浅野B 五三、六四]を切字に含めている。上で「は」と押さえておけば、「にて」留まりも切字として許されるというのだ。なお、

『真木柱』の「にて」の認定は、その典拠として『俳諧埋木』を挙げている(ただし『埋木』にはその旨の記述が見当たらない)。

(7)　芭蕉より前のどの作法書にも、またのちの『真木柱』にも、「ばや」は記されていない。ただ一五七九年書写の『発句切字』に、昌叱の「枝分けて月もをらばや山桜」[浅野B　二四]という句が、切字「はや」の例として挙げられている。以前に一部では公認されていたのかもしれない。

(8)　他の切字重複の句を挙げておこう。同一切字の反復は除く。一(ぞ、下知)、八(や、たり)、一四(下知、ぞ)、二九(し、下知)、三九(や、し)、四八(こそ、よ)、一一六(や、もなし)、一四九(や、ん)、一五六(や、らん)、一五八(誰ガ、ゾ)、一六〇(し、ん)、一六六(や、らん)、一九五(よ、下知)、二〇四(か、何と)、二一一(や、し)、二一二(下知、む)、二一三(よ、む)、二一五(誰が、ぞ)、二三二(し、や)、二七九(下知、ん)、二九三(ぞ、し)、二九八(いかなる、ん)、三一一(や、下知)、三一九(し、や、ん)、三五五(何の、哉)、三六四(や、し)、三六六(や、ん)、四〇八(や、む)、四一〇(や、ん)、四一四(や、し)、四七一(誰《だが》、ぞ)、四九三(や、し)、五一二(か、哉)、五一七(や、し)、五一九(や、ン)、五三三(や、ず)、五三八(や、いつ)、五三九(し、下知、や)、五四八(や、ん)、五五七(か、し)、五六二(か、けり)、五六四(や、し)、五七二(よ、じ)、五七四(下知、し)、五七八(下知、ん)、五九一(や、いつ)、六一九(や、む)、六二六(や、いつ)、六三八(や、もなし)、六八六(や、ん)、七九〇(よ、ぬ、ん)、七九六(や、ず)、九〇三(や、ぬ)、九〇七(何を、ぞ)、九三〇(や、し)、九三八(む、や)、九五八(か、し)、九五九(や、らん)、九七五(や、ぬ)。

「夕がほや」の句について、乾裕幸は、「貞享期は、連歌風への接近から、俳諧化の要因としてさまざまな〈切れ〉が試みられた(……)これもその一例」[乾　一三三―三四]としている。こうした歴然たる「衝突」はこのケースだけだが、その他にも切字重複の例には事欠かない。

2　「三句放れ」と「匂付け」——連句を問い直す

はじめに

連句という世にも珍しい詩形について、一般詩学の立場から、その特徴のいくつかを論じてみたい。といっても、大ざっぱな一般論によって連句の独自性を骨抜きにしようというのではなく、むしろその逆に、詩一般という共通の土俵に乗せることで、連句固有の「詩」の一端をあぶり出そうというのが、小論のねらいである。連句に関するすぐれた研究は無数にある。だが俳句の場合と同様、連句が詩の形式として、例えば西洋の詩とはいかに異なった性質をもち、それでいて、「詩」一般の特徴をいかに尖鋭に体現しているか——そうした詩学的な問題を正面から扱った研究は、はなはだ乏しい。なお、ここでは連句というジャンルを代表するものとして、芭蕉とその弟子たちの作った俳諧連歌だけを扱うことにする。

「文学」についてと同様、「詩」とは何かという問題に対しても、一義的で明快な答えはないということが、近来いよいよ明らかになりつつある。そこにはたがいに絡み合いながら、決して統合されることのない二つの面がある。詩でいえば、あるテクストが「詩的」だから——詩に固有の内的特徴をもつから詩だという面と、ふつう詩として扱われるから——外から詩と見なされるから詩だという面とがある。例えばヤーコブソンの言うように、詩は形式上・意味上の「平行性」parallelism（各行の音節数など韻律の一致、規則的に繰り返される脚韻などの押韻、語彙的・文法的構成の均衡や対比など)を特徴とする(「言語学と詩学」)[ヤーコブソン　二〇八―一〇](なお[山中　一六九―八二]を参照)。だがそれならば、リファテールの言うように、ときに散文や、極端に言えば電話帳や会計の帳簿にも、きわめて規則的な平行性がしばしば認められるが、それらを詩と呼んでいいだろうか([Culler 55-57]を参照)。

また一方、例えば、

夏草に汽《き》罐《かん》車《しゃ》の車輪来て止る
この家の三《た》和《た》土《き》を寒《かん》の月照らす
[山本B　一六四、一七七]

という山口誓子の俳句は、たしかに季語や五・七・五音という俳句固有の形式を守っている(ただし前者は字余り)。だが、一見さりげないこの短いことばの切れ端に、読者が格別の注意をはらい、そこにさまざまな深い詩的意味を読み取ろうとするのは、そうした作品内の特徴のためもあるが、ただそれだけではなく、そもそもそれらが図書館や書店の「俳句」ないし「詩歌」コーナーに収められ、誓子の句集や各種の俳句選集などに含まれているからでもある。

外からの見られ方、扱われ方という点でみると、俳諧連歌やその流れを汲む現代の連句が、今のように「まじめな」詩の一種と見られるまでには、さまざまな紆余曲折があった(栗山理一「連句は芸術か」[山本A　九九―一二五]を参照)。もともと純正連歌(以下、俳諧連歌に対してたんに連歌と呼ぶ)を詠む場での息抜きの遊び、あるいは修業の手段として始まった俳諧連歌は、当初、同時代や後世の読者のために作品を書き残すという必要さえ認められていなかった(いわゆる「言い捨て」の連歌)。のちには宗祇や貞徳、わけても芭蕉らの努力によって、連歌と同様、しかつめらしい議論の対象とされるまでに至ったが、近代の幕開けとともに、子規の連歌非文学説によって、ふたたび陳腐な座興の地位にまでおとしめられた。俳諧連歌、今日の名で言えば連句(以下、まとめて連句と呼ぶ)が、詩歌の世界でそれなりの位置を占めるようになったのは、そう古いことではなく、ことに二十世紀最後の二、三十年間に、ポストモダニズムの議論が盛んになってからのことである。ひと言でいえば、まさに子規が非文学的だと決め付けた要素そのものが、連句再評価の大きな根拠となったのである。

一　三句放れ

共同制作の詩

それでは、連句のテクストが詩としてもつ内在的な特徴は何だろうか。東西を問わず、ふつう一般に詩と見なされているものと、連句とを隔てるもっとも大きな違いは、二つある。その第一は、連句が複数の作者による共同制作の詩であること、そして第二は、連句が首尾一貫したテクストの形をとらず、つねに意味上の断絶や飛躍をはらみながら進行することである。どちらの特徴も、きわめて型破りで興味深いという点では甲乙をつけがたいが、ここでは連句の特異性をより端的に示すものとして、後者の面に的をしぼりたい。

というのは、例えばイギリス十七世紀の劇作家、ボーモントとフレッチャーや、近世日本の浄瑠璃作者、竹田出雲・三好松洛・並木千柳の場合にも見られるように、何人かの作者による文学テクストの共作は、決して連句には限らない。『源氏物語』は必ずしも一人の作者の手に成るものとは言い切れないようだし、『平家物語』は明らかに複数の作者群の所産である。むろん連句の第二の特徴、すなわち、たえず向きを変えながらジグザグに動いていくという進行のしかた自体が、共同制作の詩という第一の特性から派生したと見ることもできるし、事実その通りだろう。とはいえ、ふつう詩や小説や戯曲を合作しようという際には、作者たちは合作ゆえのほころびや矛盾を露呈しないために、むしろ全体の統一と一貫性を保つことにこそ、最大限の注意を払うはずである。ところが連句の場合、そうした常識にあえてさからって、いわばこれ見よがしに前後のつながりを寸断していくことが、制度的に求められる。したがって、合作の一形態としてさえも、連句のそれはきわめて異例なものと見ることができるだろう。

もっとも、共同制作の詩としての連句には、たんに残されたテクストを見るだけではわからないという重要な一面がある。宮本三郎が「連句の美学」で指摘するように、芭蕉は「連衆《れんじゅう》が俳席で句作しつつ、かもし出す一座の雰囲気に浸り身をもって俳諧を実践する過程そのものに、連句本来の生命を認め」[山本A 二二八]た。そして、「連句の付合《つけあい》は連衆の一人一人が前句《まえく》を十分に見極め、それに応じて自ら付句《つけく》し、次の作者はそれを受けてまた付句するというぐあいに創作と享受とを同時に行ないつつ進行する。いわば作者自身が舞台に上って俳優として演技し、同時に観客にもなる一種の劇のようなもので、しかもそこにはあらかじめ用意された脚本もなければ筋もない。句々のすべてがアドリブである」[山本A 二二八]。つまり、そうした「興行過程そのものがいわば劇的な芸術行為」なのだから、「そこで詠まれた科白《せりふ》、すなわち付句を記録したもの」をあとから読んで、「これを一篇の詩として平面的に見るならば、それはもはや作品ではなくして、文字通りつまらない記録にすぎない」。だから連句作品を読む者は、「一句一句それが作られたその場その場の雰囲気を感得し、演技者の心になって、その俳諧興行を自ら立体的に追体験する」〔山本A 一三〇〕ことが必要だという。

連句の「興行」は「一種の劇」だという宮本の比喩は、文字通りには受け取れない部分がある。そもそも何の筋書きもなく、すべてアドリブに終始し、しかも役者が同時に観客になるような劇があるだろうか。とはいえ、連句の興行は「立体的」かつ動的な過程であって、その場の生きたやりとりを考慮に入れないで、その静的な「記録」だけを詩的テクストとして扱うわけにはいかないという宮本の警告は、「座の文学」としての連句の核心を突いている。

例えば寺田寅彦のように、連句を映画に譬えたり、「音をもってする代りに象徴をもって編まれた音楽」(「俳諧の本質的概論」)〔寺田 九九〕と見たりするやり方は、「個々の連句付合をも近代人の感覚で主観的に自由に鑑賞しようという傾向」〔山本A 一二七〕を生じる恐れがあるという。たしかに映画も音楽も、共同制作の産物だとはいえ、あくまで脚本家(および監督)や作曲家(そして指揮者や奏者)個人の意図のもとに全体の統一がはかられる。それに対して連句では、最後の付句(挙句《あげく》)が出終わるまで、誰にも全体の見とおしがつかないし、終わったときには、もはやほぼ手遅れだからである。「詩的興行」としての連句のダイナミックな性質——詩でありながら、たんなる(書かれた)詩を乗り越えるという特異な性質についても、今後さらに考察を深めていくことが必要だが、ここではこれ以上触れないことにする。

三句放れの意味構造

そこで、連句のもう一つの特徴である、断続的な意味の連鎖という点について考えてみよう。連句にかかわるさまざまな規約のなかで、いわゆる「三句放《ばな》れ」の約束こそ、連句という詩のもっともめざましい特徴である（漢連句や連歌、そして和漢連句も当然そうした特徴を共有するが、蕉風連句のそれは、ことに際立っている）。『猿蓑』の「市中《いちなか》は」歌仙の初折《しょおり》の裏から例を引こう。

A　能《の》登《と》の七《なな》尾《を》の冬は住《すみ》うき　凡兆
B　魚《うを》の骨《ほね》しはぶる迄の老《おい》をみて　芭蕉
C　待《まち》人《びと》入《いれ》し小《こ》御《み》門《かど》の鎰《かぎ》　去来
〔井本B　四六六―六七〕

ここではまず、七・七（短句）のAに五・七・五（長句）のBが「付く」ことによって、寒く住みづらい北の果て、能登半島の七尾の漁村で、衰えて歯の抜け落ちた歯ぐきで魚をしゃぶっている老人の嘆きが、一人称で語られる。ところが連句のきまりによれば、次の句の作者（去来）は、そうしてできたAとBの「世界」から、がらりと「転じる」ようなやり方で、短句Cを付けなければならない。つまり、直前のBの句をそっくりそのまま受け継ぎながら、しかも「B＋C」が「A＋B」とはまったく様相の異なるペアとなるように、Cを案出せねばならない。その結果、この老人は一転して、通用門の鍵を開け、女主人の恋人をこっそり迎え入れる門番に変わる。老いさらばえて魚の骨をしゃぶるという点は同じでも、寒風吹きすさぶ北国の漁師が、例えば『源氏物語』の一エピソードを思わせるような、大きな屋敷の門守《かどもり》に姿を変えるのである。同様に、次のDの詠み手は、「C+D」が「B+C」とはがらりと打って変わった情況を現出するように、Dを付けることになる。こうして歌仙なら三十六句、百韻なら百句の全体が、たがいに隣接する二句ずつの意味的結合と、その直前の句(打越《うちこし》)からの離反を原理として、一部で重なり合いながら互い違いに展開されていく。いわば、ある道からすぐ分かれ道に踏み出して、一歩歩《ある》いたかと思うと、たちまちそこからそれて、また次の分かれ道に踏み込んでいくという具合であって、連句という旅は、はじめから方向も定まっていなければ、つねに岐路から岐路へそれていくという奇妙な習性のため、行き着く先もまったくわからない。芭蕉によれば、「たとへば歌仙は三十六歩也。一歩も後に帰る心なし。行くにしたがひ心の改まるは、ただ先《さき》へ行く心なればなり」(『三冊子』)〔奥田A 五六六〕という。

結束性条件の違反

そうした「三句放れ」の規約は、ふつう一般の詩という観点、それどころか文学一般、さらにはテクスト一般という見地から見ても、ほとんど常軌を逸しているとさえ言えそうな、奇妙な約束である。ある程度定まった意図のもとに、多かれ少なかれ首尾一貫した構成をもち、ある程度限定された意味と効果を伝えるという、ふつうの文学テクストの条件を、連句という詩は大きく逸脱している。そればかりか、種類や分野のいかんを問わず、複数の文でできたすべてのテクストが備えているはずの条件、すなわち「結束性」の根本条件にさえ、わざと背いている。池上嘉彦によれば、「ある文とそれに続く文とがテクストの一部を構成しうるための基本的条件」とは、当然ながら、「先行する文を媒介として伝えられる情報の一部が後続する文で引き継がれる」〔池上 一〇六〕ことである。

池上の挙げる例で言えば、

（一）　太郎の友達は昨日公園で野球をした。

（二a）公園には多くの人が見物に来た。

（二b）畠には多くの人が見物に来た。

という三つの文があるとして、（一）と（二a）は「〈公園〉という共通の情報でつながっている」が、（二b）との間には「それに相当するものが欠けている」。つまり、（一）のあとに（二a）が来るのは自然だが、（二b）はそうではない。そもそも「文と文がテクストの一部を構成する程度の関連性をもつためには、後続する文は先行する文からの推論によって得られる情報内容と矛盾するようなものであってはならない」。ところが連句の場合、そうした文と文の間の「結束性」cohesion［池上　一〇六—一〇八］が、たえず意図的に一句置きに破られるのである。

この見地からすると、「三句放れ」の約束は、次のように定義することができる。すなわち連句のテクストでは、「後続する句は、二つ前の句からの推論によって得られる情報内容と明らかに矛盾するようなものでなければならない」。連句のテクストは終始、反結束的であることをあからさまに要求されるのである。

むろん池上が指摘するように、例えば科学的なテクストにくらべて、「芸術的なテクストでは結束性の要求の度合はそれほど高くない。むしろ、通常のテクストでは『基準』norm である結束性を破ることによって、通常のテクスト構成からは得られない効果が狙われることがある」[池上 一〇八]。なぞなぞや詩はその典型だが、それにしても、連句ほど一貫して徹底的、意識的に「結束性」に盾突こうとする詩の形式は、他に類を見ない。たしかにシュルレアリスムの詩(1)やある種の現代詩には、前後のつながりがきわめて見えにくい文ないし詩行が続くものがある。とはいえ、結束性という基準の違反が規約化され、それ自体が基準化されているような詩のジャンルは、連句の他にないだろう。

詩的機能と異化作用

それでは、こうした規範的・義務的な「三句放れ」は、「詩」としての連句テクストにおいて、どういう働きをしているだろうか。ヤーコブソンによれば、コミュニケーションにおける言語の六つの働きのうち、「詩的機能」は、「メッセージそのものへの指向、メッセージそのものへの焦点合わせ」(「言語学と詩学」)[ヤーコブソン 一九二]を指す。つまり、ことばの送り手や受け手、コミュニケーションの手段(対話や電話、本など)、そして場面やコード(文法・辞書)への注目ではなく、やりとりされることばそのもの、形(音)と内容(意味)をあわせ持つテクストそのものへの関心の集中を、詩的機能と呼ぶのである。

これは、一九二〇年代から三〇年代にかけて、ソ連やチェコのフォルマリストたちが提唱した「異化作用」の概念を発展させたものである。異化作用とは、ふだん慣れっこになって「自動化」してしまった日常的・散文的な知覚のしかたを、各種のふつうでない言語手法(比喩や象徴、脚韻や韻律、音と意味のさまざまなパターン化など)を用いることで、わざと「異様なもの」とすることである。その結果われわれの注意は、そうした聞きなれないことば自体、言語手法自体に強く引き付けられ、その風変わりな言い方を通して、あらためて新鮮で生き生きした知覚のしかた、体験のしかたを回復する(〔山中　二九—四三〕を参照)。

簡単に言えば、内的な特徴から見た詩とは一般に、ふだん耳慣れない奇妙な言い方でそのことば自体に注意を引き付けるもの、そしてそれを通してものの見方や感じ方をリフレッシュさせるもの、ということになる。その奇妙な言い方のうちには、俳句の五・七・五や短歌の五・七・五・七・七といった定型も、また掛詞や縁語、枕詞や序詞、見立てや寄合《よりあひ》、切字や季語などもすべて含まれている。そうした観点からすると、連句における「三句放れ」、つまり句と句の結束性の意図的な寸断は、異化作用を生み出し、詩的機能を強化するさまざまな言語手法のなかでも、もっとも過激なものに属すると言えるだろう。

逆に言えば、ことばそのもの、表現そのものに関心を集めるという詩的機能は、連句においてこそ例外的に高い比重を占めることになる。もともと俳句(俳諧連歌の発句)自体、わずか十七音というその短さのため、そして深い意味上の断絶を内にはらむ二元的構成(〔川本A　一〇二—五四〕を参照)と、それによる句内部の結束性の低さのために、詩的機能の際立った突出を特徴とする。だが「三句放れ」の約束によって、一句置きにこれ見よがしに意味の断絶を顕示する連句は、俳句固有の異化効果と呼応しながら、それを一巻全体を通して規則的に反復することによって、さらに強化したものである。(2) 言い換えれば、連句は子規の言うように非文学的であるどころか、きわめて高度に詩的・文学的な形式だと言える。

しゃれと掛詞

「A＋B」(打越《うちこし》と前句)から「B＋C」(前句《まえく》と付句)が大きく変化するとすれば、その両方にまたがる共通項であるBは、意味の上でどのような働きをしているのだろうか。それが肝心の問題である。あらためて言うまでもなく、Cが「転じる」といっても、それは二句前のAから「放れる」のであって、直前のBからではない。言い換えればAとB、BとCは、それぞれ「親・疎」の程度の差こそあれ、たがいにあくまで読み取りやすい結束性によってつながっている（もしそうでなければ、連句一巻は、すべてばらばらな断片の集まりでしかなくなるだろう）。だとすれば、AとCの中間項であるBは、同じ一句でありながら、まずAにはAに親しい顔を向け、次いでCにはC向けに違う顔をするということになる。すなわちBは三句の真ん中で、同時に二つの相異なる意味をもち、まさに掛詞と同様の働きをしているのである。掛詞とは「しゃれ・語呂合せ」のことである。(3) 例えば『千載集』の恋歌、

難波《なには》江《え》の蘆《あし》のかりねの一夜《ひとよ》ゆへ（ゑ）身を尽《つ》くしてや恋ひわたるべき

（千載・巻十三・恋三・八〇七・皇嘉門院別当）〔片野　二四四〕

において、「かりねのひとよ」は、「刈根の一節《ひとよ》」と「仮寝の一夜」の「同音異義」によって、自然をモチーフとする前半「難波江（難波の入り江）の蘆の刈り根の一節（節と節との間）」の文脈と、人情にかかわる後半「仮寝の一夜（はかない一夜の契り）」ゆえに「身を尽くして（身を献げ尽くして）」も「恋ひわたるべき（恋い続けねばならないのか）」の文脈とを結び、かつ切り換える中間項の役割を果たしている。

難波江の蘆の刈根の一節
仮寝の一夜ゆゑ身を尽くしてや恋ひわたるべき

また、『古今集』の恋歌、

我が園の梅のほつ枝《え》に鶯の音《ね》に鳴き音に泣きぬべき恋もするかな

（古今・巻十一・恋一・四九八・よみ人知らず）〔小町谷　一六二〕

では、やはり「音になき」という語句が、今度は「同語転義」によって、鶯のさえずり「鳴く」文脈を、つらい恋に声を出して「泣く」文脈に転じている。

同語転義とはこのように、ある語の文字通りの意味とその比喩的な意味（人が「泣く」と鳥・虫・獣などが「鳴く」とは、もともと同じ語で、どちらの意味がどちらの比喩かは未詳）を重ね合わせるたぐいの掛詞を言う。したがって、先の同音異義の掛詞のように、たまたま同音を共有するだけで、本来はまったく別な語どうしを掛け合わせるものとは、明らかに性質が異なる。言うまでもなく、両者のうちでは同音異義のしゃれの方が、重ね合わされる二つの意味（「一節の刈根」と「一夜の仮寝」）がたがいにまったく無関係であるだけに、同語転義の「音に鳴く」と「音に泣く」よりも、強く新鮮な驚きを生み出す。もっとも洋の東西を問わず、レトリックとしてのしゃれが不当に軽視されてきたため、この両者がきちんと区別されているとは言いがたいが、ここではこの問題に深入りすることは差し控えよう（拙論「近世の地口」〔川本B　六—一四〕を参照）。

「市中は」歌仙の三句についても、各句どうしの親疎や独立性の度合こそ違え、図式的には右の二首の歌とまったく同様の構造が認められる。

能登の七尾の冬は住うき　魚の骨しはぶる迄の老をみて
魚の骨しはぶる迄の老をみて　待人入し小御門の鎰《かぎ》

「三句放れ」の規約は、詩一般という視点からみればはなはだ異例であるが、実は日本詩歌の伝統のなかでは、すでに掛詞を仲介とする唐突な文脈の転換が、こうしてごくふつうに行なわれ、定着していたのである。連句のように極端に非結束的な詩が、何の抵抗もなく受け入れられ、親しまれるようになる素地は、和歌の歴史のごく初期から固まっていたのである。

掛詞と謎

ところで、しゃれや掛詞が、その意味構造の上で、子供の遊びである謎(なぞなぞ)と通底していることも、十分に認識されているだろうか。謎にもやはり、「いつも両手で顔をなぜている物ナーニ」(時計)や「いつも紙食うて立っているものナニ」(ポスト)のように同語転義的・比喩的なものと、「いらん時にいって、いる時にいらぬ物ナーニ」(風呂の蓋。「入る」と「要る」を掛ける)や「犬の鳴きさし虻《あぶ》の一声《ひとこえ》」(屏風《びょうぶ》。犬の鳴き声「びょう」と虻のうなり声「ぶ」を足す)[鈴木A　一九]のように同音異義的なものとがある。ここでも両者のうちで後者の方が、答えに意外性があるだけに、より面白い。現実に当てはめてまじめに答えを考えると、肩透かしを食うことになるからである。

和歌の掛詞にもっとも近いのは「三段なぞ」である。三段なぞとは、「雀とかけて天神様ととく。心はすがわらだ」〔鈴木A 二六八〕(「巣が藁」と「菅原(道真)」の同音異義)や「小僧の使《つかい》とかけて野馬《のうま》ととく。心は道草をくう」〔鈴木A 二四一〕(「道草を食う」の同語転義)のように、「AとCはなぜ共通するのか。答えは、どちらもBだから」という形をとる。当然ながら、そうして掛け合わされた二つの辞項(「雀」と「天神様」)が、現実世界でたがいに遠くかけ離れていればいるほど(したがって、ここでも同語転義のしゃれより同音異義のしゃれの方が)答えの与える衝撃がより強くなる。先に触れたように、謎は非結束性の度合いが高く(異化作用が強く)、その分だけ「詩的」な要素が強い。いまの三段なぞで言えば、「雀とかけて天神様ととく」という文のなかで、「天神様」は、「雀」から予想される情報と大きく矛盾するからだ。

そして、先に挙げた二首の歌を、現代語で三段なぞの形に置きかえれば、次のようになる。まず前者は、「難波江の蘆とかけて、恋にすべてを献げるわが身」ととく。心は、「〈かりねのひとよ〉があるから」(「刈根の一節《よ》」と「仮寝の一夜」との同音異義)。また後者は、「我が園の梅のほつ枝(上の方の枝)にとまる鶯」とかけて、「つらい恋」ととく。心は、「声に出してなき出しそうだ」(「鳴く」と「泣く」の同語転義)ということになるだろう。これらの謎がそれほど面白くないのは、二つの歌で掛詞がいかに重要ではあっても、謎の場合のように、それが興味のすべてではないからである。

和歌の掛詞が謎と同じ構造をもっているように、連句の「三句放れ」もまた、謎と同じしかけを内蔵している。しかも、和歌では必ずしも掛詞が不可欠ではないのに対して、連句ではすでに述べたように、掛詞的な意味構造が規約化され、つねに強制されるので、謎の原理は連句においてこそ、根源的な重要性をもっていると言ってよい。ふたたび「市中は」歌仙の三句を例にとってみると、この三句の謎の構造は次のようになる。

（A）「能登の七尾は住みにくい」とかけて、
（C）「小御門の鍵を開けて待ち人を迎え入れた」ととく。心は、
（B）「魚の骨をしゃぶるほどに老いさらばえてしまった」。

ここで、Bの年を取ってすっかり意気地のなくなった老人のイメージは、現実にはきわめて縁遠いAとCが、なぜ掛け合わされるのか、両者にどんな共通性があるのかという謎に、「心（答え）」を提供する。

言い換えれば、連句で次の句を「付ける」というのは、「AとかけてCととく、その心はBだ」という謎の構造において、そのC（Bという共通性によってAと掛け合わされる対象）としてもっとも意外で面白いイメージを案出することである。そしてここでも、AとCとが現実世界でたがいにかけ離れていればいるほど、驚きの効果が強くなる。これが「三句放れ」の約束であり、逆にAとCが近すぎたり、たがいに似すぎていたりすると、両者の結束性が高くなり、異化作用が弱くなり、ひいてはより「詩的」でなくなるために、「扉付け《とびらづ》」あるいは「観音開き《かんのんびら》」として非難され、忌避されることになる。

連句と謎

連句と謎の関係は、実は一見そう見えるほど突飛ではない。平安時代に流行した短連歌（五・七・五と

七・七の二句を二人に分けて詠む)は、もともと対話的・謎掛け的な要素を強くもっていた。『俊頼髄脳』(一一一五ごろ)に挙げられた掛け合い、

おく山に船こぐ音のきこゆるは　躬恒《みつね》
なれるこのみやうみわたるらむ　貫之
[橋本　二一五]

は、「こんな奥山に舟を漕ぐ音が聞こえる。なぜか」という躬恒の謎かけに、貫之が「それは、成った木の実が次々と熟して(海を渡って)いるからだろう」と、同音異義のしゃれで切り返している(熟《う》みわたる＝海渡る)。のちに長連歌(鎖《くさり》連歌)が一般化してからも、俳諧連歌には、そうした前句付け的なウィットの応酬という面がながく生き残った(井口壽「解説」[木村B　二三一—五八]を参照)。例えば『新撰犬筑波集』に収められた付合、

四国《しこく》は海の中にこそあれ
漕《こ》ぎ出《い》だす船に俵《たわら》を八つ積みて
[木村　一七二]

(慶長頃までは米一俵が五斗、だから八俵は四十斗、すなわち四石《しこく》になるという)

も、謎かけと機知や頓才による応答(ここでは舟に積んだ同音異義の「四石」＝「四国」が海中にあるという)の形をとっている。ただし、「山奥で舟漕ぐ音がするとは、これいかに」という問いに対して、「木の実が〈う

みわたっている〉から」と答えたりするのは、より単純な二段なぞであり、先に蕉風の連句で見たような、複雑な三段なぞではない。ここには短連歌と長連歌の意味構造上の違いがかかわっている。

実は長連歌では発生当時から、その本来の性質上、たんなる前句付けの面白さを越えて、「二つの句で構成した世界が、第三句でいかなる展開をするか」、言い換えれば「前々句、即ち打越〈A〉と付句〈C〉との関連」（中村俊定「芭蕉俳諧七部集研究――『三句のわたり』について」）〔日本文学A　一六四〕を見定め、味わう方に、興味の中心が移っていた。連句でも、ことに貞徳は「三句の行《ゆき》やう」、つまり蕉風時代に言う「三句のわたり」をやかましく言ったらしい。というのは、連句は滑稽を主眼とするため、「三句目の転じは、積極的にこれを『あらぬ方向』へ変化転換させ」ることで、「その落差の大きさに滑稽を求めやうといふのである」。とはいえ中村俊定によれば、貞門でも談林でも、三句の転じが強調されてはいるものの、実際には十分な三句放れが行なわれず、「扉付け」になっている場合が多い（〔日本文学A　一六五―一六八〕を参照）。

そして、はじめて本格的な三句放れが標準となり、三段なぞ的な構成が主役を占めるようになるのは、蕉風連句の時代に至ってからのことである。といっても、それはウィットや諧謔を弄するための手段としてではなく、すでに述べたように、純粋に詩的な効果を追求した結果であるのは言うまでもない。謎は、謎そのものとして表層に出て、軽い驚きや笑いを誘うかわりに、三句放れという詩的な意味構造を支える枠組みとして、より深層に姿を隠したのである。

二　匂付け

付合の結束性

三句のわたりと並んで、連句でもっとも重要なのは、じかに隣接する二句どうしの付合、つまり結束のしかたである。やはり「市中は」歌仙の三句（A「能登の七尾の冬は住うき」、B「魚の骨しはぶる迄の老をみて」、C「待人入し小御門の鎰」）を例に取ろう。前述のように、この三者の間には、Bを共通項としてAとCがたがいに離反し、両者の距離が大きければ大きいほどいいという、謎的構造が成り立っている。それでは隣り合うAとB、あるいはBとCの間の結束関係、つまり付合はどうなっているだろうか。

付合の時代的な変遷について芭蕉が語ったということば、「昔は付物《つけもの》を専らとす。中比《なかごろ》は心付《こころづけ》を専らとす。今は、うつり・ひびき・にほひ・位《くらい》を以て付くるをよしとす」（『去来抄』）〔奥田A　五二九〕は、「貞門の物付け、談林の心付け、蕉門の匂付《においづ》け」として定式化されてきたが、現実は必ずしもそれほど単純なものでないことは、いまでは常識になっている。物付け（あるいは詞付《ことばづ》け）とは、前句に含まれる語やモチーフに目を付け、それらとの縁によって、別の語やモチーフを付句に配することをいうが、実際には貞門でも談林でも、純然たる詞付けの例はそう多くない(4)。

一方、心付けは、そうした個々の語やモチーフどうしの部分的な対応ではなく、前句全体の意味を読み取った上で、それと意味のつながるような句を付けることを指す。白石悌三の「親句疎句の論」〔日本文学B　一一一〇〕を踏まえて乾裕幸が明確に整理しているように（「付合の消長」）〔山本A　一六五―八二〕、貞門も談林も、そして蕉風の連句でさえ、付合はすべて心付けを基本としている。言い換えれば、前句と付句はつねに高い結束性を保ち、「付句は前句からの推論によって得られる情報内容と矛盾しない」ようにできている。実は連句の謎的構造の性質から見て、これはそうなるのが当然であって、AとCが、Bを共通項としてたがいに大きく離反することができるのは、「A＋B」や「B＋C」が、それぞれしっかり「付いて」いるからである。逆に言えば、「A＋B」や「B＋C」が自然によく「付いて」いる(「雀」の「巣が藁」であるのも、「天神様」が「菅原」であるのもごく自然である)からこそ、AとC(「雀」と「天神様」)の思いがけない出会いが新鮮な驚きを与え、強い謎的・詩的な効果を挙げるのである。もしAとCの関係と同様に、AとB、BとCさえもが、たがいに反撥し合うとすれば、連句はたえず三句どころか「二句の放れ」を生じて、ばらばらに解体するほかはない。

換喩的付合と隠喩的付合

そして前句と付句が自然によく付くというとき、その結合のしかたは「換喩」metonymy 的(隣接的)である。つまり酒と盃のように、たがいに似てもいないものどうしが「付き物」の縁(共起的または継起的、描写的または物語的)でつながるのである。能登の七尾の冬を住みにくく感じているのは、いかにもそれにふさわしく、体力や気力の衰え果てた老人であり、また、女主人の待ち人をそっと屋敷に迎え入れるのは、いかにも物語の場面などに出てきそうな、よぼよぼの老人である。ただし、換喩的とは言っても、あまりに露骨な前後の因果関係を示すような付合は、各句の独立性を損なうために、嫌われる。

ところが近代(ときには近世)の連句解釈のなかには、あとで触れる蕉風の「匂付け」を過大に受け取って、前句と付句の関係を「隠喩」metaphor 的（類似的）ないし象徴的と見る説がある（たとえば「相互象徴の形の附《つけ》」を唱える太田水穂［太田　二一九、二六三、三三六］など。なお宮本三郎「連句の美学」［山本A　二五一―五四］を参照）。だが、AとB、BとCは自然に時間的または空間的につながるべきものであって、たがいに似ているだけであってはならない。二句の付合に隠喩を持ち出すのは、「雀」や「天神様」が中間項の「すがわら」に似ていると主張することである（言うまでもなく、「天神様」は菅原道真という人物の別称、つまり換喩（付き物）であって、両者は少しも似てはいない）。そして、かりにAとBが似ているとすると、似たものどうしにCが付くことになり、その結果、「三句放れ」とは逆に、ぜひとも避けねばならない「三句がらみ」を招くことになる。

すでに述べたことからも明らかなように、蕉風（あるいは元禄風）の「匂付け」とは、「心付け（意味付け）」という付合の必要条件の上に、さらに加わることが望まれる付帯条件である（今栄蔵「芭蕉俳論の周辺――元禄俳論一般をめぐって」［小西　一八五―二一八］を参照）。去来の言う「うつり・ひびき・にほひ・位」、そして「走り」などは、すでに意味付けで常識的・現実的につながった両句のあいだに、さらに余情の共通性を求めるものであって、太田や宮本のように「両句間に意味の通いあうこと自体を否定したものではない」［小西　二〇二］。

とはいえ、そうしてAとBがたがいに「匂い」合い、余情を共有するということは、換喩的・隣接的に結びついた二句のあいだに、多少なりとも隠喩的・類似的な要素を持ち込むことである。これはまさに、「等価の原理を選択の軸から結合の軸へ投影する」［ヤーコブソン　一九四］という、ヤーコブソンの「詩的機能」の定義にぴたりと符合するものだが、連句の「三句のわたり」でAとBがたがいに似ることの招きそうな危険は、すぐ前に述べたとおりである。したがって蕉風の匂付けは、一歩間違えば、謎的構造を台無しにして「三句がらみ」に陥るような、危うきに遊ぶ高等技術だったと言わねばならない。現に、例えば『ひさご』の「木のもとに」歌仙初裏の三句、

ほ そ き 筋《すぢ》 よ り 恋《こひ》 つ の り つ つ　　曲水
物《もの》おもふ身にもの喰《く》へとせつかれて　　芭蕉
月 見 る 顔 の 袖《そで》 お も き 露　　珍碩
［白石　一一三二］

のように、おそらく人物の「位」を重んじるあまり、きわめて転じの弱くなった付け運びが、ときに見受けられる（宮本三郎「芭蕉連句手法の一考察――『向附』を中心として」〔日本文学A　一八二―八三〕を参照）。

匂付けの過剰解釈

そうだとすれば、蕉風の余情付けをことさら誇大に受け取って、前句と付句のあいだの換喩的（描写的・物語的）なつながりをいっさい否定し、隠喩的（類似的）な関係だけを強調するような解釈は、なおさら危険だと言わねばならない。これは近代に入ってからことに目立つ傾向で、こうした解釈の弱みの一つは、実際には連句のほとんどの付合を意味付けとして、ごく自然に換喩的に受け取っておきながら、特定のいくつかの付合についてだけ、例外的に（そして恐らく例外的であることには無自覚に）、ことさら意味付けを否定する点にある。

そのめざましい例は、やはり「市中は」歌仙初裏の別の三句である。

A　茴香《ういきやう》の実《み》を吹落《ふきおと》す夕嵐　去来

B　僧ややさむく寺にかへるか　凡兆

C　さる引《ひき》の猿と世を経《ふ》る秋の月　芭蕉

〔白石　三三八―二九〕

このBとC二句については、『三冊子』に「二句、別に立てたる格なり。人の有様を一句として、世の有様を付《つけ》とす」〔奥田A　六一五〕という注釈があるために、なおさら火に油を注ぐことになった。この二句は「向付《むかい》け」(別人どうしを対立させる付け方)の典型とされていて、例えば宮本によれば、この注釈の意味するところは、BとCに「意味上の関連はなく、それぞれ独立の句」で、Bは僧、Cは猿引き(猿回し)と、おのおの「人の有様」を別々に表現したものであるが、「この二句を付合せると、そこに匂い合うものがあり、『世の有様』、すなわち或る世相が描き出される」〔日本文学A　一九四〕ことだという。そして近代以後の多くの論考や連句集の注釈でも、似たような解釈がしばしば見られる。

一方、古注を見ると、魚潜の『猿蓑付合考』(一七九三か)には、「僧の漸《やや》寒く寺に帰ると見ゆる其道に猿曳を見て、世を観じたるならんか」〔雲英《きら》　一三五〕、また櫂柯《さいか》の『猿蓑さかし』(一八二九)には、「僧の帰る途中を見渡し、その場を探りて、猿引に行逢たりと見出して付たる也」〔雲英　一三六〕とある。そして他の注もおおむね、積極的に僧と猿引きの路上の出会いを否定しているとは読み取れない。(5) ところが宮本によれば、「僧と猿引が道に行き逢ったと見る註解は、新註にも多いが、二句は様相を異にするもので、これを強いて一情景の中に置くことは適当でない」〔日本文学A 一九四〕という。つまり僧と猿引きは、現実にどこかで出会うのではなく、たんに「世の有様」をひとしく示す同類の存在として、抽象的・隠喩的に等置されているにすぎないというのである。

かりにそのように稀薄な付合(現実にはたがいに何の隣接性もないが、ある観点からみて似ているものどうしを並置する)が可能だとすれば、付句の可能性は無限に増大して(少しでも「匂い」が響き合うと思うならば、どんな句でも付けられる)、その解釈はきわめて困難になる。そればかりか、この種の隠喩的な付けが、三句放れ自体を台無しにする恐れがあることは、すでに述べたとおりである。にもかかわらず、このようにふしぎな断定がしばしば下されるのは、蕉風連句の付合では、意味付け抜きの「純粋な匂付け」があり得るという、近代的な先入見があるからだろう。

匂付けを支える換喩性

だがそうした先入見を離れて、蕉風の付合一般とその注釈を具体的に観察してみると、意味付けという裏打ちのない「純粋な匂付け」とされるものは、ごくわずかしかない。言い換えれば、そうした極端に結束性の低い危険な付合――換喩性をいっさい排除した隠喩的な付合が、蕉風連句で認められていたことを積極的に論証するための根拠は、きわめて乏しいと言わねばならない。

それどころか、北陸行脚中の芭蕉から直接教えを受けた北枝は、まさに向付けについての一節で、「かやうに他の(=三人称の)句に他の句を向ハせて附る時は、見て居る人は別に有て、二句ともに見えて作ると知るべし」(「附方自他伝」一八三八)〔村松 四四〕と、はっきり述べている。二人の人物が二句で対置される場合、両者は「世の有様」といった想念のなかだけで引き合わされるのではなく、現に二人を同じ視野に収めて見ている別の人物が、そこに想定されているというのだ。

そして、芭蕉が曽良・北枝と巻いた「馬かりて」歌仙、いわゆる「山中三吟」中の二句、

つぎ小《こ》袖《そで》薫《たきもの》うりの古風也　　芭蕉
非《ひ》蔵《くら》人《うど》なるひとのきく畑《ばた》　　芭蕉　〔尾形C　一五〇〕

についても、同じことが言える。この前句は、「色合いや縞目などの異なった切れ地を継ぎ合わせて仕立てた」〔尾形C　一四七〕小袖（絹の綿入れ）という古雅ないでたちをした、香具売りの（実は男色を売る）美少年。付句は、「賀茂・松尾・稲荷など各神社の神職の家柄、あるいは筋目正しい人の中で、宮中に召され掃除・点油など種々の雑役を勤め」〔尾形C　一五二〕る優雅な非蔵人が、非番の日にのんびり菊畑の手入れをしている姿である。

この付合も、典型的な向付けの例として、やはり「純粋な匂付け」の扱いを受けがちである。つまり宮本によれば、「両者直接の関連はないが、その古雅な趣が相匂い合っているところの、全くの別人を立てて、前句の人に対立せしめた付け方」〔日本文学A　一八四―八五〕だという。また能勢朝次は「『曽良餞』評釈――翁直しの一巻」で、「前句との関係」について、薫売りの「古雅な匂い」に対して非蔵人の「人品の良さを以って付けた」〔能勢　一四八〕とだけ述べている。[6] ここでも北枝の書き残した、「我、此《この》句は三句のわたりゆへ、向《むか》へて付《つけ》給ふにや、と申《もうし》ければ、〔芭蕉は〕うなづき給ふ」〔尾形C　一五〇〕というメモが、

過剰解釈のきっかけとなっているようだ。向付けでむしろ二句を疎句化したというのだ。

ところが実は、尾形によれば、これら二句の人物がある場所で実際に出会う理由は十分にある。薫売りは、打越の「人目の多い街路」から「閑静な京の禰宜町《ねぎまち》あたりの菊畑」に移動したが、「香具売りは武家屋敷など高級な顧客のもとへ出入りしていたよう」だから、「この場所の移動はきわめて自然」〔尾形C　一五〇〕である。まして「公家社会に出仕する」非蔵人ならば、髪油や薫物類《たきもの》とは縁が切れず、「薫売りにとっては上顧客《じようとくい》」〔尾形C　一五二〕だったはずだという。つまるところ、こうした実際の換喩的なつながりがまず確保され、その上で、さらに隠喩的に、「宮仕えする神職の人体《にんてい》とその丹精になる畑の菊の上品な美しさ」が、「薫売りの古風にくすんだ美しさと、まことにしっくりとした調和をかもし出している」〔尾形C　一五二―五三〕というのが、匂付けの本来のあり方だったと思われる。

したがって、匂付け（ないし向付け）だから当然、二人の人物間に「直接の関連はない」とするのは、一つには、蕉風の付合を比喩的・象徴的と見る近代的な思い込みのせいであり（それを批判する宮本自身も、この危険な先入見を免れていない）、また一つには、連句の制作当時は「きわめて自然」であった現実的な連想が、時の経過とともに、よく見えなくなったせいだろう。向付けは、人情の句が続いたあとに三句目を「転じる」ための有力な手段とされているが、すでに繰り返し述べたように、その二句をもっぱら比喩的にのみ解釈すれば、かえって三句がらみを招くことになる。

むすび

考えてみると、こうして一句ごとにあらぬ方向への「転じ」を繰り返し、わざと結束性を切り捨てていくような詩の形式は、その特異な性質上、ごく少数の読者にのみ訴える前衛芸術扱いされるのがふつうだろう。ところが連歌や連句は中世から近世にかけて、堂上貴族から民衆に至る広範囲の人々を熱中させ、曲がりなりにも現代にまで生き延びているし、読者の数も相当なものである。それでは、なぜ連句はたえざる文脈の転換という「詩的」な離れ業を、安んじて行なうことができるのだろうか。その答えは二つある。

まず、連句はたんなる「アドリブ」の連続ではなく、そこにはある程度定まったシナリオがある。すなわち発句と脇と第三の作法、歌仙なら「二花三月《にかさんげつ》」(花の座と月の座)、自然や人事にかかわる詩語の配置や使用頻度を律する「去嫌《さりきらい》」と「句数《くかず》」など。さらには、より大まかに全体の構成を整えるものとして、「初折《しょおり》の表《おもて》」「初折の裏」と「名残《なごり》の表」、そして「名残の裏」それぞれの詠みぶりの作法があり、また「序破急」「篇序題曲流《へんじょだいきょくりゅう》」などの変化の指定がある。

次に、これはもっと重要だが、そもそも連歌や連句のめまぐるしい変化は、自然や人生の迅速な移り変わり、この世の無常の「有様」を反映するものとされている。すでに二条良基の『筑波問答』(一三七二以前)に、「連歌は前念後念《ぜんねんこうねん》をつがず。また盛衰憂喜《せいすいうき》、境を並べて移りもて行くさま、浮世のありさまにことならず。昨日《きのう》と思へば今日に過ぎ、春と思へば秋になり、花と思へば紅葉《もみじ》に移ろふさまなどは、飛花落葉《ひげらくよう》の観念もなからんや」[奥田A 二六]とある。そして『三冊子』の伝える芭蕉のことば、「乾坤の変は風雅の種《たね》なりといへり」[奥田A 五八二]は、遠く良基の連歌観を受け継ぐものだろう。言い換えれば、個々の付句でどれほど奇抜な飛躍や脱線が試みられ、テクストの結束性に対する「詩的」な違反がどれほど大胆だろうと、その根底にあるのは、王朝以来の「もののあはれ」の感覚——自然や人生のうつろいやすさと美しさにしみじみと感じ入る心である。そしてこうした事情は、芭蕉の発句において、表現上の大胆な矛盾と誇張が、実は和歌や連歌以来の「本意」にしっかり裏打ちされている(本書二四四ページを参照)のと、少しも違いはない。逆に言えば、そうした無常の感覚がみんなに共有されているからこそ、詩の共同制作という風変わりな試みが可能となり、めまぐるしい句々の「転じ」を楽しむ余裕が生まれるのである。

注

(1) 例えば、没我の状態で頭に浮かぶことばを、すばやく書き留めるか口述筆記する「自動筆記」や、子供の「インスピレーション」の遊びに似た「妙《たえ》なる屍《しかばね》」cadavre exquis の試みなど。後者は、折り畳んだ一枚の紙切れに数人が、他人の書き込みを見ないようにして、次々と主語や動詞や目的語その他を記入していく遊びで、前後ばらばらのふしぎな文が出来上がる。またシュルレアリスム以前にも、ポーランド出身のフランス詩人アポリネールは、カフェにすわってまわりから聞こえてくる会話の断片を、まとまりなく書き連ねた「会話詩」、例えば「赤から緑へと、すべての黄色が死にかけている/故郷の森でコンゴウインコが歌うとき」に始まる詩「窓」その他を、詩集『カリグラム』*Calligrammes*(一九一八)[Apollinaire 25]に収めている。とはいえこれらの試みは、いずれも結束性の低下を無意識や偶然に任せるという点で、自覚的・意図的・組織的な「三句放れ」とはまったく性質を異にする。

（2）　俳句内部の意味的断絶と、連句の付句どうしの断絶とが通底することについては、歌論や連俳論における「親句・疎句」論が参考になる。もともと和歌の一首を構成する各句どうしの断続についての理論（句立《くだて》論）にかかわるものだった「親句・疎句」の議論は、のちに連歌や連句の句と句どうしの断続についての理論（付合論）に転用された（白石悌三「親句疎句の論」［日本文学B　一―一〇］および「付合の消長」［山本A　一五二―八七］を参照）。つまり、和歌内部の疎句性は、連歌や連句における付合の疎句性に通じるのであり、ひいては、発句内部の疎句性についても同じことが言える。

（3）　和歌の掛詞では、ときに同音異義ではなく「仮名による同表記異義」［小林　二四］を利用して、例えば「なき（無き）」と、仮名書きでは濁点のない「なぎさ（渚）」とが掛けられる場合もある。ツベタナ・クリステワはこれを「同字異義語」と呼んでいる［クリステワ　一六六］。掛詞については、音の清濁をわざと無視するという暗黙のルールができていたと見ることができるだろう（平仮名やカタカナの表記では、清濁の区別をつけないのが一般的だった。いまの濁点が用いられ始めたのは、江戸時代以後のことである）。こうした和歌における同字異義を根拠として、掛詞としゃれは本質的に異なるとする説がある（［小林　二〇―二四、小松　五二一―六二］などを参照）。だが実は、そのしゃれや、しゃれを利用した謎にも、時には字の形や表記のしかたを利用するものがある。例えば文化年間に江戸で大流行したというしゃれに、「ざっと書いた十九日でばか（馬鹿）」［鈴木A　五五六］がある。「十九日」を崩して書くと変体仮名の「ちこの（はか）」によく似るからであって、ここでも濁点は無視されている。また、いわゆる「字なぞ」にも「及《きゅう》の字とかけて一杯つぐ酒ととく。心は、口つけて吸う」［鈴木A　二二九］、「善とかけて破れ足袋《たび》ととく。心は、糸で繕《つくろ》う」［鈴木A　二七三］といったものがある。したがって掛詞としゃれの間には、取り立てて言うほどの違いがないばかりでなく、そうした例外的あるいは周縁的な変種を根拠として、掛詞やしゃれの本質が音と意味の戯れではなく、文字（表記）と意味の戯れだと見てよいかどうかは、大いに疑問である。西洋詩の脚韻でも、いわゆる「視角韻」が用いられることもあるが、これはあくまで例外的である。

（4） 語やモチーフの部分的対応によって付合を支える詞付けの変種として、前句の語を同音異義によって別の語に読み換える、「取成《とりなし》」という手法がある。取成と掛詞との関係はきわめて興味深い問題だが、これはとりわけ貞門連句で重んじられた手法なので、ここでは扱わない（［山本A　一六八―六九］などを参照）。

（5） ただし、『俳諧古集之弁』（杜哉《とさい》、一七九三）には「異様《ことよう》のものをならへて情態相ましハらす。是を対附《ついづけ》といふへし。詩文に対句あるかことく（……）」（傍点川本）［復本A　八四］とある。また興味深いことに、一叟《いっそう》の『七部十寸鏡《ますかがみ》猿蓑解』（一八五七以前）には「此狙曳《このさるひき》の句は比付《タクラベ》と言也」［雲英　一三六］とあって、隠喩的な付けであることを明言している。近世にも、似たような解釈があったのだ。

（6） 高藤［四四五―四六］や加藤［三四四―四五］の注釈も、能勢とほぼ同様である。

3　芭蕉の旅——『おくの細道』冒頭の隠喩

はじめに

芭蕉の俳諧紀行文『おくの細道』(一七〇二年刊)は、たぐい稀な名文として知られ、日本では誰もが教科書で読み習っている。ことにその書き出しは、芭蕉の旅への強い執念・愛着を簡潔でリズミカルな筆致で吐露したもので、初めの数行を暗記している人も多いことだろう。

その数行の意味するところについても、大方の意見はほぼ一致しているようだ。すなわちこの冒頭は一般に、「人生は旅だ」という周知の隠喩に要約される芭蕉の世界観・人生観を述べたものと、大ざっぱに理解されている。このことに異議を唱える向きは、そう多くないだろう。

だが、あらためてくわしく検討してみると、この冒頭には、「旅」や「旅人」というキーワードをめぐって、たがいに見方や意味合いの大きく異なる比喩的表現が次々と繰り出されているために、かなり大胆な論理の飛躍、文脈上の亀裂や矛盾が仕組まれていることに気が付く。そして、その議論を突き詰めていくと、ここに凝縮された芭蕉の所信や決意は、上記のような素朴な比喩からごく自然に引き出されるわけではない、独特の強い主張をはらんでいるようだ。

この有名な書き出し(以下、『細道』冒頭と呼ぶ)を、たんなる美文としてざっと読み流すのではなく、その意味の流れを厳密にたどり、いくつもの比喩から成るこの一節の詩的論理（比喩はそれなりに、経験と常識を踏まえた強固な論理に支えられている）を仔細に解析することで、芭蕉の真意を探ってみたい。

一

月日は百代《はくたい》の過客《かかく》にして、行《ゆき》かふ年も又《また》旅人也《なり》。舟の上に生涯をうかべ、馬の口とらえて老《おい》をむかふる物《ママ》は、日々《ひび》旅にして、旅を栖《すみか》とす。古人も多く旅に死せるあり。予も、いづれの年よりか、片雲《へんうん》の風にさそはれて、漂泊の思ひやまず、（……）　〔尾形E　一九―二〇〕

小論でくわしく取り上げるのは、これら三つ余りのセンテンスである。まず、芭蕉は第一文で、月日は永遠の過客（旅人）であり、年もまた旅人だという。この文は対句のような構造をもち、前半部と後半部でほぼ同じ意味内容を繰り返している。(1) こうして並列された日・月・年は、ひっくるめて「時間」を意味する。「月日は百代の過客にして」という表現自体は、漢文訓読調の快いリズムのせいもあって、すらすらと読み流されそうだ。しかしよく考えてみると、主語の「時」を擬人化した「時は永遠の旅人」という隠喩は、日本語のレトリックとしては例外的に抽象度が高く、一読してすぐ文意が伝わるというわけではない。時間が永遠の旅人だとは、いったいどういう意味か。また現実に、それがどうしたというのだろうか。

よく知られているように、「月日は百代の過客にして」は、『古文真宝《こぶんしんぽう》後集』巻三に収められた李白の「春夜宴桃李園序」（春夜、桃李の園に宴するの序）（以下、李白「序」と呼ぶ）の一句を、日本語に移し替えたものである。(2)『古文真宝』は、室町時代に日本に伝来して、五山の学僧たちに愛読され、江戸時代には『論語』『孟子』とともに「初学者の必読書」となり、「単なる外国文学としてではなく、自分たちの文学の古典として愛読」［星川A　二］されていた。だから芭蕉は、この一句を『細道』冒頭に織り込んだとき、読者が李白「序」を思い出すことを期待していたに違いない。

夫天地者万物之逆旅、光陰者百代之過客。而浮生若夢。為歓幾何。古人秉燭夜遊、良有以也。

（……）

夫《そ》れ天地は万物《ばんぶつ》の逆旅《げきりょ》、光陰《こういん》は百代《ひゃくだい》の過客《かかく》なり。而《しか》して浮生《ふせい》は夢の若《ごと》し。歓《よろこび》を為《な》すこと幾何《いくばく》ぞ。古《こ》人《じん》燭《しょく》を秉《と》つて夜遊《よるあそ》びしは、良《まこと》に以《ゆえ》有るなり。［星川A　一〇一―一〇二］

第一文前半の「夫天地者万物之逆旅」と後半の「光陰者百代之過客」は、ここでも対句の形で、たがいに意味を補い合っている。前半句によれば、「天地」は「万物」を日々に「逆《むか》へ」ては送り出す「宿屋」だという。諸橋『大漢和辞典』によれば、「万物」は「天地間のあらゆるもの、森羅万象」で、この文脈にぴたりと当てはまる。したがって、宿屋に迎えられる「万物」は当然、通りすがりの「旅人」だということになる。一方、後半句によれば、「光陰（太陽と月＝時間）」もまた永遠の「旅人」だ。つまり、李白の描き出す壮大な時空イメージのなかで、「万物」と「光陰」の両方が、「永遠の旅人」として、「天地」という巨大な旅宿を通過していくという。

これは一見、矛盾と見えるかもしれないが、そうではない。なぜなら、そもそも時間とは、「万物」の絶えざる変化の過程そのもの（あるいは、その過程を認識するための概念）であり、「光陰」とは、万物の一部である太陽や月の周期的な移動の過程を、時間経過の目安とする隠喩だからだ。例えば「宇宙」の「宇」は天地の「空間のひろがり」、「宙」は過去・現在・未来にわたる「時間のひろがり」と区別される場合があるように、ここでは「天地」の空間だけがどっしりと動かず、そのなかを、「永遠の旅人」である万物、ひいては時間が通り過ぎていくというわけだ。

二

李白と芭蕉のいう「時は永遠の旅人」の意味を考えるために、そもそもわれわれはふだん「時」をどのように捉え、どのように言い表わしているかを、簡単に振り返っておこう。人は時間そのものをじかに観察したり、体験したりすることができない。そこで、太陽や時計の針の位置の変化、つまり「状態の変化」という空間的な目印によって、間接的に（つまり比喩的に）時の経過を知り、そして語るほかはない。

例えば「春が来た」という場合、現実には何かがこちらに向かって近づいたわけではない。「春」とは、太陽と地球との相対的な位置や角度の変化によって、次第に夜が短く、昼が長くなるとともに、気温が暖かくなって草木が茂り始めるといった、きわめて複雑な自然の状態の変化を指す。このように、全体を一挙に把握することが困難な、つかみどころのない現象をまとめて「春」と呼び、その「春」が、まるで人間であるかのように、こちらに「来た」と言う。これは、時間の経過による複雑な状態の変化を、何者かの移動（あちらからこちらの方へ）として端的に捉えること、言い換えれば、状態の変化を何かの「動き」に、または「出来事」に譬えることだ。

それでは、「時は旅人」という隠喩の場合はどうか。こういう隠喩を用いることで、時についてどのような理解が得られるだろうか。英語では、travel(旅)は、「どこかに移動(journey)すること、とくに家(故郷)から離れたところ、または別の国に移動すること」(*The Pocket Oxford Dictionary*)を言う。『易経』の「旅」によれば、「旅とは、客寄の名、羈旅《きりょ》の称なり。その本居を失ひて他方に寄る。これをいひて旅となす(「客寄＝寄」は「たびやどり」の意)」[今井　一一一五]。そして日本語の「たび」は、「平常の住居を離れて、一時他所《よそ》へ行くこと。古くは必ずしも遠方へ行くことをいわず、住居・自宅を一時的に離れることをすべてタビという」[大野晋]。「旅」はこれら三つの言語で、基本的にはほぼ似たような意味をもつとみていいだろう。

あとで見るように、「人生は旅」という耳慣れた隠喩であれば、こうした旅の特徴がうまく当てはまるので、人生を理解するための良き手掛かりとなる。ところが、李白や芭蕉が言うのは「時は旅人」なのであり、この場合、「時(あるいは太陽や月)」がある場所から別の場所に移動するという意味に加えて、ふだんの居場所から離れて、他所に移るという意味をも含んでいるとは考えにくい。「時」が住み着いた家を離れて、慣れない他国に旅をするというイメージは、意味をなさないからだ。太陽や月が、地球から見たお決まりのコースから離れることはないし、そもそもそれらに(地上から見た)本来の居場所があるわけでもない。その意味で、「光陰」や「月日」が旅人だという言い方は、それだけではまことにちぐはぐな、不可解な隠喩でしかない。

そして実は、李白の場合も芭蕉の場合も、この表現がこれだけ強いインパクトをもち、優れた効果を発揮するのは、そこに「百代之過客」という形容語が挿入されているからだ。「百代」は「永久」「永遠」を意味する。「時」はたんなる旅人ではなく、ただひたすら移動を続ける「永遠の旅人」なのだ。とはいえ、どうやらこの隠喩も一見、「時は旅人」と同様、大きな矛盾を含んでいるようだ。なぜなら旅人はふつう、何かの目的（遊びをも含めて）で家を離れるが、用が済めば、またもとの家に帰ってくるか、少なくとも旅先の土地に落ち着くかするからだ。旅とは本来、「時・場所に初めと終わりがあって、一つのまとまりと見なされるような一回の、あるいは一続きの移動」（*The Oxford English Dictionary*, "journey" の項）を意味するものであって、地理的にも時間的にも初めや終わりのない移動は、ふつう旅とは呼ばれない。だとすれば、「永遠の旅人」という言い方は、明らかな矛盾語法（oxymoron）だということになる。

永久に旅を続けるというのは、行ったきりで帰らないということだ。ふつう一般の旅とは違って、「時（あるいは「月日」や「年」）」のする旅は、二度と後戻りすることのない、永久に終わりのない旅である。その旅には行き先もなければ、目的もない。それどころか、そもそも出発点（家や郷里）さえ明らかではない。ただ当てどもなく、しかし止むに止まれぬ何かの力に突き動かされて、先へ先へとまっしぐらに移動するのみだ。だから、この旅の本質は、「移動」そのものにある（先に述べたように、「移動」は「状態の変化」の隠喩だから、この旅の本質は「変化」そのものにあるとも言える）。

三

それでは、つまるところ、「時は永遠の旅人」だとは、いったいどういう意味か。李白「序」の場合、その答えは、続く第二文「而《しか》して浮生《ふせい》は夢の若《ごと》し」に明らかだ。つまり「人生は夢のようだ」というのは、人の命の短さ、たちまち消えてしまうはかなさ、たよりなさを言う直喩である。だとすれば、第一文の「時は永遠の旅人」は、ここでは悠久の時の長さとは対照的に人生は短いという痛切な思いを引き出し、その一方で、時も人生もたちまち過ぎ去るという点で両者はよく似ていることを際立たせる役目を担っているわけだ。時は果てしなく滔々と流れ去り、二度と戻ってはこない。万物も有為転変を重ねながら、あわただしく天地の間を通り過ぎていく。その激流のなかに生きる個々の人間は、万物の微小な一部として、ほんのつかの間の命を享受するばかりだ。

というわけで、「浮生は夢の若し」に照らし合わせてみると、一見、抽象的で現実離れのした「時は永遠の旅人」は、実は「光陰如矢（光陰矢の如し）」や「光陰如流水（光陰流水の如し）」といった諺と同様、すでにそれ自体のなかに、時の流れがあまりにも早く、二度と後戻りがきかないことへの嘆息を含んでいるとも言える。興膳宏によれば、こうした「人生無常の憂い」は「李白の詩が、その一見したところいかにも自由奔放で底抜けの快楽精神に溢れるような趣の底に抱えている重苦しさでもある」［興膳　一二七］という。

そして李白「序」では、「旅人」のイメージは時空（宇宙）の総体をとらえる雄大な形而上的比喩の一端を担っているが、興味深いことに、もともと中国の詩では「旅人」そのものが、それよりもずっと身近な、よるべない人生を譬える基本的な比喩の一つだった。後漢から魏晋南北朝時代、さらには唐代にかけて、世の無常、人生のはかなさを詠嘆する詩――吉川幸次郎によれば、「人間が時間の推移の上にいることを感じたさいに生まれる悲哀」、すなわち「推移の悲哀」（「推移の感覚」）［芳賀B　五一］を主題とする詩が多く作られた。

『文選』の「古詩十九首」は、古楽府《こがふ》などとともに、その嚆矢をなすものである。古詩「其の三」には、

人生天地間。忽如遠行客。〔石川忠久　一七〕
（人《ひと》天地の間《かん》に生まれ、忽《こつ》として遠行の客《かく》の如《ごと》し）

の句がある。人はせっかくこの世に生まれながら、遠くへ旅立つ人のように、あっという間に姿を消すという。また、古詩に倣った李白の「擬古十二首其《その》九」には、

生者為過客。死者為帰人。天地一逆旅。同悲万古塵。〔久保　四九七―九八、大野實之介　九一九―二〇〕
（生者《せいしゃ》は過客《かかく》たり、死者は帰人《きじん》たり、天地は一逆旅《げきりょ》、ともに悲しむ万古《ばんこ》の塵）
（生きている人は旅人で、死者は帰宅したようなもの。天地は旅館のごとく、誰もが塵の身を悲しむのだ。「帰人」とは「死者」を指す。）

こうした旅人の比喩もまた、一見ふつう一般に言う「人生は旅」を思わせるが、実はまったく違った意味合いを帯びている。これらの旅人は、世に生まれたとたんにせかせかと旅立ち、たちまち彼方に姿を消してしまう。だから、ここに見られる隠喩は、ただの「人生は旅」とは本質的に趣意の異なる「人生はつかの間の（はかない）旅」である。これら二つの隠喩は、見てくれだけはきわめて紛らわしく、とかく混同

されやすいので、注意を要する。

さて、芭蕉は『細道』冒頭に、李白「序」の第二の隠喩だけを取り入れて、ただ「月日は百代の過客にして、行《ゆき》かふ年も又旅人也」というのみだ。ここには、それに先行するはずの「天地は万物の逆旅」も、後に続くはずの「浮生は夢の若し」も出てこない。だから、「時は永遠の旅人」という隠喩は同じでも、李白と芭蕉とでは、当然ながら、その含意が大きく異なることが予想される。

もっとも上記のように、『文選』は当時、日本の古典でもあったので、読者の多くはこの隠喩から、その前後の文、それどころか李白「序」の冒頭全体を思い出したかもしれない。だが、ここではそういう「間《かん》テクスト性」――周知の先行テクストの想起が問題なのではない。芭蕉は李白から第一文だけを抜き出して『おくの細道』を書き始めたのであり、そのためにこの文の流れも、文の訴えるところも、がらりと変わったのである。のちの解釈の方向を見ても、このことの意味は大きい。

まず第一に、「天地は万物の逆旅」が省略されているために、万物を迎えては送り出す旅宿――不動の空間である「天地」の存在が、視界から消える。その結果、例の「天地」と「光陰」の区別、空間と時間の区別も消え去って、まさに「宇宙」の全体が、永久に流動し続けるというイメージばかりが強調されることになる。角川文庫版『おくのほそ道』の解説で、尾形仂は、

> この人生を載せる悠久の天地は、生々流転してとどまることを知らぬ大いなる旅人だといってよい。
> （傍点川本）〔潁原　六六〕

と述べている。芭蕉の触れていない「天地」の語が、李白「序」から思い出されているが、言うまでもなく、李白は「天地もまた旅人だ」とは一言も言っていない。そうして天地までが動くように見えるのは、まさに李白の「天地は万物の逆旅」を、芭蕉が意図的に切り捨てたからだ。流れる「時」に対置される不動の「天地」のイメージがないからこそ、そういう含みが表面化したのだ。

そして第二には、『細道』冒頭には「浮世は夢の若し」という見やすい帰結がないために、「時は永遠の旅人だ」という観察は、李白の場合のように、「今日を摘め《カルペ・ディエム》」carpe diem（「はかない人生、今のうちに楽しもう」の意。古代以来の西洋の常用的話題《トポス》）の方向には進まない。ここには吉川のいう「推移の悲哀」や、興膳のいう李白の「人生無常の憂い」もなければ、つかの間の「歓」を尽くそうとする享楽主義も見当たらない。それどころか、「月日は百代の過客」という語句の響きの美しさや、「行かふ年」という擬人的隠喩の親しみやすさ[3]のせいもあって、時が永遠の旅人であることは、嘆きの種であるどころか、むしろ誰もが承知している当然の事実、ことによれば、好ましくさえある事実として、自然に受け入れられているように感じられる。

四

李白「序」では、「天地は万物の逆旅、光陰は百代の過客」という壮大で高踏的な二つの隠喩のあとに、「浮生は夢の若し」という直喩が置かれているために、それが手がかりとなって、前者にこめられた真意（人生ははかない）がすぐ明白になった。だとすれば、もし『文選』を読み慣れた読者がいるならば、「月日は百代の過客」の次には当然、それに似たような論旨が展開されるのを期待するかもしれない。事実、芭蕉の第一文の裏の意味をそのように解する向きもある。ところが芭蕉は意外にも、第二文では話題を一転して、思いがけない隠喩を繰り出している。

　舟の上に生涯をうかべ、馬の口とらえて老《おい》をむかふる物は、日々旅にして、旅を栖《すみか》とす。

舟を漕いで人や荷物を運ぶのを職業とする船頭や、馬を引いて人や荷物を運ぶ馬子《まご》は、行ったり来たりのうちに生涯を過ごすのだから、その意味では永遠の旅人だというのだ。今日でいえば、飛行機のパイロット、汽車や電車の運転手、そしてトラックやタクシーの運転手なども、そのたぐいだろう。これはまことに意表を突く、面白い発想ではないか。

　たしかに船頭や馬子は、生活の大部分を「場所の移動」に費やしている。ただし言うまでもなく、彼らはずっと連続して「旅」を続けているわけではない。ぶじ目的地に人や荷物を運んだあとは、その日のうちに、あるいは数日後、自分の本拠に帰ることだろう。だとすれば、彼らは永遠どころか日帰りの旅人であって、『細道』冒頭の文脈のなかで、彼らを「永遠の旅人」の仲間に加えようとしても、そこにはかなりの無理がある。芭蕉もたぶん、そうした無理は十分承知の上で、(月日と船頭や馬子を同列に論じる)この奇抜な隠喩で読者を驚かしているのであって、これは俳諧特有のユーモアと見ていいだろう[4]。

　そして、「旅を栖《すみか》とす」という言い方はそれ自体、あざやかな逆説を含む矛盾語法である。先に見たように、旅の第一義は「平常の住居」、すなわち「栖」をしばらく離れることにあるからだ。「旅」と「栖」、移動と定住は、たがいに対立し相容れない関係にある。ところが芭蕉によれば、船頭や馬子の右往左往の生活も、それを一生続ければ、その「一所不住」の境涯それ自体が、比喩的に不動の「栖」となるという。そう考えれば、彼らもまた「月日」や「年」と並んで「百代の過客」と呼ばれる資格があるわけだ。

それでは芭蕉は、船頭や馬子が日々を旅に過ごしているからというので、彼らの身の上に、「人生は旅」というありふれた隠喩を当てはめているのだろうか。たしかに、そのように受け取られる恐れはあって、例えば手許にある高校生用の学習参考書では、「舟の上に生涯をうかべ」以下の第二文について、「人間の一生も旅のようなもので」〔日栄社　一五〕という解説が添えられている。だが、本文を見れば明らかなように、芭蕉は「人間の一生は旅だ」などとは、どこにも言っていない。ただ、「船頭や馬子はいつも旅をしている」というのみだ。

両者の意味合いには、大きな開きがある。なぜなら、ふつう一般に言う「人生は旅」の隠喩は、こうした一部の特殊な人生のあり方を指すのではなく、あらゆる人間の一生を、「旅」という観点から見ようとするもの――人生という摑みどころのないものを、もっと具体的な「旅」という概念を通して理解しようとするものだからだ。(5) この隠喩によれば、〈人生を生きる人〉は「この世の旅人」と見なされる（例えば「人の一生は重荷を負ひて遠き道を行くが如し」という言い方。これは徳川家康の遺訓とされている）。また、〈人生の目的〉は「旅の行き先」（「五十になっても、まだ先が見えない」）、〈生きる目的の達成手段〉は「旅の道筋」（「これまでずいぶん回り道をしてきた」）、〈その達成の度合い〉は「たどってきた旅程」（「日暮れて道遠し」）、〈その途中の困難〉は「旅の障害」（「山あり谷ありの人生」）、〈人生での重要な選択〉は「岐路」（「あの時が生涯の別れ道だった」）に当たる。

こうしたごく一般的な「人生は旅」の隠喩に対して、馬子や船頭が「旅を栖とす」ると芭蕉が言う意味、その比喩の論理は、ずっと手が込んでいる。すなわち彼によれば、「誰もが比喩的に人生は旅のようなものだという。ところが馬子や船頭の人生は、日々移動に明け暮れて、なんと文字通り旅の連続だ」という。つまり彼らの場合、「人生は旅」はたんなる譬えではなく、現実に人生が旅そのものなのだ。比喩とはある意味で、虚(そこにないもの)を通じて実(現にあるもの)を理解する手段だから、その虚が実になってしまえば、もうそれはただの比喩ではない。そこに現出する自己撞着的な隠喩「旅は栖」は、いわば現実が、比喩の裏返しあるいは比喩の比喩と化したものである。

というわけで、あらためて『細道』冒頭の第一文と第二文の論理的な関連性、すなわち隣接する二文間のつながり(「結束性」)を観察してみよう(「結束性」については、本書一二三—一二五ページを参照)。ある文と次の文がつながるには、後者が前者と何か共通の情報を含み、しかもそれが、前者からの推論で得られる情報内容と矛盾しないことが条件となる。「月日は百代の過客にして、行かふ年も又旅人也」から「舟の上に生涯をうかべ、馬の口とらえて老をむかふる物は、日々旅にして、旅を栖とす」に移るとき、二つの文に共通するのはどのような情報だろうか。見たところ、両者はかろうじて「旅」ないし「旅人」という語彙を共有しているだけで、論旨の上ではほとんど連続性が認められない。なぜなら、「時は永久に流れ去ってとどまることがない」という第一の概括的な命題から、「毎日行ったり来たりを繰り返している運送業者は、一生旅を続けているに等しい」という第二の特異な命題が導き出される必然性は、何もないからだ。両者をこうしてじかに結び付けるのは、論旨の上では、まるで木に竹を接いだようなもので、常識的には筋が通らない。これら二つの文のつなぎ目には、意外に大きな溝がある。

そこで読む順序を逆にして、第二文に述べられたような見解が引き出されるための前提条件として、第一文を振り返ってみよう。するとその方向からは見えてくるものがある。それは、何もかもが急激な変化のただ中にあるこの世界では、「月日」も「年」も、またわれわれ生きた人間も、ひたすら移動を続けるほかはない旅人仲間なのであり、ふだんはめったに自覚されることのないその真実を、すぐ目に見える日常的な形で体現してくれているのが、生涯を「旅」に過ごす馬子や船頭だということだ。

そして、ここで肝心なのは、李白においては深い憂いの種であり、「浮生は夢」という嘆きの呼び水であった「時は永遠の旅人」が、芭蕉の場合には、そうした悲壮感をほとんど帯びていないらしいことだ。「舟の上に生涯をうかべ、馬の口とらえて老《おい》をむかふる物は、日々旅にして、旅を栖とす」――ここでもきびきびと対句を二つ重ねる芭蕉の口調は、流れるように美しく、はずむようなリズムがある。それはまるで、彼らの不安定で落ち着かない人生、まさに水の流れに身を任せるような人生を、芭蕉が肯定するばかりか、むしろそうした境遇にあこがれ、羨んでさえいるかのようだ。つまり、第一文から第二文へのつなぎ目で、李白と芭蕉の「旅」観の根本的な違いが露わになるのだ。

五

唐突な論旨の展開といえば、次の第三文もまた、第二文の観点から見ると、まことに出し抜けである。

古人も多く旅に死せるあり。

船頭や馬子たちが毎日を旅に生きているからといって、なぜ話が急に、旅に死んだ古人たちに飛ぶのだろうか。この箇所についての注釈は例外なく、「古人」とは過去の文人たち、ことに芭蕉が敬慕してやまなかった平安後期の歌人・西行、中世後期の連歌師・宗祇、盛唐の詩人・李白と杜甫を指すと言う。たしかに、彼らはいずれも生涯の大きな部分を旅に過ごし、旅先で死んだ詩人たちである。だが、ここで芭蕉は具体的な人物の名を一つも挙げず、ただ漠然と「古人」というのみだ。言うまでもなく、旅に死んだのは必ずしも詩人ばかりではない。

もし百歩を譲って、仮に多くの読者がこの「古人」から直ちに西行以下の文人たちを想起するとしても、前文の「馬の口とらえて老をむかふる物」と、「旅に死せる」「古人」とでは、イメージの風格や気品に格段の差があることを、どう考えればいいのだろうか。馬子や船頭のような底辺の運送業者と、高尚な風雅の道を貫いた「古人」たちを、まるで同類のように扱うことで、芭蕉はいったい何が言いたいのだろうか。「古人も」の「も」は、どう見ても、「船頭や馬子と同じように古人も」を意味しているに違いないが、両者のどこがどう釣り合うのかが、よくわからない。

第二文から第三文への結束性、論理上のつながりを考えてみると、さっき月日と馬子や船頭とが同列視されたときと同様、両者のあいだには大きな落差――すなわち大きな連句的・俳文的な雅俗間の飛躍(ellipsis)が意図されているのは明らかだ。その点を見過ごして、西行や宗祇への連想がごく自然であるかのように論じることは、芭蕉が企んだレトリックの効果をみすみす損なう行為ではないか。そもそも読者は『細道』冒頭を読むに当たって、そうした文から文への飛躍にいちいち気づき、それを味わい、その段差や亀裂を創造的に乗り越えることを、作者から要請されているのではないだろうか。

そこで、ここでも読む角度を変えて、第三文への展開という見地から、第二文の真意をはかってみよう。むろん船頭や馬子たちは、「古人」のように、実際に旅先で死ぬわけではない。だから、表面上の理屈から言えば、これら二文の結束性はきわめて弱い。だがそれにもかかわらず、両者をしっかり結び付けているものは何かといえば、それはやはり「旅」の観念そのものであり、そして何よりも、「旅」を語る芭蕉の口ぶりににじむ讃美と共感の念である。

芭蕉は察するところ、身分の上下や雅俗の差を一気に飛び越えて、生涯を旅に過ごし、死ぬまで地理上の移動を続ける人々を故意に同一視することで、彼らに対する心からの共感と羨望の念を表明しているようだ。馬子から「古人」への唐突な一足飛びは、卑近と脱俗の鮮明な対比と、それにもかかわらず両者のなかで通じ合うものを際立たせるための、いわば連句的な対置の手法ではないか。ここでもかすかなユーモアを含む、そうしたイメージの対置(取り合わせ)の枠のなかでこそ、はじめて「古人」の語から、旅に生き、旅に死んだ日・中のゆかしい詩人たちへの連想が生まれ、ひろがるのだ。

そして、このごく短いセンテンスの次に来るのが、

予も、いづれの年よりか、片雲《へんうん》の風にさそはれて、漂泊の思ひやまず、(……)

に始まる長文である(この文は、これまでに見た三つの簡潔なセンテンスの合計よりも、ざっと四、五倍は長い)。ここでは、「気まぐれな風に誘われるちぎれ雲のように、自分もその風に誘われて」という美しい比喩とと

もに、はじめて「漂泊」への熱い思いが語られる。この「予も」は明らかに、すぐ前の「古人も」に対応している(「古人もそうであったように、私も……」)。とはいえ、「古人も旅に死んだ」という事実があるからといって、いきなり「予も漂泊への思いに駆られる」という論法には、やはり相当の飛躍がある。だが、芭蕉はそれを意に介するどころか、むしろそうなるのが当然といった口ぶりだ。

「月日は百代の過客」に始まって、次々と「旅」を語る三つのセンテンスを経たあと、四つ目の文でようやく「漂泊」というキーワードが顔を出した。つまるところ、芭蕉のいう本当の旅とは、通り一遍の旅とは違って、行き先も目的もなく、家に帰る当ても期待もなく、ただ死ぬまで諸方を「漂泊」し続けるだけの旅のことだ。

むすび

「月日は永遠の旅人」であり、万物は際限のない流動のさなかにある。世界の実相は旅なのだ。とはいえ芭蕉は、李白のように「人生はつかの間の旅」にすぎないと嘆息するわけではない。世の中には、その実相をそのまま自分の人生に反映して、生涯を旅に生き、旅に死ぬ人々もいるではないか。そうした旅人たちは、文字通り旅を人生とすることで、「人生は旅」と気楽に(比喩的に)語る世の俗人たちとは根本的に異なる人生を生きている。その旅は、ただ旅すること自体、ひたすら転々と移動すること自体を目的とする、いわば純化された旅である。

『細道』冒頭ではこのように、すべての物が永遠の旅を続けているという認識と、だから自分もそのように永遠の旅人として生きたい、いや生きるべきだという実践的な判断とが、こうして結び付けられている。だからこそ、自分もこれからまた放浪の旅に出るというわけだ。当てどのない永遠の旅、「旅に終始する生涯こそは、この人生を律する宇宙の根本原理」〔尾形E　二二〕にかなう。とはいえこの帰結は、「月日は百代の過客」という冒頭の観察からごく自然に、一直線に導き出されたわけではない。ここに至るまでには、不条理ともいえる矛盾や対立がいくつもあって、書き出しの数行に、連句や俳文独特の心地よい飛躍のリズムを与えているのは、まさにこれらの亀裂と、その生み出す緊張なのだ。

ここには「刻々流転してやまぬ変化そのもの」を「道」と考え、その「道とともに往き変化に乗って遊ぶこと」〔福永　一七〕を強調する『荘子』の思想の残響を見ることができよう。『荘子』は李白にも濃い影を落としているが、李白がそこから得た人生観は、芭蕉のそれとはかなり異なっている。『荘子』は早くも奈良時代に日本に伝来した証拠があり、やはり室町時代に五山の僧によく読まれたようだが（〔福永　二三〕を参照）、ここではそうした問題に深入りする余裕はない（〔仁枝　二一六―三六〕を参照）。

芭蕉はかねての念願どおり、旅先の大坂で、弟子たちに見守られながら亡くなった。よく知られた事実上の辞世の句にも、旅への執念がこめられている。

旅に病《やん》で夢は枯野《かれの》をかけ廻《めぐ》る　（九〇八）

芭蕉という「永遠の旅人」は、死に至る病に行く手を阻まれながら、今度は夢のなかで、さらに旅を続けようとする。というよりも、やみくもに、狂ったように、寒々とした冬枯れの野を駆け回る。「かれ野をかけ廻る」という凄まじい執心の表出は、もはやただの旅ではない。それはまるで、宇宙とともに生々流転してとどまることを知らぬ永遠の旅人・芭蕉の魂が、残されたわずかな時間に、今や肉体の絆からも解き放たれて、さらに猛然たる最後の疾走を試みたかのようだ。

注

(1) この部分について、「月日」をただ抽象的に「時間」と解するのでなく、天体としての「月」と「太陽」の具体的なイメージを上位に置くべきだ(あるいは、少なくとも両方の意味を読み取るべきだ)という説が、近年では有力だという[堀切A　二五―二六]。早くからこの説を唱えていたのは荻原井泉水で、彼によれば「月日という時間としてでなく空間における天体の現象と解した方が、語感の上からもぴったりとする」[荻原　一二]という。たしかに(当時の天動説の観点からしても)天体として地球のまわりを周回する月と太陽は、「旅人」として想像しやすい。

だがそれでは、「又旅人也」と、同じく擬人化された「年」については、どういう天体のイメージを思い浮かべればいいのだろうか。太陽は「月日」の「日」ですでに使用ずみだし、むろん、太陽をめぐる地球の公転などという考えは、芭蕉には無縁である。その上、「行かふ年」というからには、「年」は明らかに複数で、彼らは路上の旅人たちのようにたがいにすれ違っている。たがいに逆方向に行き違う「年」という天体を想像するのは、きわめて困難である。なお、「行かふ」にはあとでくわしく触れる。

(2) なお、芭蕉よりも早くこの名文を自作に取り入れたのは、二歳年上の俳人、井原西鶴である。西鶴の浮世草子『日本永代蔵《にっぽんえいたいぐら》』(一六八八)には、「されば天地は万物《ばんぶつ》の逆旅《げきりょ》。光陰は百代の過客、浮生は夢幻《ゆめまぼろし》といふ」[堀切B　一四二]とあって、このほうが芭蕉の引用よりも李白の原文にずっと忠実だ。

(3) ここで「月日」は「旅人」として擬人化されているが、「年」はただ「旅人」であるだけではなく、彼らがたがいに「行かふ」という。つまり複数の「年」が、いわば路上でたがいにすれ違うのであって、これはたんなる「旅人」よりも、ずっと生々しい人間を感じさせる濃厚な擬人化だ。この隠喩については、「月や日や年という旅人は一方へばかり行くので、行きては決して帰らない、流《ながれ》のように過ぎてゆく、『行交ふ』という実感はない」、だから「更に妥当な表現があろうと思われる」[荻原　一四]という批判がある。

だが、芭蕉は初案の「立帰《たちかえ》る年」を、わざわざ「行《ゆき》かふ年」と書き換えたのであり、これは不用意な思い付きではない。だから井泉水のように、芭蕉の本文に修正を迫るよりも(井泉水はもとの単行本(新潮社、一九五六)では、もっとはっきりと「作者として再考の余地があったのではないか」と書いていた)、むしろ、ここで語られている事態をすなおに思い描くべきだろう。すなわち、「年」という旅人は一人ではないし、また、一方向にだけ進むわけでもない。少なくとも二名かそれ以上の「年」が、路上の旅人どうしのように、たがいに逆方向にすれ違うのだ。

だとすれば、井泉水の勇み足の原因は明らかに、「月や日や年という旅人は一方へばかり行くので、行きては決して帰らない、流《ながれ》のように過ぎてゆく」ものだという思い込みにある。

時の経過については、一般に二つの異なったイメージがある。未来から過去へ(あるいは過去から未来へ)一直線に進むものと、円を描いて循環するものだ。近代人は前者のイメージに傾きやすい。中世初期に書かれた『方丈記』の「ゆく河の流れは絶えずして、しかも、もとの水にあらず」[三木　一五]も同様だし、そもそも李白「序」の「光陰」も、おそらく「矢のように」、または「河の水のように」まっすぐ流れていくものと見るのが穏当だろう。

芭蕉がふだん時をどのようにイメージしていたかについては、別に詳細な検討が必要だ。だが、いま目の前の問題は、ほかならぬ『細道』冒頭で時がどのように視覚化されているかであって、芭蕉がたがいにすれ違う複数の旅人として時を擬人化したことは、疑問の余地がない。よく知られているように、歳末について「往く年、来る年」という言い方がある。これは、昨年も今年も同じ方を向いて、前者は前方に去って「往き」、後者は後ろからやって「来る」と想像することもできるが、〈直進する時〉という型のイメージさえなければ、古い年と新しい年がたがいに行き違うことには、何のふしぎもない。年の交替ばかりではなく、季節の交替についても、同じ言い回しを用いた有名な歌がある。「夏と秋と行きかふ空の通ひ路《かよじ》はかたへ(＝片方)涼しき風や吹くらむ」(古今集、夏、一六八、凡河内躬恒《おおしこうちのみつね》)。去っていく夏と、やって来る秋とがすれ違う空の通り道では、片側に涼しい風が吹いているのだろうかという。

その上、すぐ後の『細道』冒頭第二文では、船頭や馬子は一生を旅に過ごすとされている。その彼らの旅は、ただ一直線に行ったきりではなく、日々行ったり来たりを繰り返すという性質のものだ。第一文の「行かふ」年と、第二文の街道や川を往来する船頭や馬子たちは、ごく自然な連想でつながっているのではないか。

というわけで、ことによれば、「月日は百代の過客にして、行かふ年も又旅人也」と書いたとき、芭蕉は「年」ばかりでなく「月」や「日」のほうも、行き交う複数の旅人として思い描いていた可能性さえありそうだ。

なお、安東次男は「行かふ年」について、「『年』は立つもの、返るもの(送りかつ迎えるもの)という点に着目した云いまわし」であり、「時間は永遠に過去るが、旅人なら戻ってくるはずだ、と考えればわかる」[安東　四]という。だが芭蕉は「月日(時間)」も「年」も、どちらも「旅人(過客)」だと言っているので、このような区別は意味をなさない。

(4)「世を旅に代《しろ》かく小田の行《ゆき》もどり」(八五二)という句もある。代掻《しろか》きのため田を行きつ戻りつを繰り返す農夫のさまを、自分の人生にひきつけて、「旅」と呼んだのだ。

(5) 日常の言語に深く根を下ろし、もはや隠喩として意識されることもめったにない「概念的メタファー」の一つ、「人生は旅」Life is a journey については[Lakoff]などを参照。

Ⅲ　俳諧の近代と子規

1　子規の「写生」——理論的再評価の試み

一　「写生」と「写実」

子規が一八九二(明治二十五)年以来、わずか五、六年の間に世に出した俳論群は、その体系性と理論的整備への努力という点で、『去来抄』や『三冊子』など、過去の定評ある類書をもはるかに凌駕するものだった。とはいえ、「写生」論をはじめとする子規の俳句論は、今日の詩学という観点から見れば、いくつかの深刻な問題をはらんでいる。これは子規自身の短命のほか、まだ西洋文化の洗礼を受けて間もない明治二、三十年代(そして西洋の十九世紀末)という時代の制約によるものである。

だが俳句の制作や鑑賞の心得として、例えば芭蕉の「さび」や「不易流行」より、子規の「写生」の方が格段に重視されている現在、ここでもう一度、子規の議論——彼が懸命に構築しつつあった俳句理論そのものに立ち戻って、その卓抜な見識とともに、理論的限界をも確かめてみることは、無駄な努力ではないだろう。もっとも、子規の俳論は年を追って変化・発展し、前後で矛盾や食い違いを生じることが珍しくないが、ここではその詳細に立ち入る余裕がない。それについては、松井利彦『正岡子規の研究　上・下』[松井利彦B]など、先学のめざましい業績を参照されたい。

子規は一八九四年、画家中村不折を通じて「写生」という美術用語(「スケッチ」sketch の訳語)を知り、一八九七年頃からそれを句歌論や散文論の中核にすえ始める。ここにはむろん、そもそもある概念が美術と文学という異なった芸術間で通用するものかどうか、もし通用するとしても、それは個々の形式内で具体的にどんな意味を持ちうるか、という大きな問題がひそんでいる。「写生」の語は「物の存在を視覚中心に把握する」〔松井利彦B　一九九〕点を強調するが、子規はこれを「写実」とも呼んでいる。彼が二語をほぼ同義に用いていることは、彼が「写生」と出会った後にも、「実際の有《あり》のままを写すを仮に写実といふ。又写生ともいふ」(「叙事文」一九〇〇)〔松井利彦A　三六七〕と述べていることからも明らかだ。これらの語はごく大づかみに言って、西洋のいわゆる「写実主義」realism を志向していると見られる。いまの目で「写生」と「写実」の語義をこまかく詮索しても意味がないのは、当時はまださまざまな渡来の概念に対する訳語が確定していなかったから、そして、realism という英語自体が十九世紀の造語(おそらくフランス語かドイツ語からの転写)で、それが芸術作品に適用され始めたのは、世紀の後半(『オックスフォード英語辞典』での初出は一八五六年)だからである。一方、西周の『百学連環』(一八七四)や坪内逍遥の『小説神髄』(一八八五―八六)にいう「擬似」や「摸写」は、むしろギリシャ語「ミメーシス」の英語訳 imitation「模倣」によるものだろう。

近代日本文学が西洋から主として学んだのは、個人主義、真率《しんそつ》さ(まじめさ)、そしてリアリズム(写実主義)という、いずれも十九世紀市民社会的な文学理念であり、そのすべてを導入することで俳句の近代化をはかった点に、子規の最大の寄与が認められる(例えば連句という集団制作による詩の排斥、『古今集』や連句など「遊び」の文学の否定、そして写生の唱道)。ただ欧米では一般に、リアリズムはむしろ「反詩的」な様式として、もっぱら絵画や小説を主な勢力分野としていたのに対して、子規がこれを真正面から詩の世界に持ち込んだことは、子規独自の働きである。

だが同時に、それがのちのちまで、「写生」における詩のありか（ただ「即景其《その》まま」を描いた作品を詩と呼べるか）という重大な課題を残したのも事実である。また「写生（スケッチ）」は、もともと絵画修業の一手段、または本格的な画作の下準備にすぎない。ところが子規は、その点を意識した上で、初心者にふさわしい稽古の手段としてそれを推奨することもあれば、またある時代や流派の文学のめざす様式（「理想（観念）主義」に対する「写実主義」）としてそれを提唱することもある。この点のあいまいさも、やはり今日まで尾を引いているのではなかろうか。

二　「客観」と「感情的」

実は、彼の求めるリアリズムについて、子規は『俳諧大要』（一八九九）の冒頭で、別の視点からも定義を試みている。ただ残念ながら、この説明はさらに大きな難点をかかえていた。「意匠に主観的なるあり、客観的なるあり。主観的とは心中の状況を詠じ、客観的とは心象に写り来りし客観的の事物を其儘に詠ずるなり」（傍点川本）［松井利彦A　二二三］。この対立する二項のうち「客観的意匠」の方が、のちに言う「写実」に当たる。ここでは詳論する余裕がないが、観察される現実の客観性（事実らしさ）を保証するのは、人間にはついに捉えようのない客観的現実自体ではない。むしろ、見る側の主観と客観との間の微妙なバランスこそが、リアリズムの鍵なのだ。この点を見据える子規の目は、きわめて鋭い。

ただここでの難点は、子規の（a）「客観的」と（b）「意匠」との用法にある。まず（a）「客観的」について言えば、彼はいま触れたような客観と主観のバランスをよく承知しながら、ごく無造作に、これに「客観的」というラベルを貼りつけてしまう。「俳句問答」(一八九六)に、思わず目を疑うような一節がある。「若《も》し之を理屈的(主観)ならず、感情的(客観)にものせんとならば」〔正岡A 四四七〕。ここではいきなり「理屈(理性)的」と「主観」、「感情的」と「客観」が同一視されている。例えば英語で言えば、「理性的」rational と「主観」subjectivity、「感情的」affective(または emotional)と「客観」objectivity とは、同義語どころか、反義語にひとしい。ここには子規一流の飛躍あるいは省略があって、その真意は以下の点にある。

〔子規自身の作った句で〕初め主観的なりし者漸《やうや》く変じて客観的に傾けり。(……)初めは自己の美と感じたる事物を現さんとすると共に、自己の感じたる結果をも現さんとしたるを、終《つい》には自己の感じたる結果を現すことの蛇足なるを知り、単に美と感ぜしめたる客観の事物ばかりを現すに至りたるなり。

(「我が俳句」)〔正岡A 四八二〕

子規の「客観」は、それを経験する者の美的「感情」を前提とする。まず感情が動かされてから、その感情の原因たる「客観」を描くのだという。その意味で、当然ながら、彼の「客観的」は大いに「主観的」なのであって(彼が写生における「取捨選択」を強調するのも、そのためである)、この紛らわしい用語は、子規の生前にもすでに誤解を生んでいたようだ。『歌よみに与ふる書』(一八九八)には、「客観〔・〕主観〔・〕感情〔・〕理屈の語に就きて〔貴君は〕或《あるい》は愚意を誤解被致居《いたされおる》にや。全く客観的に詠みし歌なりとも感情を本《もと》としたるは言を竢《ま》たず」〔松井利彦A　三〇二〕という弁明がある。子規の没後、虚子らが「写生」における「主観」を強く打ち出さざるを得なかったのも、用語自体が適切を欠いていたからだろう。

三　「意匠」と「言語」

そして次に「写実」と同等視される「客観的意匠」にはさらに、（b）「意匠」という語の問題がある。『俳諧大要』の冒頭には、「俳句を分《わか》ちて意匠及び言語（……）とす」〔松井利彦A　二二三〕とある。これは逍遥『小説神髄』の「意匠」と「言語」の二項対立などに連なるもので、逍遥によれば「意匠」とは、「西洋語でいへばアイデヤ、（……）心とも云ひ、精神とも云」う（「美術論」）〔坪内　二四三〕。だが、西洋でより伝統的で一般的な「内容」content と「形式」form（または「表現」expression）との対立にくらべて、子規らのそれが厄介なのは、「意匠」という概念がきわめて広い意味をもつからである。というのは、「内容」と「形式」があくまで、すでに出来上がった作品そのものの二つの面に注目するのに対して、「意匠」は作品が生まれる以前の作者の発想や意図などをも巻き込みかねない。事実、実作者でもある子規は最後まで、作者胸中の構想と、それが具体化されたテクストの内容とをきびしく区別するという意識をもたなかったように思われる。

というわけで、子規の「意匠」は、（「内容」対「形式」という場合の）「内容」だけでなく、作品外の作者の「発想」・「意図」をも含意することになった。そのために、彼はその両者にかかわるもの——彼のいわゆる「理想」や「理屈」、「趣向」や「趣味」、「積極的美」と「消極的美」、「複雑」と「簡単」、「雅」と

「俗」、さらには作品のために発見し、選び出し、組み合わせるべき素材(「天然」と「人事」)などの一切——を論じるのに忙しく、その「意匠」に対立する「言語」、つまり句の形式・表現面には、彼に与えられた短い時間のなかでは、ほとんど触れる余裕がなかったようだ。言語についての彼の見解は、ほぼ次のように初歩的な発言(『俳諧大要』)に尽きる。「言語に区別あるは意匠に区別あるが如し。勁健なる意匠には勁健なる言語を用ゐざるべからず。優柔なる意匠には優柔なる言語を用ゐざるべからず。(……)其他皆然り」[松井利彦A　二二三]。これは、ヨーロッパ古典主義の文脈で言う「格調」decorum(主題に応じた適切な文体・口調)にちらりと触れたものだろう。

四　「斬新」と「陳腐」

だが、もし子規が「写実」をめざしていたのなら、発想や素材だけではなく、その表現面にももっと目を配るべきだっただろう。例えばアウエルバッハが『ミメーシス』で詳述しているように、リアリズムには物の見方(何をどう見るか)だけでなく、その描き方つまり表現技法の問題が大いに関わっているからだ。ヤーコブソンによれば、どの時代にもリアリズムがあり、それなりの時代固有の筆法がある。なぜなら、どれほど「リアル」な表現も、読者がそれに慣れてしまえば、たちまちその迫真性が失われるからであり、ふたたびリアルさを取り戻すためには、それまでの「リアル」の定石、惰性となった古い描写の慣習を破って、思いがけない斬新な表現を工夫するほかはない。それには、ずっと昔の描写法を蒸し返すこともある(「俳句の詩学」[川本A　七六—八四]を参照)。とはいえ実は、過去の膨大な俳書類を渉猟する「俳句分類」

という仕事を通じて、子規はこうした「異化作用」のダイナミズムについて、すでに驚くべき見識に達していた。

同一の美術〔芸術〕品にして時と場合により価値に差異を生ずることあり。（……）今日に在りて斬新なりとてもてはやさるる詩文小説も、後世に至り同様の意匠を為す者多からば終《つい》には陳腐として厭嫌《えんけん》せられんが如き類なり。

（『俳諧大要』）〔松井利彦A　二五〇〕

子規が「即景其まま」を強調するのは、それがリアリズムのとるべき唯一の道だからではなく、近世以来の俳句の歴史からみて、明治という時代がそれ〔眼前描写〕を要請するからだというのだ。他愛のないことば遊びに終始した貞門や談林を経て、むしろ俳句は元禄に始まったと言ってよい。そして「元禄の俳句が天明に至りて著しき発達をなしたるは簡より雑〔＝複雑〕に、麁《そ》より細に、漫より密に、消極より積極に赴」〔松井利彦A　三四七〕いたからであり、「天明に於て精微なりしもの其程度を進めて明治の精微となる。其他複雑、緊密亦然り」〔松井利彦A　三四八〕という。「精微」「複雑」など、子規の語彙ではいずれも「即景其まま」的リアリズムの特色を指している。この俳史観にはスペンサーらの進化論の影響が見られるが、子規が明治小説の「新趣味」を説明した一節、

昔は或る情人〔愛人〕を終《つい》に手に入るるか、然らざれば之を殺すか、然らざれば自ら殺す〔自殺する〕か、の極点迄つきつめて始て快と称せし者、今は或る情人を手に入るること能はざれども、さりとて彼を

殺すにも非ず、自ら殺すにも非ず、只鬱々《うつうつ》として不愉快なる日を送ると結ぶ、其殺しも殺されもせぬ処に一種の愉快を感ずるなり。〔松井利彦A　三五六〕

などは、まさにリアリズムの技法を説くヤーコブソンの口調を彷彿とさせる。ただ残念なのは、ここでも議論が「言語」ではなく、「意匠」や「趣味」の領域内にとどまっていることだ。

五　特定化の技法

それでも子規は時折ながら、今から見れば俳句のレトリックに属する問題に触れることもある。ただしそれは、ほとんどつねに断固たる否定の対象としてであり、明治の俳句が「淡泊」に向かうという彼の歴史認識とも相まって、レトリック的なものへの嫌悪がいちじるしい。擬人法、巧まれた誇張や矛盾、地口的なことば遊びなどは、いずれも感情に直結しない「理屈」として、激しい攻撃の対象となる。信じがたいことに、比喩さえ忌避されるが、実は彼が初めに魅了され、のちに憎むようになったのは、比喩そのものではなく、教訓じみた寓喩の類にすぎない。

むろん、子規のそうしたレトリック嫌いにも一理はあって、もともとリアリズムは読者に「本当らしさ」の感覚を与えるため、これ見よがしの美文や文彩を避けて、一見「無色透明な」文体を用いようとする。とはいえ、細密な描写を許す絵画や小説ならばともかく、わずか十七音節のことばで現実をリアルに描き出し、しかもそれを詩として成り立たせる(もとの「感情」を暗示する)という、いかにも矛盾に満ちた難業を達成するためには、ぜひとも表現面での特別な工夫がなければならない。逍遥が小説論でくわしく説いたように、俳句でも広義のレトリックへの十分な配慮が不可欠なのである。

ただし、子規が評価する種類の修辞法もまれにはあって、それは「特定化・特殊化」の技法である。私見によれば、これは詩的文体の基本的技法となる誇張と矛盾のうちの誇張の方に属する（［川本A　一二一―一二三］を参照）。

三椀《わん》の雑煮《ぞうに》かふるや長者ぶり　蕪村
（お雑煮を三椀もお代わりするとは、何と羽振りのいいことだ）

について、子規は「雑煮の数をよむが如きは元禄の知らざる趣向なり」と言い、さらに明治の句として、

やや小《ちさ》き雑煮の餅の三つかな　虚子

を挙げて、「『三つ』と数ふるのみならず、『小き』と形容し、更に進んで『やや』と形容す。印象明瞭の点に於ても一歩を進めたり」（「俳句新派の傾向」）［松井利彦A　三五五―五六］と述べている。この指摘は、何かと議論の多い「鶏頭の十四五本もありぬべし」という子規の句を解くヒントになるだろう。

また「随問随答」（一八九六）でも、

戸口出て左へ曲る燕かな　　子規

の「左」には何か意味があるのかという質問に対し、むろん右でも左でも構わないが、なぜそう特定するかといえば、「印象を明瞭ならしむるためなり。只『戸口を出て曲る』といふよりも『左へ曲る』といへば、其処の光景、即ち燕が戸口迄来てそれより左の方へ曲る光景が、より明かに眼前に浮ぶべし」〔正岡B 二五二〕と説明している。これは俳句などの短詩ではことに有効な技法である（拙論「俳句の詩学」〔川本A 一二一―一二三〕を参照）。漱石との文通にも見られるように、若き日の子規は、もっぱらideaを重視する漱石よりも、rhetoricを重んじる姿勢をもっていた（〔松井利彦B 三三六―三八〕を参照）。ところが、彼が夭折したために、俳句の表現論・修辞論にもっと踏み込んでいく時間のなかったことが惜しまれる。

2　漢学書生子規——俳論とその文体

一

子規の俳論をいろいろ読み返して、まずあらためて感服するのは、子規の論評文が歯切れよくわかりやすいこと、かなり複雑な理屈をこねながら、少しも難渋せず、明快できびきびしていることである。明治時代の評論が総じて理屈っぽいのは、西洋の論文スタイルを反映したというよりも、むしろまだ漢文脈のあとを濃厚にとどめているからである。夏目漱石の評論やエッセイが、こなれた近代の口調を用いながら、時おり頭が痛くなるほど理詰め一方なのも、英語の文体を敷き写したというよりも、やはり儒学系のスコラ的散文を下地として、その上に西洋流の理屈を載せているためだと思われる。

子規と漱石は、いずれ劣らぬ漢学の素養の持ち主である。むろん二人は典型的な明治の文人として、和漢、硬軟、のちには「言文一致体」に至るまで、多種多様な文体をらくに使い分けることができた。だが彼らの論説文の多く、ことに子規の議論文や解説文の骨格をなしていたもの——語られる内容ではなく、発想や論述の形式ないし展開の枠組みを作っていたものは、漢文である。そしてその傾向は、子規が一九〇二年に夭折したという時代的事情を割り引いても、また漱石の方が晩年まで漢詩を書きつづけたという点を考慮しても、子規の方により目立っている。漢学的な思考パターンが、子規にはより根強く生き残っていたのである。

二

二人の往復書簡を見ると、付き合いの始まった学生時代からすでに、概して子規の文体の方が、どこか堅苦しく、もと漢学書生風である。「元来我輩《わがはい》は江戸っ児《こ》だ」〔和田　三九三〕という漱石は、時には芝居や寄席の声色《こわいろ》、洒落本や人情本の口ぶりまで繰り出して、変幻自在のおどけを尽くしている。例えば漱石から子規への書簡に、

米山大愚《たいぐ》先生傍《かたわら》より〔漱石が〕自己の名さへ書けぬに人の文を評するとは「テモ恐シイ頓馬《とんま》ダナー」チョン々々々々。〔和田　一八〕

（「チョン々々々々」は芝居幕切れの柝《き》の音。）

また、病を得て故郷松山で静養している子規の落第を防ごうと奔走したあとで、彼は子規にこう書き送る（いずれも一八八九年）。

定めて、

「あらまあほんとうに頼もしい事、ひょっとこの金さん〔本名金之助のふざけた謙称〕は顔に似合ない実《じつ》

のある人だよ」と〔子規から〕いはれるだらふと乃公の高名《こうみょう》手柄を特筆大書して吹聴する事あらあら如此《かくのごとし》。　［和田　二七］

（「乃公」は、漢音「だいこう」だが、ここは「おれ」と読むのだろう。）

それに対して、「四国仙人」とも「野暮流」〔和田　四四〕とも自称する子規は、折々太刀打ちを試みるが、不慣れゆえの歯切れの悪さのため、どう見ても分が悪い。

何だと〔漱石が〕女の祟《たた》りで眼がわるくなったと、笑ハしやァがらァ、この頃の熱さでハのぼせがつよくてお気の毒だねへ。　［和田　五六］

二人が意見の上で衝突して真っ向から議論を戦わすのは、学生時代、それも二、三度に過ぎないが、そのときには当然のように、改まった堅い文体が用いられる。だがそうした場合にも、漱石は、

故ニ idea ニシテ厳粛トカ遒麗《しゅうれい》〔力強く麗しい〕トカイフ形容詞ヲ付ケ得ベキ Idea ナラ、紀行文デモ議論文デモ小説デモ何デモ厳粛ナル、マタ遒麗ナル文章トイヒ得ル也。　［和田　三八］

と、漢文直訳体を思わせる片かな書きながら、ほとんど口語に近い口調（「トカイフ」「何デモ」）を交えている。ところが子規の方はいよいよ堅く、英語交じりの漢文でやり返す。しかもその文章形式には、まだ漢

学塾を思わせるようなマンネリズムが残っている（以下、原文は漢文。かっこ内の古風な評語風の自注は、もと割り注）。

若《も》し正当の論理学的法則に由《よ》りて之を論ずれば、両者未だ比較す可《べ》からざる也。（詰難《きつなん》して復《ま》た余蘊《ようん》無し（論敵を難じ問い詰めて、余すところなし））況《いわん》や文学の尤《もっと》もRhetoricを重んずるに於てをや。（百尺竿《ひゃくしゃくかん》頭《とう》更に一歩を進む（論を尽くした上、さらに一歩を進める））況《いわん》や詩文の才は多く天才より出づるをや。（更に二歩を進む）然《しか》りと雖《いえど》も、（上を結びて下を起こす、一語千鈞《きん》の力有り（上を締めくくって、下に文を始める。重厚そのものだ））僕豈《あに》天才ありと謂《い》わんや。（平字《ひょうじ》の畳用、連珠の如し）　［和田　四二］

最後の「平字の畳用」とはいったい何か。詩韻（平仄《ひょうそく》）でいう「平字」の連なりを、むりに文中で探せば、「僕豈謂有天才乎」の末尾三字が、いずれも「平声」に当たることを指すものとも見えよう。だが、詩賦ならぬ散文の末尾三字を「平声」に揃えることには、何の意味もない（その上、詩で「平字」を三つ重ねることは、「下《か》三連」などの規則で禁じられている）。一方、全集には「乎《こ》字の畳用」［正岡D　一二三］とある。この場合には、引用文最後の三文がどれも漢字の「乎（や）」で終わるのを指すことになる。「乎字の畳用」は、れっきとした漢文のレトリックに属する。ここは「乎字」とすべきだろう。いずれにしても、もちろんふざけ半分とはいえ、こうした自注の裏には、漢文に強い子規の得意顔が隠されていたはずだ。ところがそれも、たちまち漱石に揚げ足をとられることになる。

観劇の際御同伴を不得《えず》残念至極至極残念（宛然子規口吻〔「宛然《えんぜん》子規の口吻《こうふん》」とは、「子規の口ぶりそっくりだ」〕）。（……）ほどなく先生到着、錬卿《れんけい》をつれて来ると思ひの外《ほか》岩岡保作氏を伴ひし時こそ肝つぶれしか（再摸得子規妙〔「再び子規を摸《も》し得て妙」とは、「また子規をまねて、うまいもんだ」〕）。

〔和田　七八―七九〕

ここで漱石は、子規の漢文的な誇張癖をからかうと同時に、彼の使う自注という古臭い形式をも真似て揶揄しているのである。

三

子規の論説のわかりやすさは、候《そうろう》文や雅文体の場合でも、おおむねこうした漢文脈の骨太な論理の明晰さ、対句《ついく》風の簡潔さに由来する。ただし見方を変えれば、個々の文章に与えられたこの明快な枠組みが、かえって全体としての子規の考えをわかりにくくするという結果を招くことにもなる。例えば、

俳句を分ちて意匠および言語（古人の所謂《いわゆる》心及び姿）とす。意匠に巧拙あり、言語に巧拙あり。一《いつ》に巧にして他に拙なる者あり、両者共に巧なる者あり、両者共に拙なる者あり。

（『俳諧大要』）〔松井利彦A　二一三〕

甲は意匠の点に於て発達したるも言語これに副はず、乙は言語の点に於て発達したるも言語これに副《そ》はず、丙は雅趣を解して繊巧を解せず、丁は繊巧を解して壮大を解せざるが如き是れなり。

〔松井利彦A　二四八〕

子規の論述は、おおむねこのような二項対立のレトリックに支えられている。実は西洋の論説も、というより西洋の思想そのものが、基本的には「善」と「悪」、「精神」と「肉体」といった二項対立で成り立っている。だから「写生」と「理想」、「主観」と「客観」、「積極」と「消極」、「雅」と「俗」など、子規がさかんに用いる対立概念は、西洋近代の影響下で練り上げられたものとも見えるかもしれない。

現に、スペンサーなどを通じて、そうした思考様式が子規に流れ込んでいるのは言うまでもない。周知のように、彼の「写生」論は、イタリア人の美術教師フォンタネージの教授法に端を発するものだ(1)。とりわけ彼の「文学」観やジャンル観、さらには「美の標準は美の感情に在り。故に美の感情以外の事物は美の標準に影響せず」(『俳諧大要』)〔松井利彦A　二二二〕という芸術の自律観は、坪内逍遥を経由して、まぎれもなく西洋、それも十九世紀末の先端的な思潮を反映している(2)。

だがそれにしても、いま挙げた文例のように、逍遥や漱石と比べても、あまりにも鮮明な対概念と対句表現を多用する彼の畳みかけるような文体が、漢文のレトリックに拠っていることは明らかだ。そしてこの文体は、個々の文章での彼の思考の構造と切り離すことができない。

つまり子規のわかりにくさは、ある一つの文章のなかではみごとに整理され、形式美をさえ発揮している対概念の組織が、別の文章ではまた別な組み合わせを与えられ、そのつど、異なった意味と価値付けを帯びることから生じる。これは子規の俳句観の時間的な変化、発展と成熟に由来する食い違いや矛盾というよりは、むしろ、彼の思考法と分かちがたく結びついた漢文的修辞法の性質自体によるところが大きい。子規はそれぞれの論考で、物事のある様相をずばりとあざやかに説き明かす反面、その場ではそれだけを一方的に強調しがちなのである。(3)

とはいっても、全体としての子規の俳句観が、そうした文体のせいで子規自身のいわゆる「漢学風の疎大」(『俳諧大要』)〔松井利彦A　一二五一〕に陥っているというわけでは決してない。子規には古今の俳句のすべてが見えている。同時代に至るまでのさまざまな俳句の素材、趣向、スタイル、格調、作品としての巧拙や成否、時代によるそれらの変化や消長のありさまなど、すべてが子規の頭の中で整然と分類され、こまやかに見分けられている。

そういうわけで、読者を惑わせるのは、むしろその逆に、子規が苦心を重ねて獲得した俳句のヴィジョンが、あまりにも精緻に組み上げられていること——俳句の全貌をとらえるために、彼が数え切れないほどの二項対立を繰り出しながら、それらを網の目のように綴り合わせていった、その手続きが生真面目に過ぎることである。そして、煩瑣な区別と対照と列挙にもとづくこうした分類法そのものもまた、実は儒学的な思考様式を象っているのである。(4)

四

そのように透明さと不透明さとを同時にあわせもつ子規の俳句観の全体を、あらためて見直すと、何が見えてくるだろうか。そのさい、一つの試みとして、個々の文章の論理、あまりにも簡明な理論の構図を文字通りに受け取ってから、あとで複数の文章どうしの辻褄合わせに苦しむという几帳面なやり方を避けて、むしろ風景の全体像をとらえるために、そのどこにも焦点を当てないような茫洋とした眺望のなかで、とりわけ目を引くものを見つけ出すという行き方をとってみてもいいだろう。

　そこで気づかれるのは、意外にも、子規の俳句観が行き届いて周到、しかもごく自然で円満で、何の偏りもないことである。ちょうどニーチェの場合と同様、一個の文章だけ、あるいはその一部だけを抜き出せば、子規の意見は時に独断に満ち、十九世紀ヨーロッパの悪しき影響、浅薄な近代主義の産物とも見えかねない。例えば「芭蕉の俳句は過半悪句〔・〕駄句を以て埋められ、上乗と称すべき者は其《その》何十分の一たる少数に過ぎず。否、僅かに可なる者を求むるも寥々《りょうりょう》晨星《しんせい》の如し」(『芭蕉雑談』)〔正岡A　二三〇〕といった発言がそうだ。だが当時の子規は、俗臭芬々《ふんぷん》、お大師様やお祖師さまのような教祖に祭り上げられ、いかがわしい説教の種にされていた芭蕉を、芭蕉宗の僧や信者の手から解放する必要があった。しかも子規は、そうした僧や信者たちとは違って、芭蕉の作品すべてを実際に読み味わい、芭蕉以外の俳人たちのおびただしい句をも読んでから、自己のバランス感覚にもとづいて、そういう判断を下したのである。むろん他の場所では、芭蕉をきわめて高く買ってもいる。

　子規の目配りのよさ、観察の確かさ、判断のしなやかさは、日本固有の文学である俳句の全貌を、くまなく見届けようという彼の壮大な意図と、その仕事に全力で取り組んだ実績への自信によるものだ。俳句の宗匠なるものには、わずか二年足らずしか師事しなかった子規のプロ意識を支えているのは、独力で死の直前まで続けた「俳句分類」の大仕事と、近世俳諧の伝統を一身に継承しているという自負である。彼はまんべんなく、秀句とともに駄句にもじっくり目を注ぐ。高尚な句にも卑俗な句にも、同じような注意を払う。月並みを勉強するのは、新しいつもりで月並みに堕する不用意を避けるためであり、また過去には月並みも新鮮に見えた時代があったかもしれないからである。おそらく古今の俳句を文学作品として、これだけひろく綿密に読み込んだ人物は、今日まで、子規以外には誰もいないのではないか。

子規の曇りのない目で見た俳句は、それまでに作られた俳句すべての姿そのものだ。素直に思うままに詠まれた句もあれば、技巧を尽くした句もある。眼前の事物をただ並べても、調和のある新鮮な取り合せを工夫してもいいし、また歴史上の人物になり代わったり、小説的な嘘をついたりしてもかまわない。淡白と濃厚、壮大と繊細など、効果は対照的だが、できれば両方に通じることが望ましい。写実の句もいいし、思想・空想の句も悪くない。これも両立できればそれに越したことはない。大切なのは、俗に堕さず、文学作品らしい深みと「趣味余韻」〔松井利彦A　二四〇〕を保つことである。遠目で見ると、子規の最終的な評価基準は「雅致」「趣」のたぐいであり、最大の罪は「卑俗」「いやみ」であるように思われる。

子規が俳句分類という地味な壮挙を実行に移したのは、柴田奈美の指摘するように、「アイディア」と「レトリック」をめぐる漱石との論争（先にその一部を引いた）が直接のきっかけだろう〔柴田　一一一―一四〕。旗色の悪かった子規は、英学の膨大な知識を盾とする漱石に対して、日本独自の文学である俳諧の全貌を一人で究め、みずからも創作することに、自己の威信をかけたに違いない。そして、その無骨ともいえる徹底ぶりには、やはり漢学書生子規の面目が強く窺われるのである。

注

(1) その経緯の詳細と、のちの韻文・散文への変容・展開については、[松井貴子]を参照。
(2) 時代性とその限界ばかりが論じられる逍遥の小説論・芸術論が、いかに同時代イギリスの最先端の動きに並行するものであったかについては、[亀井秀雄]を参照。
(3) 例えば「写生」論のはらむ諸問題については[川本A 七三—八四]を、ことに「客観的」「主観的」という用語の混乱については、拙論「子規の『写生』」(本書Ⅲ-1)を参照されたい。
(4) むろん子規の分類法には、古辞書や歳時記のほか、「明治の新知識」がふんだんに取り入れられている。[柴田 一五—二三]を参照。

Ⅳ　俳諧の比較詩学

1 「不易流行」とは何か——芭蕉とボードレール

一 なぜボードレールか

「不易流行」は、芭蕉の句と俳論を読み解くためのキーワードの一つだが、その正体を見定めるのがとりわけ困難な、きわめて厄介な理念の一つでもある。というのは、芭蕉が直接この四字熟語を書き記した例は一つもないばかりか、それについての解説めいた文書さえ、ほとんど残していないからである。したがって、蕉門の弟子たちが間接的に伝える芭蕉のことばや、彼ら自身の試みた解釈から、何とかその真意を推し測るほかはない。だが、そうした彼らの「記録」や解説自体、内部の一貫性を欠いたり、たがいに矛盾し合ったりしているために、すでに芭蕉の直弟子の時代から現在に至るまで、さまざまな議論の応酬が続いているというのが実情である。

去来の「贈晋子《しんし》其角書」(『俳諧問答』)によれば、

吾これを聞けり。「句に千歳不易《せんざいふえき》のすがたあり。一時流行のすがたあり。これを両端《りょうたん》にをしへたまへども、その本一《もといつ》なり。一なるは、ともに風雅の誠をとれば也。不易の句をしらざれば本たちがたく、流行の句をまなびざれば風《ふう》あらたまらず。〔尾形G 六五七〕

今日では、「不易」と「流行」を別々のものとしてとらえ、「不易」の句と「流行」の句があるとする去来や許六らの説(あるいは少なくとも、そちらに向かおうとする傾向)がしりぞけられ、両者を表裏一体の根本原理とする見方が支配的である。だが荘子、宋学、禅といった思想的背景や、当時の歌学との関連など、発生論的な考察は別として、芭蕉の句において「不易流行」がどのような意味をもち、芭蕉がこの理念を通じてどのような詩をめざしていたかという肝心の点については、いまだに意見の分かれるところである。

例えば「流行は時の風なり。故に一時流行といふ。又、不易は、古今によろしくして用捨なし。此を体といはんも又ちかし」(『俳諧問答』の「答許子問難弁」)〔尾形G 六六二〕という去来の説明や、また「古今を貫く芸術的真実(=風雅の誠)を静的に把握したものが不易であり、それを変化流動の相において捉えたものが真の流行である」(「俳諧文芸論」)〔宮本A 八〕という宮本三郎の解釈などに接すると、理屈の上では一応納得が行くかもしれない。だが、なぜ芭蕉がこの深遠で近づきがたいモットーをことさら強調したのか、それもただの空理空論ではなく、俳諧の実作に直接かかわる指導理念として、弟子たちに説かねばならなかったのかといった点になると、それを具体的に実感することは、はなはだむずかしい。

そこで、この「不易流行」をより具体的に、より身近に理解するための、いわば数学で言う補助線として、次のような発言を参照することはできないだろうか。

それは一時的なもの、はかないもの、偶発的なもの、つまり芸術の半分をなすものであり、残りの半分は、永久的なもの、一定不変のものである。

[Baudelaire 1163]

（ボードレールからの引用は、すべて拙訳による。以下原典のページ数のみを示す）

さらに、こういう一節もある。

彼がねらっているのは、流行（モード）という歴史的なものから、そこに含まれ得る限りの詩的なものを引き出すこと、つまり一時的なものから永久的なものを引き出すことである。 ［1163］

芭蕉かその弟子の発言だったとしても、少しも違和感がないと思われるこれらの文を記したのは、十九世紀後半のフランスの詩人、ボードレール（一八二一―六七）である。芭蕉とボードレール。どちらも詩人だとはいえ、時代や言語も違えば文化的背景も大きく異なるこの二人を並べて論じることに、なにか意義があるだろうか――そう思われるのも無理はない。とはいえ、現実に両者を隔てる距離の大きさ、さまざまな状況の違いを十分踏まえた上で、あえてこの二人を重ね合わせてみると、芭蕉の「不易流行」についてはっきり見えてくるものがある。またある意味で、そうなるのが当然だとも言えるだろう。

なぜなら、二人はきわめつきの大詩人であり、しかも自己の詩作について、詩的創造の方法について、どちらもはなはだ例外的に、極度に意識的だった。その上、近代フランスと近世日本という、誰の目にも明らかな歴史上の差異をいったん括弧に入れて、文化的伝統の継承と革新という限られた観点から見ると、二人の生きた時代は、一方では市民革命・産業革命後のブルジョワ社会の安定、また他方では幕藩体制下の武家支配と小市民社会の形成によって、文化の上ではいずれも「俗」が「雅」を圧倒し、「古典」の権威が大きく揺らぎ始めた時期に当たる。

ただ、芭蕉が日本の芸術家のつねとして、抽象的理念の厳密な定義や解説にはほとんど信を置かず、もっぱら実践を通じての感得を重んじたのにくらべて、ボードレールの議論はずっと精密かつ具体的、しかも首尾一貫していてわかりやすく、その点では大いに参照の価値がある。なお付け加えれば、すでに明らかなように、小論は芭蕉の「不易流行」について、何かを「証明」しようとするものではない。その差し当たっての目的は、このきわめて難解で「思弁的な観念」に、より時代の近いボードレールの芸術論を突き合わせることで、少しは「風通しよく」(日野龍夫「詩論と俳論」)〔尾形B　一五三〕することにある。

そして実は、小論の本当のねらいは、そうした研究面よりもむしろ実践面、つまりいま現に俳句を作っている人々の参考に供することにある。もしボードレールという異国の鏡に照らすことで、詩作の理念としては少なからぬ矛盾をはらむ子規以来の「写生」[1]に代わって、ふたたび芭蕉の「不易流行」が、今日の句作の指導理念の一つとして蘇ることができるならば、筆者として望外の幸いである。

芸術作品がある特定の時代、特定の地域に固有の文化の産物であり、そのさまざまな制約を受けているのは言うまでもない。とはいえその反面、そうした時代的・地域的な背景を過大視することは、不毛とは言わないまでも、芸術のもつ自由な刺激力・感染力を軽んじるものである。アーサー・ウェイリー(Arthur Waley)が漢詩や『源氏物語』を英訳して(それぞれ一九一八年、一九二五―三三年)、現代欧米の詩や小説に大きな影響を及ぼしたことは、よく知られている。十九世紀末フランスの自然主義が日本に移入されたときにも、似たようなことが起こった。そもそも芸術におけるどのような理解も感化も啓発も、つねに時代錯誤的・文脈横断的な要素を含んでいるとも言えるのだ。

二　『現代生活の画家』と「モダン」

いま引用したボードレールの『現代生活の画家』(一八六三)は、ヨーロッパ・モダニズムの歴史に決定的な位置を占める美術批評であり、一つ目の引用冒頭の「それ」は、「モダン(現代性、当世風)」modernitéという語を指している。(2)また第二の引用中の「彼」とは、コンスタンタン・ギースというフランスの画家、というよりも、主としてイギリスの新聞で活躍した匿名の挿絵画家・水彩画家のことであり、『現代生活の画家』は、ギースへの賞賛を通じ(いわば彼に託して)、ボードレール自身のモダニズム芸術論を展開した力作である。マテイ・カリネスクの『モダンの五つの顔』によれば、ボードレールは、ヨーロッパで「普遍的な美という古典的な観念が衰弱して、それに対立するモダンな観念である瞬間性の美と微妙に均衡するに至った、興味ぶかい時点」[カリネスク　一二]に位置する人物である。

そのボードレール以後のヨーロッパでは、秤の針は決定的に「モダン」の側に傾き、「古典的」な美と敵対してまで「新しさ」を追い求めるという、前衛的モダニズムの時代が始まる。もっとも、そうしていっさいの伝統とその力を無視した「新奇」のひたすらな追求は、ある種の深刻な矛盾をかかえている。というのは、新しいものは古いものを踏み台とし、それと対比されて初めて新しいと認知されるからである。(3)それに対して、旧と新のあやういバランスの上にあえて立ち、断固としてそこに留まるという点にこそ、ボードレールと芭蕉のあいだの深い親近性がある。

ここで言う「古典的」とは、ルネッサンスによって「再生」された古代ギリシャ・ローマの美のモデル、

「普遍的」で「永久的」とされた古典古代の美的規範の性質を指している。ルネッサンスから十九世紀に至るまでの古典主義と近代主義の力関係の変化、言い換えれば、古典古代に対して近代ヨーロッパの自意識が強まっていく経緯について――ことに十九世紀以後、「伝統的な美的権威の崩壊とともに、時間、変化、そして現在に対する自意識」[カリネスク 一二]がモダニズムを生み出していく過程については、定評ある『モダンの五つの顔』に譲ろう。そしてここでは、ボードレールを参照することで芭蕉の「不易流行」について見えてくるものに、もっぱら関心を集中しよう。この二人が説く「現代美」創造のプログラムには、驚くべき類似点が認められる。

「不易流行」を論じる場合、直弟子の去来をはじめとして一般に、両者が一体であることを重々、あるいはうすうす承知してはいながらも、知らず知らず「不易」の面を強調するという傾向が見られるのではないだろうか。これは、永遠なるもの、本質的なるものは、一時的なもの、偶発的なものに優るという無意識の価値判断、今も根強い先入見のしわざだろう(4)。

だがボードレールは言う。近頃の画家は、当世流行の服装が彼らの理想とする古典的な美から程遠いからといって、歴史画でない場合でさえ、とかく画中の人物たちに遠い昔や異国の衣服、中世やルネッサンスやオリエントの衣装を着せたがる。だが、これはゆゆしい怠け者のしるしである。なぜなら、

　ある時代の衣服が醜くて話にならないと言い切るほうが、そこに含まれているかも知れない未知の美しさ(それがどれほど軽微であろうとも)を引き出そうと苦労するよりも、ずっとたやすい(……)[1163]

からである。

フランス革命（一七八九―九九）からナポレオンらの統領政府（一七九九―一八〇四）に至る時期のモード、さらにはボードレールの時代に流行している衣服を、おかしいと笑う当代の人間は多い（日本でも、いま流行りの最先端のファッションへの大人の反応を、思い合わせればいいかもしれない）。だがそうしたモードにも、「芸術的と歴史的という二重の性質をもつ、ある種の魅力がある」。芸術や不易の美という一方の観点から見れば、たしかに見苦しいところもあるだろうが、肝心なのは「その時代の精神と美学」[1153]である。

人間がみずから生み出す美の観念は、その身なり全体に刻印され、衣服に皺を入れたりぴんと張らせたりし、身振り手振りをまろやかにしたり、直線的なものにしたりするばかりではなく、やがてはその顔立ちにまで、ひそやかに浸透していく。人はついに、自分のなりたいものに似てしまうのである。[1153]

だからどの時代の「美」にも、その時代に息づいている固有の優雅さと生き生きした魅力があり、それなりの調和がある。つまりその時代固有の「現代性」がある。名作と呼ばれるほどの過去の絵では、人物がみな当時そのままの服装を身に着けているではないか。そこでは「衣装や髪型ばかりでなく、身振りや目つき、微笑みまでもが（……）実に活気にみちた全体を形作っている」。[1163]

そして、

そのように目まぐるしく移り変わる刹那的な、束の間の要素を軽蔑したり、ないがしろにしたりする権利は、誰にもない。もしそれを取り除いてしまえば、とどのつまりは抽象的でぼんやりとした空疎な美、例えば原罪を犯す前のただ一人の女、イヴの美といったものに堕するほかはない。

[1163-64]

というわけで、『オダリスク』や『泉』などで知られる当時の画家アングル（一七八〇―一八六七）の「大きな欠点」は、「目の前でポーズをとるどんなタイプのモデルにも、古典的な理念のレパートリーから借りてきた、多かれ少なかれ完璧な、言い換えれば多かれ少なかれ専制的な、完成度を押し付けること」[1164-65]にある。

先に引いた一節でも見たように、美は絶対的で不変の要素と、相対的で一時的な要素の両方から成っている。その後者は、時には「時代、流行、精神、情熱」[1154]のどれか一つであったり、時にはそのすべてであったりする。そして、

この第二の〔一時的な〕要素は、極上の菓子の楽しく気をそそり、食欲をそそる包み紙のようなもので、それがないと、第一の〔不変の〕要素は消化が悪く、味わいがたく、人間の性質にそぐわない、ぴたりと来ないものになってしまうだろう。

[1154]

言い換えれば、美の永久不変の半分である「不易」は、折々の「流行」の衣装をまとってこそ、初めて具体的にその生きた姿を現わすことができる。

古代のなかにたんなる技法、論理、一般的方法以外のものを学ぶ者に、災いあれ。古代に深入りしすぎると、現在の記憶をなくしてしまう。そして、せっかく周囲の状況がじかに与えてくれる価値や特権をむざむざ捨て去ることになる。なぜなら、われわれの独創性のほとんどは、われわれの感覚に「時」が刻み込む烙印から生まれるものだからである。［1165］

いま「古典」と呼ばれる過去の絵が面白いのは、実は「画家たちが彼らにとっての現在から引き出すことのできた美のためばかりではなく、過去そのものとして、それがもつ歴史的価値のためでもある」。そして同様に、現代を描いた絵が面白いのも、「それがまとうことのできる〔永遠の〕美ばかりではなく、その本質的な現代性自体」［1152-53］のためである。つまり、「およそ『モダン』なものが〔のちに〕古典古代の名に値するためには、人間の生活から知らず知らずそこに沁み込んだ、未知の美を引き出す」［1644］ことが肝要なのである。

三 「不易」と「流行」

これを芭蕉の俳諧の上に置き換えてみよう。『現代生活の画家』は、直接には絵画論でありながら、詩人ボードレールによる芸術一般の論という性質をもっている。すでに触れたように、これはヨーロッパ・モダニズムの出発点に立つ評論だが、だからと言って、必ずしもその議論自体が、ヨーロッパという特殊な地域、十九世紀後半という特定の時代、そしてモダニズムという一個の立場からの強い制約を帯びているわけではない。というのは、文化のあらゆる部門において、それぞれに固有の領域や立場、方法や体系が根本的に問い直されたこの時代の批評家らしく、ボードレールは「近代」という視点から、古今の絵画・芸術を考慮に入れ、そのすべてに妥当するような議論の構築を試みているからである。むろんこうした「モダン」な視点以外にも、芸術一般についての見方はいくつもあり得るし、また一方、「不易流行」をはじめとする芭蕉の俳諧論・芸術論も、一つや二つの主義主張で割り切れるほど単純なものでないことは、いまさら断るまでもない。だが、きびしい伝統主義者・古人信奉者のイメージとは別に、ここで仮にモダニスト芭蕉という視点をあえて設定してみれば、芭蕉のもつ別の一面、しかもおそらくより根本的な一面が、はっきり見えてくるのではないか。

例えばこの見地からすると、代々の日本の和歌や連歌は、それぞれの「いま」のもっとも充実した、すべてに調和のとれた、時代固有の表現なのであり、後世の人間は、その「過去そのものとして」の歴史性（それが当時の「現代」だった）と、そのなかから取り出された悠久の美を味わい楽しむことができる。とはいえ、江戸の俳人たちが彼ら自身の「いま」を表現するすべについては、どの時代にも共通するごく一般的な方法のほかに、そこから学ぶことは何もないということになる。ちょうど現代の作曲家がバッハやモーツァルトの具体的な筆法をまねてみても、結果としてはどちらの時代にも居場所のないまがい物が出来上がるのと同様に、近世の俳人が過去の名歌をそのまま模倣することには、何の意味もない。とはいえその反面、ある歴史的時代を美的に表現した傑作として、バッハやモーツァルトの作品を研究することは、現代の音楽家にも大いに意義があるだろう。俳人にとっての和歌や連歌、漢詩その他についても、同じことが言える。

芭蕉が一方では伝統へのひたすらな帰順を強調しながら、他方では強硬な反伝統主義を唱えたことは、一見はなはだしい矛盾をはらむようではあるが、それはまさに、こうした普遍性・不変性と歴史性・瞬間性との相対的な力学に対する鋭い認識にもとづくものである。そして実は芭蕉の秤の針も、はっきり「流行」の側に傾いている。一方では、

西行の和歌における、宗祇の連歌における、雪舟の絵における、利休が茶における、其《その》貫道する物は一《いつ》なり。

(『笈の小文』)〔井本B　四五〕

と言い、

はるかに定家の骨《こつ》をさぐり、西行の筋をたどり、楽天〔白居易〕が腸《はらわた》をあらひ、杜子《とし》〔杜甫〕が方寸《ほうすん》〔心〕に入《いる》やから、わづかに都鄙《とひ》〔都会と田舎〕数へて十《と》ヲの指ふさず〔十人とはいない〕。

(元禄五年二月十八日付曲水宛書簡)〔荻原　一八八—八九〕

と言う。だが他方では、

かりにも古人の涎《よだれ》をなむる事なかれ。四時《しいじ》の押しうつるごとく物あらたまる、皆かくのごとし。

〔『三冊子』〕〔奥田A　五七六〕

と言い、また土芳《どほう》によれば、

新しみは俳諧の花なり。古きは花なくて木立《こだち》ものふりたる〔老木になったような〕心地《ここち》せらる。亡師つねに願ひに痩《や》せ給ふも、この新しみの匂ひなり。（……）責めて流行せざれば新しみなし。

〔『三冊子』〕〔奥田A　五八一〕

とも言う。それどころか、「一巻の変化を第一として滞《とどこお》らず、新しみを心がくべし。妙句の古きよりは、あしき句の新らしきを俳諧の第一とす」（『山中問答』(5)）〔大礒　二二一―二二三〕とさえ、芭蕉は言い切る。重点は不易よりも流行の側にあるのだ。

なぜそれほど「新しみ」が重要なのか。その点を考えるには、まず、これまであまり正面から取り上げられることのなかった問題、すなわち「流行」や「新しみ」などの名で呼ばれる変化が、何の変化なのかという疑問を、はっきりさせる必要がある。何が変わっていき、また変わっていかねばならないのか。これには二つのまったく異なった答えがあり得るし、現に出されてもいるが、両者の区別は蕉門の俳論でも、その後の研究でも、あまり明瞭に意識されていないように思われる。その一つは、俳諧というジャンル、あるいはより一般的に、和歌や連歌をも含めた日本の詩歌ジャンル内部での「心」や「姿」(あるいは「辞《ことば》」)の変化である。この場合、「流行」とは、ロシア・フォルマリストが説くような、文学ジャンルの時間的・歴史的な自己展開そのものがたえず要請する「手法」の目新しさ(異化作用)を指すことになる。そしてこの場合の手法とは、俳諧で言えば、発想(作意・趣向・句案)やモチーフ(句材)と、用語(例えば俗談平話)や修辞法・文体(句体・句作り)の両面にかかわる工夫である。早くも『常盤屋《ときわや》の句合《くあわせ》』(一八六〇)跋文に、芭蕉自身が「倭歌《やまとうた》の風流、代々《よよ》に改まり、俳諧年々《としどし》に変じ、月々に新《あらた》也」[尾形G　五六二]と記しているのは、明らかにこの変化を意味している。また『去来抄』の「流行は一時一時の変にして、昨日《きのう》の風《ふう》、今日宜《よろ》しからず、今日の風、明日《あす》に用ひがたき故、一時流行とはいふ。はやる事をいふなり」[奥田A　五一三]も、やはり詩歌ジャンル内のたえざる刷新の動きを問題としている。

それに対して、こちらも芭蕉がつねに意識していた、もう一つの変化がある。それは周囲の自然・社会・文化・生活などにたえず起こる変化、つまり俳諧外の現実の移り変わりであり、それに対する油断のない目配りである。自然の変化については、

> とかく此道《この》は、花は待《まつ》かちるか、月は曇るかはるるか、なにによらず、わがおもふことを一句に申《もうし》のべ候までの俳諧にて、(……)花を見る、鳥を聞く、たとへ一句にむすびかね候とても、その心づかひ、その心《ここ》ち、これまた天地流行の俳諧にて、おもひ邪《よこしま》なき物也。(『聞書七日《ききがきなぬか》草《ぐさ》』(5))[尾形F　六六四]

人事の変化については、

器物、そのほかなにによらず、世上《せじょう》に専《もっぱ》らと行はるゝにしたがひ、いろいろのいろ、さまざまのかたち、変化つかまるに候へば、あなかしこ、変化を以《もっ》てこのみちの花と御心得なさるべく候也。こゝに天地固有の俳諧あり。(……)此《この》俳諧をよくよく御得心《とくしん》候へば、世上の流行によくながれわたり、是《これ》にをかされ申さざる物を、名句・名人と申《もう》すげに候。

(同)[尾形F　六六五]

そしてつまるところ、

天地流行の俳諧あり、風俗流行の俳諧あり。只此道《ただこの》は、花のもとに、ほとゝぎすの窓に、上はあたごの風味より、下は木曽路《きそじ》の績桶《おごけ》迄、歌にもれ行《ゆく》茶ごとをもらさゞるの歌なり。

(同)[尾形F　六七一]

ここでは、まず「天地」と「風俗」(世情)のたえざる流行(第二の変化)があり、だからこそ、それに応じた俳諧ジャンル、詩歌ジャンルの流行(第一の変化)が必要だという論理が、暗黙の下敷きになっていると見ていいだろう。ボードレールの「モダン」論は、まさにこのような認識と判断にもとづいている。

ところが、いま引いた『聞書七日草』の「天地流行の俳諧」や「風俗流行の俳諧」という言い方には、どうやら、明らかに異なる上記二つの変化(自然・人情など外界の変化と、俳諧内部の変化)をあえて混同する、というより、これも「不易・流行」の場合と同様、表裏一体のものとしてとらえようとする気配が見える。

「不易流行」論が厄介なのは、それが、こうしてたがいに矛盾するいくつかの概念の「前論理的」、かつ重層的な融合の上に成り立っているからである。魯町《ろちょう》が「流行の句はいかに」と訊ねたとき、去来は「流行の句は己《おのれ》に一つの物数寄《ものずき》ありてはやるなり。形容・衣装・器物に至るまで、時々のはやりあるがごとし」（『去来抄』）〔奥田Ａ　五一六〕と説明している。去来はただ「句体」の変化を言うための譬えとして、衣装や器物の流行を持ち出したにすぎない。だが、ここで譬えているものと譬えられているものとが、いつ何時たがいにすり替わってもおかしくないところに、不易流行論の急所がある。言い換えれば、自然・人情といい、ともに俳諧も変わっていくものなのだが、それと同時に、自然・人情が変わるから俳諧も変わらねばならないのである。

四　「新しみ」の永久運動

芭蕉が「不易」を意識しながらも、いかに「新しみ」に心を砕き、モダンへの「願ひに痩せ」たかを、端的に示す一節がある。

翁曰《おきないわく》、俳諧ニ古人《こじん》ナシ。只《ただ》後世之《の》人ヲ恐ル。去来曰、古人ナシトハ古《いにし》ヘ達人ナキノ謂《いい》ニ非《あら》ズ。然《しかれども》此《この》道古人之《の》姿ニ依《よっ》テ作シガタシ。只日々流行シテ日ニ新《あらた》ニ、又日新《ひにあらた》ナリ。此《この》故ニ古人ナキトヒトシ。

（元禄七年三月付不玉宛去来書簡）〔尾形Ｇ　六二七〕

ここに言う「俳諧ニ古人ナシ」については、これとは別に、「古人の跡をもとめず、古人の求《もとめ》たる所をもとめよ」(「許六離別の詞《ことば》」)〔井本B　三三八〕というよく知られた一条もあって、これはボードレールの描き出す『現代生活の画家』にも、また現代の作曲家にも、そのまま当てはまる。「古人の求たる所」とは、言うまでもなく、自分の「感覚に『時』が刻み込む烙印」から美を引き出すこと、そして自分の時代に固有の独創性を発揮することである。

だがそれよりも、なお興味深いのは、去来が伝える「只後世之人ヲ恐ル」という芭蕉のことばである。この去来書簡には、続いて「又来者《らいしゃ》ヲ恐ル丶ハ、今日各《おのおの》新味サガシ求《もとむ》ト雖《いえど》モ、後世何如《いか》ナル人出《いで》テ目出《めで》度《たき》新味を吐出《はきいだ》サン。尤《もっとも》来者恥《はず》ベク恐《おそる》ベシ、ト也」〔尾形G　六二七〕という去来の説明がある。ところが一方、『三冊子』は、「この道に古人なし。(……)故人の筋を見れば求むるにやすし。今思ふ所の境も、この後何者出でて是《これ》を見ん。われはただ来者を恐る」〔奥田A　五五〇〕という芭蕉の「解説」を伝えている。どちらも芭蕉の直話というよりは、おそらく去来と土芳の記憶ないし理解を経た「解釈」にすぎないが、この両者のあいだには、大きな違いが見られる。

後者の『三冊子』の場合は、「先達の作品の構造は、簡単に分かってしまうし、作ろうと思えば簡単に作れる。それと同じように、私の到達した作品の境地も、ある人物が出て、今の私と同じように私の作品を客観的に評価するのであろう」(現代語訳は復本一郎による)〔奥田A　五五〇〕、それが恥ずかしく恐ろしい、ということになる。たしかにこれはこれなりに、芭蕉の古典観を示唆して面白いが、おそらく芭蕉の本意は前者、つまり去来の解釈の方にある。すでに見たように、ボードレールによれば、「不易」の美は、「流行」のただ中に没入することによってのみ具体化される。そうだとすれば、モダンな美は「かりにも古人の涎をなむる事」がない代わり、その代償として、「未来の芸術家にとってのモデル、あるいは模範として機能しようとする要求を放棄しなければならない」〔カリネスク 七三〕。だから、いまどれほど懸命に「新味」を求めても、時代が移ればやがてまた、あらたな「新味」が探り出され、今日の「新しみ」が芭蕉の言う「古び」に陥るのは、当然の勢いである。それなのに、そうして死後の未来にきっと「吐出《はきいだ》」されるであろう「新味」をさえ恐れ、いまから早くも対抗意識を燃やすところに、芭蕉が「流行」にかけた必死の思いが窺われる。

実はむろん、そうした永久運動は、モダニズムの宿命とも言うべきものであって、未来の変化までも気に病む芭蕉には、無いものねだりの矛盾がある。だが弟子の土芳はこの宿命を踏まえた上で、より正確に、次のように説いている。

〔風雅の誠を〕責めず、心をこらさざる者、誠の変化を知るといふ事なし。ただ人にあやかりてゆくのみなり。責むる者は、その地に足をすゑがたく〔一つの俳風に漫然と止まることができずに〕、一歩自然に進む理《ことわり》なり。

行末《ゆくすゑ》幾千変万化するとも、誠の変化はみな師の俳諧なり。

（『三冊子』語釈は堀切実による。以下同じ）〔奥田A 五七六〕

将来どのような「新味」が発明されようと、その工夫にたえず命を削るという永久運動を起こした功労者こそ、芭蕉その人だというわけである。

こうして芭蕉は、刻々と変わりゆく時代と生活の諸相にアンテナを張り、それらを目ざとく見届け、聞き届けようとする。

師の曰く「乾坤《けんこん》〔天地〕の変は風雅〔文芸〕の種《たね》なりといへり。静かなる物は不変の姿なり。動ける物は変なり。時として留めざれば〔瞬時に把握しなければ〕止《とど》まらず。止《とど》まるといふは、〔天地の変化が止まる、ということはないので、作者の方が〕見とめ聞きとむるなり。飛花落葉《ひからくよう》の散りみだるるも、その中にして見とめ聞きとめざれば、をさまると〔散り終わったならば〕、その活《い》きたる物だに消えて跡なし」。

（同）〔奥田A　五八－八四〕

ここで注目されるのは、芸術の素材は天地の「変」、すなわち「動ける物」のみにあり、「不変」の「静かなる物」は、「風雅の種」から除外されていることである。そして、一瞬の変化、その「活きたる物」を即座に「留める」ことにこそ、芸術の命があるという。もちろんその観察の対象は、自然の変化には限らない。それどころか、「とかく人情の俳諧なれば」（『聞書七日草』）〔尾形F　六六五〕と言うからには、むしろ生活上の変化の方にこそ力点が置かれていたと見ることができる。「けふの変化を自在にし、世上に和《わ》し、人情に達すべし」（『山中問答』）〔大礒　二二〕とも言い、また「俳諧はなくてもありぬべし。たゞ、世情に和せず、人情に達せざる人は、是《これ》を無風雅《ぶふうが》第一の人といふべし」（『続五論』）〔尾形G　七七九〕とも言う。むろん、今日の俳人についても同じことが言える。

外界の変化、ことに「世上」「人情」の移り変わりのすべてを、「見とめ聞きと」めようとする芭蕉の気構えは、モダニズムの画家のそれでもある。ボードレールによれば、ギースは「飽くなき情熱――見ること、感じることへの情熱」[1160]のとりことなって、「全世界に興味をもち、わが地球という回転楕円面上に起こるすべてのことを知り、理解し、味わおうとする」。だから、ギースを理解するためにまず注目すべきなのは、「好奇心こそが、その天才の出発点だと見なせること」[1158]だという。ことに蕉門の連句に示される、驚くべき観察の広さと鋭さから見て、芭蕉についてもまた、「さび」や「しをり」といった高等な理念を問題にする前に、まず「好奇心」という卑近だとはいえ根本的なものを、その句作の基盤にすえる必要があるだろう。

むろん、いま目の前で生きて動いているものをただちに書き留め、そこから未知の美を引き出すのは至難の業であり、練達の技量を必要とする。ぐずぐずしていると、せっかくの「活きたる物」が死んでしまう。「物の見えたる光、いまだ心に消えざる中にいひとむべし」[奥田A　五八二]。そうしていつもせかせかと気を揉んでいる芭蕉のはやり気、あるいは気ぜわしさのようなもの、これもボードレールの画家の共有するところである。

> 日常茶飯の生活、外界の事物の日々移ろいやすい変貌は、実に素早い動きを伴うため、画家に対しても、それに劣らず素早い制作を要求する。[1155]

だから、まだ若くて腕の確かでなかったころのギースは、「自分の指が不器用なのと、道具が言うことを聞かないのとで、いらいらしていた」[1157]という。

五　子供・散策者・漂泊者

すでに見たように、ボードレールの語る画家ギースと芭蕉には、多くの重大な共通点がある。『現代生活の画家』の議論を整理しなおし、それを通して、芭蕉とその弟子たちが残したさまざまな発言を見直すことで、それらをこれまでとは異なった新たなパースペクティヴのもとに置き換え、よりわれわれの実感に近いものにすることができるだろう。

まず、好奇にみちた新鮮な目で世界に見入るためには、子供の目をもたなければならない。

> 子供には、深い楽しげな好奇心がある。だからこそ、何であれ新しいもの——顔でも景色でも、光や金ぴかものや色であれ、玉虫色の布地や化粧に映える美の魅惑であれ——を前にすると、子供はまじまじと、動物のようにうっとりと、それを見つめるのである。　[1159]

言い換えれば、「天才とは意のままに取り戻された子供時代」に他ならない。ただしそれは、

> 今ではりっぱに大人の器官をそなえ、これまで知らず知らず貯め込んださまざまな材料のすべてを整理するだけの分析力をもって、自己表現を行なうことのできる子供の状態(……)　[1159]

である。ボードレールはまた、こうして「好奇心が宿命的な、抑えがたい情熱と化した」[1158]人物を、病み上がりの人間にも譬えている。死の陰から戻ったばかりの病人は、「嬉しそうに群集を眺め、自分のまわりでざわざわと動くすべての考えに、頭の中で割り込んでいく」。そして「この世の生活のあらゆる芽、あらゆる香を心ゆくまで吸い込む」[1158]のである。

芭蕉が時に子供を引き合いに出すことがあるのも、やはりこのような意味合いで受け取ることができる。

門人当時〔現今〕の風を窺《うかが》ひければ、只子共《ただこども》のする事に心をつくべし、と宣《のたま》ひけると聞けり。

（『旅寝論』）〔尾形G　六五二〕

また芭蕉は、「俳諧は三尺《さんせき》の童《わらべ》にさせよ」と、「度々《たびたび》いひ出《い》で」（『三冊子』）〔奥田A　五七九〕たという。

さて、子供が家にじっとしていないように、現代生活の観察者は、外出して散策者となり、旅に出て漂泊者となる。芭蕉がつねに「漂泊のおもひやまず」、「日々旅にして旅を栖《すみか》とす」（『おくの細道』）〔井本B　七五〕るのを願ったことについては、あり余るほどの証言をいちいち挙げる必要はないだろう。ただ、概して芭蕉の旅については、中世の文人・隠者の巡遊、歌枕や名所旧跡の歴訪といった、いわば伝統主義的な側面（歌枕を実見することで、伝統刷新のきっかけをつかんだという見方をも含めて）が強調されがちなのに対して、「いま現在」への好奇心にみちた「散策者」というボードレールの視点は、今日の俳人にもそのまま役立つような、「不易流行」の実践的な解釈を可能にするだろう。

画家ギースは「生まれつき大の旅行家で、大の国際派である」[1157]。芭蕉が世情に通じることを風雅の第一としたように、ギースは画家というよりも「社交家」であり世間通であって、「世界を知り抜き、そのあらゆる慣習のわけのわからぬ理由や、もっともな理由に通じている」[1158]。「東海道の一筋《ひとすじ》もしらぬ人、風雅におぼつかなし」(『三冊子』)[奥田A　五五六]という芭蕉の有名なことばが、ここで思い合わされる。このような精神の持ち主たちは、「世間をわが家族とし」、まるで「巨大な電池の中に入っていくかのように」[1158]人々のなかに入っていく。その情熱は、「非我を求めてやまない自我」[1161]に他ならない。

ボードレールの次の一節は、モダニズム一般についても、芭蕉の旅についても、きわめて重要な一面を明らかにしている。

骨の髄からの散策者、熱烈な観察者にとって、多数のなか、揺れるもののなか、動きのなか、はかないもののなか、そして永遠のなかに居を定めることは、この上ない喜びである。家の外に出ていながら、どこでもわが家にいるようにくつろぐこと、世界(「世間」の意を含む)を見、世界のただ中にいながら、世界から隠れること、これこそが、独立心に富み、情熱的で偏見のないそうした人々の味わう最小限の楽しみの一部である。[1160]

支考によれば、「旅はまづ憂《う》きものとおぼえて、おもしろきは、その日の徳とおもふべし」(『続五論』)[尾形G　七七四]という。ところが、旅を思う芭蕉のことばが、中世的隠遁者の枯れ寂びたイメージとはうらはらに、わくわくとせき立てられるような、気のはずむような喜びの口調を帯びていることを、これ以外にどう説明すればいいだろうか。やや長くなるが、あえて一部を引いてみよう。

弥生《やよい》に至り、待侘《まちわび》候塩竈《しおがま》の桜、松島の朧月《おぼろづき》、あさか〔浅香〕のぬまのかつみ〔真菰〕ふくころより北の国にめぐり、秋の初《はじめ》、冬までには、みの〔美濃〕・おはり〔尾張〕へ出《いで》候。露命つゝがなく候はゞ、又みえ候て〔お会いして〕立《たち》ながらにも立寄可レ申《たちよりもうすべき》かなど、たのもしくおもひこめ候。南都の別《わかれ》一むかしのこゝちして、一夜の無常、一庵《いちあん》のなみだもわすれがたう覚《おぼえ》、猶《なお》観念〔旅への思い〕やまず、水上《すいじょう》の淡《あわ》〔泡〕きえん日までのいのちも心せはしく、去年《こぞ》たびより魚類肴味《こうみ》口に払捨《はらいすて》、一鉢境界《いっぱつのきょうがい》、乞食《こつじき》の身こそたうとけれとうたひ侘《わび》し貴僧〔増賀聖《ぞうがひじり》〕の跡もなつかしく、猶《なお》ことしのたびはやつしやつしてこも〔菰〕かぶるべき心がけにて御坐《ござ》候。其《その》上能《よき》道づれ、堅固《けんご》の修業、道の風雅の乞食〔路通を指す〕尋出《たずねいだ》し、隣庵《りんあん》に朝《ちょう》夕《せき》かたり候而《て》、此《この》僧にさそはれ、ことしもわらぢにてとしをくらし可レ申《もうすべく》と、うれしくたのもしく、あたゝかになるを待侘《まちわび》て居申《おりもうし》候。

（元禄二年閏正月ないし二月初旬筆猿雖（推定）宛書簡）〔萩原　七九〕

また『笈の小文』でも、

山野《さんや》海浜《かいひん》の美景に造化《ぞうか》の巧《こう》を見、あるは無依《むえ》の道者〔物に執着することのない、煩悩を脱した仏道者〕の跡をしたひ、風情《ふぜい》の人〔風雅の情を解する人〕の実《まこと》をうかがふ。猶《なお》、栖《すみか》をさりて器物のねがひなし。空手《くうしゅ》なれば途中の愁《うれい》もなし。寛歩《かんぽ》駕《が》にかへ〔駕籠に乗るかわりに、疲れないようにゆっくり歩き〕晩食《ばんしょく》肉よりも甘し。とまるべき道にかぎりなく、立《たつ》べき朝《あした》に時なし。（……）時々気を転じ、日々に情をあらたむ。もしわづかに風雅ある人に出合《であい》たる、悦《よろこ》びかぎりなし。

〔井本B　五八―五九〕

六　総合的な視線と記憶によるデッサン

こうして目を輝かせながら道を行く観察者は、人情・風俗のどんなに微細な変化をも見逃さない。

もしあるファッション、衣服のカッティングがわずかに変わりでもしたら、(……)もしリボン結びや巻き毛がすたれて、コカルド(帽子の羽根飾り、リボン飾りなど)に取って代わられたら、(……)もしベルトの幅が太くなり、スカートが広がりでもしようものなら、どんな遠方からでさえ、彼の鷲の目は、たちまちそれを見破ってしまう。　[1161]

いわゆる「山中三吟」中の二句、

つぎ小《こ》袖《そで》薫《たきもの》うりの古風也　　芭蕉
非《ひ》蔵《くら》人《うど》なるひとのきく畑《ばた》　　芭蕉

[尾形C　一五〇]

などを見ると、芭蕉の「鷲の目」が、いかに日常生活の細部、一見取るに足りない枝葉末節にまで及んでいるかが痛感される(この付合については、[尾形C　一四三―五四]、および川本「『三句放れ』と『匂付け』」(本書Ⅱ-2、一四〇―四一)ページを参照)。

ボードレールの見るギースも、また芭蕉も、現代生活をつぶさに観察するために、寸暇を惜しんでいそいそと出掛けていく。ギースは朝目を覚まして、窓ガラスごしに明るい陽光を目にすると、こう考える。「もう何時間も前から、至るところに光が降り注いでいたのだ――私が寝ていたせいですっかり見損なった光が。光を浴びたどれほど多くのものを、私は見ることができながら、むざむざ見逃してしまったことだろう」[1161]。そこで彼は外出する。そして一日中、何やかやに見とれながら町を歩き回り、夜遅くなっても、「どこであれ光のきらめく場所、生のひしめき合う場所、音楽の鳴り響く場所に、最後の最後まで居残る」[1162]のである。

一方、芭蕉については次のような挿話が残されている。

> 師、或方《あるかた》に客に行きて、食《めし》の後、「蠟燭《ろうそく》をはや取るべし〔お片付けください〕」といへり。「〔蠟燭の減り具合で〕夜の更《ふ》くること目に見えて心せはしき」となり。かく物の見ゆる所、その目・心の趣《おもむき》、俳諧なり。
>
> （『三冊子』）〔奥田A　六四〇―四二〕

これは一見、光に執着するギースの態度とは正反対のように見える。だが芭蕉は芭蕉で、蠟燭のような道具によらず、もっと自然に時間の経過と、それによる周囲の「変化」を感じ取ることに執着しているのである。

五月雨《さみだれ》に鳰《にほ》の浮巣《うきす》を見に行《ゆか》む　（二九七）

いざさらば雪見にころぶ所迄《まで》　（三三三二）

何《なに》に此《この》師《し》走《はす》の市《いち》にゆくからす　（五九七）

これらの句では、芭蕉自身、自分のあまりの物見高さに苦笑している。「風狂」はモダンの重要な一要素であり、子供のような天才にとって「人生のいかなる側面も色あせてはいない」[1160]のである。

それでは、こうして鋭く熱心に「見とめ聞きと」められた「いま」は、いかにして作品に定着されるのだろうか。ボードレールによれば、まず大急ぎでざっと、対象を大づかみにしなければならない。細部にはこだわらず、「物を大きく見て、何よりも、それら全体の与える効果という面からとらえる」ことが必要である。そうした「総合的、省略的な視線」によって、「まずある風景の基本的な線、骨格、その容貌を素描する」ことが肝心である。こうして画家は、「自分の受けた印象を忠実に翻訳して、対象のいくつかの頂点、あるいは光り輝く点を、記録していく」[1166]。まさに「物の見えたる光」を即座に言いとめていくのである。先に見たように、これには素早さが必要であり、「ぐずぐずしていて、まだ〈総合〉を取り出して捕まえないうちに、幻が逃げてしまうのではないかという恐れ」に駆られながら、画家は「ほとんど狂乱に似た鉛筆の、絵筆の熱気と陶酔」[1168]に身を任せる。

とはいえギースの場合、こうした一連の作業は、必ずしも画板の上で行なわれるわけではない。細部の精密な描写がよほど必要な場合（例えばクリミア戦争の描写など）でない限り、彼は「実物を写生するのではなく、そらで、記憶によってデッサンする」。彼に限らず、一般に優れた画家は、「脳裡に書き込まれたイメージによってデッサンをするのであって、実物の写生をするわけではない」し、時には「人間の記憶に便利な誇張」を加えることさえある。そういう本物の画家が「作品の最終的な仕上げを行なうとき、モデル（現物）は助けになるどころか、邪魔物でしかない」[1167]。こうしてギースは、鉛筆でごく大ざっぱな事物の位置取りをすることから始め、次におぼろげな淡彩のマッスで絵の全体的な見取り図を描き出す。それからだんだん強い色彩を塗り重ねていって、最後にようやく「事物の輪郭がきっぱりとインクでかたどられる」。こうしたやり方のすばらしい利点は、「制作進行中のどの時点でも、それぞれのデッサンが、それなりに完成されているように見える」[1168]ことである。

絵画と詩の違いこそあれ、こうしたやり方は、芭蕉がまず「現場」で素早く句の初案を作っておいて、あとで（現物ではなく）印象の記憶に頼りつつ、全体の効果や語の色彩などを計算に入れながら、だんだん句を仕上げていく過程に似ていないだろうか。ことに、再案・後案・成案など、推敲中のどの段階でも、句が「それなりに完成されているように見える」点に、めざましい共通点が認められる。というよりも、こうした「いま」の素早い捕捉にかけては、絵よりもむしろ俳句のような短詩型のほうが、はるかに有利な条件をそなえているのではなかろうか。

ボードレールのいう「総合的、省略的な視線」、物をざっと大きく捉える手法については、「予《よが》門人ハ桐ノ器《うつわ》ヲ柿合《かきあわせ》ニヌリタランガ如ク、ザングリト荒ビテ句作スベシ」（元禄七年三月不玉宛去来書簡）〔尾形G　六二六〕という芭蕉のことばが伝えられている。「発句はかくのごとくくまぐまでいひ尽《つ》くすものにあらず」（『去来抄』）〔奥田A　四四六〕とか、「いひおほせて何かある」（同）〔奥田A　四四七〕といった名高い遺語については、あらためて論じるまでもないだろう。

また「脳裡に書き込まれたイメージによるデッサン」に関しては、

絶景にむかふ時は、うばはれて叶《かな》はず〔圧倒されてしまって、句を作ることができない〕。ものを見て、取る所〔そこから受けた印象〕を心に留《と》めて消さず、書き写して〔ことばに書き残しておいて、その後で〕静《しずか》に句すべし。うばはれぬ心得もある事なり。その思ふ処しきりにして〔感動が大き過ぎて〕、猶《なお》叶はざる時は、書き写すなり。あぐむ〔諦める〕べからず。

（『三冊子』）〔奥田A　六三七―三九〕

という芭蕉のことばが、委細を尽くしている。

七　まことの変化

そこで最後にもう一度、「不易流行」に話を戻そう。「不易流行」とは、去来がおおむねそう考えていたように、古典的な美をめざす「不易」、現代風をねらう「流行」という二種類の句風を区別するものではない。またそうかと言って、当世風の句の一部に古典的な美のかけら、そのコピーをそのまま取り込むことでもない。実は、「不易」と「流行」は表裏一体だというだけでは、まだ不十分である。ボードレールによって芭蕉を照らしてみれば、どの時代にも、「不易」は「流行」という形をとる以外に実現のしようがない、「流行」のただ中にしか求めようがない、ということになる。

そして、いま現在の流行のただ中に没入するという、一見軽薄な行為（芭蕉晩年の「かるみ」を想起しよう）の「永遠性」を保証するのは、先に触れたように「見ること、感じることへの飽くなき情熱」〔1160〕であり、何よりも、子供のように大きく目を見開いて、見るもの聞くものに「深い楽しげな好奇心」を抱き、世のありさまに心底まで魅了され、「愉悦にみちた呆然自失」[1159]を味わうほどに「真率な」態度だ。こうしてボードレールのモダンにも、結局は「誠実」さが要請されることを見届けた上で、芭蕉に目を転じよう。

芭蕉における「流行」と「人情」と「誠」の関係について(そして「不易流行」論形成の背景と過程、その解釈のさまざまな文脈)については、すでに櫻井武次郎「〈不易流行〉論序説」[阿部完市 二〇―四七]に、洞察に富む周到な考察がある。ここではボードレールの議論に沿いながら、芭蕉の「不易流行」がいかに「風雅の誠」と結び合っているかを、具体的に考えてみよう。小論の冒頭で、去来による「不易流行」論(『俳諧問答』の「贈晋子其角書」)を掲げたが、今度は、それと並んでよく引かれる『三冊子』の一節を見よう。

> 師の風雅に、万代《ばんだい》不易あり、一時の変化あり、この二つに究《きわま》り、その本一《もとひと》つなり。その一つといふは風雅の誠なり。
>
> (『三冊子』)[奥田A 五七五]

「不易」と「流行」はもともと同根で、その根元には「風雅の誠」があるという。言うまでもなく、「不易流行」と「風雅の誠」との結びつきはもはや常識であり、これ自体には疑問をさしはさむ余地もない。だが、おそらく誰もが気づいているように、「風雅の誠」や「誠」ほど意味の上滑りしやすい、実感の薄い語はない。白石悌三によれば、「今や芭蕉論の数だけ〈風雅のまこと〉論があるといっても過言ではない」(「風雅のまこと」)[相良ほか 八三]という。それならば、「不易流行」を、ただの空念仏、常人には到達できないような高邁な理想ではなく、いまの俳句にも通じる実際的な指導理念とするために、「誠」の意味をもっと絞り込んでいく必要があるだろう。

いま引いた『三冊子』の続きを見ると、「不易流行」のうち、「不易」よりも「流行」の側に、より強いアクセントが置かれ、説明がより具体的になっているのがわかる。前者については、「不易というは、新古によらず、変化流行にもかかはらず、誠によく立ちたる姿なり」という「定義」があるだけだが、後者については、

また、千変万化する物は自然《じねん》の理《ことわり》なり。変化にうつらざれば、風《ふう》あらたまらず。是に押しうつらずといふは、一旦《いったん》の流行に口質《くちつき》時を得たるばかりにて、その誠を責めざるゆゑなり。責めず、心をこらさざる者、誠の変化を知るといふ事なし。ただ人にあやかりてゆくのみなり。責むる者は、その地に足をするゐがたく、一歩自然に進む理《ことわり》なり。

（『三冊子』）〔奥田A　五七五―七六〕

という長い説明（一部はすでに引用）があり、このあとに例の、

行末幾《ゆくすえいく》千変万化するとも、誠の変化はみな師の俳諧なり。

（同）〔奥田A　五七六〕

がくる。

ここには微妙な論理のもつれ（用語の混乱といってもよい）がある。土芳によれば、すべて物事は変わるの

が当然であり、その変化に即応しなければ、俳風も変わらない。それなのに変化に即応しない(だから俳風も変わらない)というのは、一時の「流行」、つまり時流に乗った俳風を真似ただけで、「誠の変化」に迫っていないからである。言い換えれば「流行」にも二種類があり、真の「流行」とは、「誠の変化」に肉薄することだという。それでは、たんに「一旦の流行」に「あやかる」のではなく、「誠の変化」を責めるとは、いったいどういうことだろうか。

櫻井によれば、朱子学や仁斎学に照らしても、また当時の常識に照らしても、ここでいう「誠」(「実《まこと》」とも書かれる)とは、「真実」の意であり、「虚」、つまり嘘いつわりの反義語である[阿部完市 一三三]。また「誠を責める」とは、去来の言う「実地ニ立」つ(元禄七年三月不玉宛書簡)[尾形G 六二七]を、土芳が言い換えたものである[阿部完市 一二二]。そして其角は、「誠」を「情の厚さ」に結びつけている。

情のうすき句は、おのづから見あきもし、聞《きき》ふるさるゝにや。又、情の厚き句は、詞《ことば》も心も古けれども、作者の誠より思ひ合《あわせ》ぬるゆゑ、時に新しく、不易の功あらはれ侍《はべ》る。

(『雑談《ぞうたん》集』)[尾形F 七八五]

芭蕉は言う。

古《いにし》へより風雅に情ある人々は、後《うしろ》に笈《おい》をかけ、草鞋《わらじ》に足をいため、破笠《やぶれがさ》に霜露《しもつゆ》をいとふて、をのれが心をせめて、物の実《まこと》をしる事をよろこべり。

(「許六を送る詞」)[井本B 三三九—四〇]

また、

見るにあり、聞くにあり、作者感ずるや句となる所は、即《すなわ》ち俳諧の誠なり。

（『三冊子』）〔奥田A　五五三〕

そうした芭蕉の「風雅の誠」と、ボードレールのモダンとの符合は、もはや明らかだろう。「誠を責める」とは、つまるところ、「いま現在」に徹し切ることであり、目の前で変わりつつあるものを「実地」に立ってまっすぐに見とめ、聞きとめること——気の利いた当世風の小細工を弄して嘘をつかないことである。その「実地」とは、ボードレールでは主として現代人の「日常生活」であり、芭蕉では「世情」・「人情」（〔阿部完市　一三二〕を参照）を指す。

というわけで、「誠」は直接「不易」を保証するものではない。芭蕉のいう「風雅の誠」はむしろ、「流行」の真っ只中に身を置き、そのたえざる変化を瞬時に、こまやかに感じ取り、見届けること、そしてそれを衒いも気取りもなく、素直に誠実に言いとめることであり、またその結果として、「不易」をその時代なりに、独創的に具現することである。「松の事は松に習へ」で有名な土芳の「私意をはなれよ」〔奥田A　五七八〕にしても、例えば主観を排するといった消極的な意味ではなく、こうした文脈のなかで、いま自分の見たものに対して正直であれという教訓として、具体的に理解することができる。またそうすることで初めて、「行末幾千変万化《ゆくすえいく》するとも、誠の変化はみな師の俳諧なり」（『三冊子』）〔奥田A　五七六〕という

土芳のことばが、今日の句作にも潑剌と生きてくるのである。(6)

注

(1)「写生」のはらむ問題については、川本「子規の『写生』」(本書Ⅲ-1)を参照されたい。

(2) 阿部良雄『シャルル・ボードレール――現代性《モデルニテ》の成立』(一九九五)〔阿部良雄〕は、「モデルニテ(モダン)」という概念を鍵として、『現代生活の画家』に限らず、ボードレールの詩学全般を詳密に論じた画期的な論考である。同書から多大な恩恵を受けたことを記して、感謝の意を表したい。

(3) アヴァンギャルド(前衛)の詩における革新と伝統の関係をめぐり、芭蕉の句と二十世紀初期のイマジスムの詩を比較した論考として、拙論「詩語の力――俳句とイマジスムの詩」(本書Ⅳ-2)を参照されたい。

(4) もちろん、そうでない見方もある。例えば尾形仂編『別冊國文學八　芭蕉必携』(一九八〇〔尾形B〕)、ことにその「芭蕉表現事典」は、「〝新しみ〟を花と立てる」という「おそらく始めての試み」〔尾形B　一二六〕であり、また櫻井武次郎「〈不易流行〉論序説」〔阿部完市　一〇-四七〕も、「流行」側に力点を置く優れた論考である。この二篇から多くを学んだことを記して、感謝したい。

(5)『山中問答』と『聞書七日草』の二書は、芭蕉が『おくの細道』の旅の途中、出羽の羽黒と加賀の山中の弟子たちに説いた俳談を筆記したものだと言われている。芭蕉が「不易流行」論の地固めをしたのは、おそらくこの道中のことと思われ、事実両書には、この理念の根幹にかかわるような発言が散見する。ただ、どちらも美濃派系の所説を多く含んでいるところから、今日では偽書、あるいは支考による改竄が加わったものとして、一級資料の扱いを受けていない。だが、芭蕉の直話の記録としては信用が置けなくても、蕉門の(しかも直弟子支考の息のかかった)俳論としては、すべてを鵜呑みにさえしなければ、じゅうぶん考慮に値するだろう。なぜなら、すでに述べたように、「不易流行」について残された議論は、その意味ですべて間接的でしかないからである。

（6） なお、芭蕉が実際に正面から伝統と斬り結び、T・S・エリオットの言う「伝統の効用」use of tradition を最大限に生かすのは、季語や歌枕その他、伝統的な歌語のもつ本意を利用しつつ刷新するという点においてである。『三冊子』の冒頭、「不易」の「定義」の直後には、「新古にもわたらず、今見る所昔見しに変《かわ》らず、哀《あわれ》なる歌多し。是《これ》まづ不易と心得《こころう》べし」[奥田A 五七五]という一節がある。「流行」を主軸としながらも、「もののあはれ」を俳諧も取り入れるという芭蕉の一面については、[川本A]および[Kawamoto]を参照されたい。

2　詩語の力――俳句とイマジズムの詩

一

俳句という世界最短の詩は、あまりにも短いために、読者への暗示に頼る部分が極端に大きい。そこには、何かまとまったことを言い切る余裕がほとんどないので、代わりに読者のほうが作者の仕事の残り半分を引き継ぐこと、つまり活発に連想を働かせ、積極的に句の意味を読み取ることが期待されている。俳句はそうした読者の参加・協力を最大限に引き出すように、あらかじめ計算して作られるのである。

だが言うまでもなく、そうして読者まかせにする部分が大きければ大きいほど、読者の側では意味の読み取りが困難になる。たとえ句から盛んに想像力を刺激され、何か面白い解釈にたどり着いたとしても、もしそのような読み取りを支え、裏付けるようなヒントや方向指示が、たとえ漠然とであれ句から与えられていなければ、それはただの当て推量としか思われず、その結果、読者はきわめて手応えのない、中途半端な状態に置かれることになる。

というわけで、俳句はつねに、解釈の自由と不安という両極の危ういバランスの上に立っている。そして、そっくり同じ苦境に置かれた短詩の一例に、英米イマジズムの詩がある。これはそうなるのが当然であって、俳句に限らず極度に短い詩、簡潔な詩は、多かれ少なかれ、すべて解釈上のジレンマに突き当たらざるを得ない。俳句とイマジスムの詩、一見まったく無縁のように見える(だが実際にも大いに縁のある)両者を考えあわせることで、俳句の意味構造の一面を明らかにしてみたい。

二

俳句とイマジスムの詩には、多くの共通点がある。

イマジスム(イメージ中心主義。フランス語 imagisme)というのは、第一次世界大戦の直前から戦中にまたがる一九一〇年代の数年間、主としてイギリスで流行し、あっというまに消え去った英語詩の近代化運動である。運動のきっかけをつくったのは、若くして戦死したイギリス人のT・E・ヒューム、強烈な個性で運動を導き、そして切り捨てたのは、当時ロンドンにいたアメリカ人のエズラ・パウンドである。

フランス文学で「近代」がはじめて明確な形をとったのが、一八五七年に出たボードレールの『悪の華』初版だとすると、そうした近代詩の精神をはじめて英語圏の文学に吹き込み、根づかせたのが、他ならぬイマジスムだった。フランス象徴派を中心とする新しい文学の理念や技法が、ドーヴァー海峡をわたって、むしろ良識や良俗の擁護に重きを置くことを特徴とする英米文学の伝統に、ささやかな風穴を開けるまでには、ほぼ半世紀の時間がかかったことになる。

そのイマジスムの詩と俳句が似ているのは、けっして偶然ではない。よく知られているように、日本の俳句はフランス象徴詩や唐詩と並んで、イマジスムの成立に決定的な影響を及ぼしたからである。両者の共通点は、どちらも(一)極端に短いこと、(二)パウンドのいわゆる「重置法」、つまり二つの異質な観念

（またはイメージ）を重ね合わせる技法（一種の取り合わせ）を重んじること、そして（三）イタリアの記号学者ウンベルト・エーコが説く意味で「開かれている（読者にゆだねる解釈の幅がきわめて大きい）」ことである。第二と第三の特徴、すなわち相反する観念やイメージの強引な結合と、意味の不確定性（あいまいさ）とは、いずれも第一の、詩形が極度に短いという特徴から自然に生じたものといってよい。

ただ、イマジスムは、その後の英米詩に深い影響を及ぼしたとはいえ、それ自体はごく短命に終わり、ついに自立的なジャンルにまで成長しなかったという点で、俳句とは大いに異なっている。周知のように俳句の方は、独自の定型ときまりをもつ堂々たる詩のジャンルとして、五百年以上も高い人気を保ってきた。それではイマジスムのどこに弱味があったのだろうか。あるいは逆に、たった十七音の日本語の切れ端が、いわゆるライト・ヴァースとはっきり一線を画する「まじめな詩」として命脈を保ち、それなりの発展をとげてきたのは、どのような原因によるものだろうか。

これら二種類の短詩の形式を較べてみることで、両者の根本的な詩的構造と、両者に対する読者の反応のしかたの違いが明らかになるに違いない。そして何よりも、二つの詩形が圧倒的に短いおかげで、長い詩の場合には種々雑多な要素のために見えにくい面、例えば読者が詩の意味を「読み込む」さいの基本的な手続きなどを、精密に検証することができるだろう。

三

俳句は「開かれた」テクストのまたとない好例である。そしてその開放性――「できる限り幅広い解釈のしかたを容認する(あるいは、少なくともそれをしりぞけない)(……)その柔軟性」[Eco 32]――は、俳句そのものの体質に根差している。

プラトン以来の西洋の芸術や文学における「開放性」の系譜をたどりつつ、エーコは「十九世紀後半の象徴主義にみられる意識的な『開かれた』作品の詩学」、例えば「暗示性の追求」や「受け手の自由な反応に対して作品を『開く』ための意図的な方策」などに注目している[Eco 53]。とはいえ彼の主な目的は、器楽曲に現われたもっと最近の現象を特筆することにある。

それは「動く作品」に向かう傾向であって、そうした楽曲では、「その作品をどう演奏するかという選択が、かなり大幅に(……)個々の演奏者の自主性にゆだねられて」いる。したがって奏者は「作曲者の指示を自分の裁量で自由に解釈していいばかりでなく(その程度なら伝統的な音楽でも起こることだ)、例えばある音符をどれくらい引き延ばすか、あるいは音をどんな順序に組み立てるかを自分で決めるなど、その曲の形式にまで自分の判断を持ち込まなければならない。つまり即興の創造が要求されるのである」[Eco 47]。もうかなり以前のことになるが、パリで開かれた「音楽の領分」と呼ばれる前衛音楽の連続コンサートで、ルチアノ・ベリオの新曲が披露されたとき、指揮者のブーレーズがばらばらの楽譜一束を抱えて指揮台にのぼったかと思うと、いきなりトランプのようにそれらを「切り混ぜる」のを見たことがある。

連句の場合にも、集団で制作が行なわれる過程には、ほぼこれに匹敵するほどの(ただしかなり性質の異なった)開放性が仕組まれている。そこでは連衆のひとりひとりが読者にもなり、作者にもなる。まず読者としては、自分のすぐ前に詠まれた句をどう解釈するかについて、かなり大幅な自由を行使する。それから今度は詩人として、その解釈をもっとも効果的に生かし、強化するような場面や気分を即興で案出する。だが次の瞬間、その句は別人によって、思いもかけない場面と気分を現出するために流用、あるいは逆用されるのである。誰かがある句を詠んだ時点では、次の句がどんなものになるか、まして歌仙一巻がどのような形で終わるのか、まったく予想のつけようもない。

こうした制作過程のすべては、言語表現のもつ根本的なあいまいさ、不確定性との興味津々たる戯れである。何よりの楽しみは、「たえず移り変わる反応と解釈の姿勢に対して開かれた」[Eco 53]集団制作そのものにある。とはいえ実は、すでに出来上がった作品の読者にも、参加者のそれにあまり引けをとらないほどの「創造的」反応の余地が残されている。個々の句の極端な短さ、簡潔さのせいで、どこまでも意味のあいまいさがつきまとうからである。その上、隣接する二句どうしの結びつきも、きわめて稀薄である場合が多いので、昔からいろいろと議論が絶えない。ことに芭蕉の一門は、語りや論理の一貫性を犠牲にした、微妙で捉えがたい結合のしかた(いわゆる疎句《そく》)と見える付句を好んだことで知られている。

一方、発句の方は後続の句をいっさい考慮せず、独立の作品として作ることも、味わうこともできる。しかし、いつ何時でも連句の第一句として働く用意ができているという点で、発句は本質的に開かれた作品だといってよい。例えば芭蕉は、自作の発句を発端として巻いた歌仙に満足が行かないとき、同じ発句を別のグループに投じて、もっといい結果が出ないかどうか、試してみることがある(「芭蕉の桜」本書Ⅰ-3、四五―四七ページを参照)。また彼は、発句の揮毫を頼まれたときなど、その場に応じてさまざまな前書きを添えることで、同じ一つの発句にかなり異なった、ときにはたがいに矛盾するような光を当てることもある。つまり芭蕉にとって、発句は楽譜や戯曲と同様、つねに新鮮で創造的な解釈と演奏(演技)を求め、かつ許すものだった。まさにエーコがある種の現代音楽について述べているように、「個々の演奏はそれぞれに作品を説明するが、究明しつくしはしない。個々の演奏は作品を現実に変えるが、それ自身はたんに、その作品について可能な他のあらゆる演奏と相補的な関係に立つにすぎない」[Eco 58-59]のである。
したがって、芭蕉の有名な旅行記『おくの細道』もまた同様に、そこに収められた数々の発句に対して、それらを読み取るために可能な文脈の一つを提供しているにすぎない。だとすれば、あまりにも『おくの細道』の記述に寄りかかって、土地や季節や詠み手の気分に至るまでをこまかく規定するたぐいの解釈は、発句の根本的なあいまいさを損なうばかりだといえるだろう。

イマジズムがその開放性、意味の不確定性への傾向を受け継ぎ、簡潔で暗示に富む短詩型を目指すさいの手本となったのは、俳句と唐詩であり、先に触れたイメージの「重置法」のヒントを与えたのも、やはり俳句と、表意文字としての漢字である。西洋の詩人たちにとっては、たった二、三行で詩が出来上がるという事実そのものが、啓示に似た新鮮な発見だった。なぜなら小唄や寸鉄詩(エピグラム)などを別にすれば、彼らの親しんできた伝統的な詩型のうちで、もっとも短いものがソネット(十四行詩)だったからである。

四

イマジズムの企てをひと言でいえば、より近代の現実にふさわしい固有の語法(イディオム)を見出すという一点に尽きる。十九世紀が後半に入り、英国のロマン主義が最盛期の活力を失い始めてからというもの、経験と、それを表わすことばとを隔てるギャップはひろがる一方で、イマジズムの詩人たちは、フランス近代文学のあとに続いて、遅ればせながら英詩のイディオムの刷新に手をつけたのである。イメージとは「ある知的・感情的複合体を、瞬時のうちに呈示するもの」("A Retrospect" 中の "A Few Don'ts")[Pound A 4]だというパウンドのよく知られた定義にも明らかなように、彼らのねらいは、そうしてことばと現実の間に失われて久しい均衡を取り戻すこと――それも抽象的な論証を通じてではなく、とりあえずは、あらたに実感された現実を伝えるのにもっとも適切な比喩、具体的なイメージを発見することによって、損なわれたバランスを回復することにあった。というのは、人は抽象化を重ねれば重ねるほど、既成のわだちにはまりやすく、現実を裏切りやすいからである。

イマジスムにとって「イメージ」とは要するに、これまで一度も抽象的なことばで語られたことがないために、何とも名づけようのない主意(「おとなしい人間」を「羊」に譬えるとき、「おとなしい人間」が主意にあたる)を譬える、一種の隠喩に他ならない。そして、そもそも何を譬えているのか、譬える対象自体がはっきりせず、それ以外に言い表わしようのないような隠喩――それは、「象徴」と呼んでもよかろう。イマジスムの典型とみなされている作品の一つに、パウンド自身が「ホック(発句)のような」と称する「地下鉄の駅で」In a Station of the Metro がある。

The apparition of these faces in the crowd;
Petals on a wet, black bough.

人ごみのなかに、つと立ち現われたこれらの顔――
黒く濡れた枝に貼りついた花びら。

(拙訳)[亀井俊介　一八四―八五]

（この詩は五・七・七という音節構造をもっている。これはただの偶然だろうか）

パウンドは薄暗いパリのメトロの駅で、人ごみのなかから幻のように、いくつかの白々とした美しい顔が浮かび上がるのを見て、心を動かされた。そして、それらの顔が彼に伝えたいわく言いがたいもの（知的・感情的複合体）を言い表わす最適の表現を、あれこれと探しあぐねた挙句、数十行の詩を削りに削って、ようやく「黒く濡れた枝に貼りついた花びら」のイメージに行き着いたのである。

象徴とは、未知なるものをイメージで語る譬えである。もしもパウンドが主張するように、「イマジスム詩人の用いるイメージには、代数学のaやbやxなどと同様、不定の（変数的な）意味がある」（"Vorticism"）[Pound C 84]とすれば、彼らの詩は定義上、あらゆる種類の解釈に向かって開かれているはずである。アメリカの女流詩人H・Dの「山の精」Oreadもまた、そうしたあいまいさをはらむ詩の好例である。

Whirl up, sea—
whirl your pointed pines,
splash your great pines
on your rocks,
hurl your green over us,
cover us with your pools of fir.

巻き上がれ、海よ――
お前のとがった松の木を巻き上げよ、
お前の巨大な松の木を、こちらの岩に
はねかけよ、
お前の緑をこちらに投げつけて、
お前の樅《もみ》の水たまりで蔽《おお》いつくすがいい。

（拙訳）〔亀井俊介　一九二一―九三〕

この詩は、荒れる海を風にざわめく松林に譬えているのか、松林を海に譬えているのか、それとも何か非物質的・精神的なものを言い表わそうとしているのか、読み手にはどうしても決めかねるような具合に、意図的に書かれている。

とはいえイマジスムの詩がかかえる最大の問題は、皮肉にも、たいていの作品が十分に「開かれて」いない点にある。おそらく詩型の短さと、そして叙述ではなく「もの自体」に語らせるという戦略のために、作品がまったくわけのわからないものになるという危険を意識するあまり、イマジストたちは、ごく単純で何の説明もいらないような、小さな主題を取り上げることが多い。例えばT・E・ヒューム（Hulme）の「秋」Autumn の場合。

A touch of cold in the Autumn night—
I walked abroad,

And saw the ruddy moon lean over a hedge
Like a red-faced farmer.
I did not stop to speak, but nodded,
And round about were the wistful stars
With white faces like town children.

[Pound B 269] (1)

かすかに肌寒い秋の夜——
ぶらり外に出てみると、
赤茶けた月が生け垣に寄りかかっていた、
赤ら顔のお百姓みたいに。
ぼくは軽く会釈しただけで、黙って通り過ぎたが、
そのまわりを、悩ましげな星たちが取り巻いていた、
都会の子供みたいな白い顔で。

（拙訳）

この詩はかすかな冷気をおぼえる秋の夜の印象を、あざやかに伝えている。月を「赤ら顔のお百姓」に、そしてまわりの星を「都会の子供みたいな白い顔」に譬える直喩もまた、きわめて新鮮で適切である。とはいえこの作品はどう見ても、読者のために広い解釈の余地を残しているとは思えない。

あるいはもう一つ、パウンド自身の「陛下に捧げる扇の詩」Fan-Piece, for Her Imperial Lord にしても、やはりそうした事情にかわりはない。

O fan of white silk,
　clear as frost on the grass-blade,
You also are laid aside.

[Pound B 118]

ああ、草の葉におく霜のように、
　しみひとつない白絹《しろぎぬ》の扇よ、
お前もやっぱり捨て置かれて。

（拙訳）

たった三行のこの作品（これもふしぎなことに、「地下鉄の駅で」と同様、五・七・七という音節構造をもっている）は、その来歴からいえば、古い中国の詩を煮つめたものである。叙述をぎりぎりまで削《そ》ぎ落とし、輪郭のはっきりした少数のイメージにすべてを托するイマジストの手際を観察するために、この三行に至るまでの過程を簡単にたどってみよう。原作の漢詩は、『文選《もんぜん》』や『玉台新詠《ぎょくだいしんえい》』、さらには『古文真宝《こぶんしんぽう》』などのアンソロジーに収められて、日本でもよく知られる「怨歌行《えんかこう》」である。その作者と伝えられる班婕妤《はんしょうよ》は、漢の成帝に寵愛された女性で、この詩は、帝の愛情を別の美女に奪われ、捨てられたときに、悲しんで作った歌ということになっている（まだ愛の破局を迎える前に、それを恐れて作ったものという説もある）。

新《あらた》に裂《さ》く斉《せい》の紈素《がんそ》、皎潔《きょうけつ》なること霜雪の如し。
裁《た》ちて合歓《ごうかん》の扇《おうぎ》と為《な》せば、団円なること名月に似たり。

君が懐袖《かいしゅう》に出入《しゅつにゅう》し、動揺して微風発す。
常に恐らくは秋節の至りて、涼飇《りょうひょう》の炎熱を奪はんことを。
篋笥《きょうし》の中《うち》に棄捐《きえん》せられて、恩情中道に絶《た》ゆ。

「斉の紈素」は、斉(山東)国産の白いねりぎぬ。「皎潔」は白く輝いて清らかなさま。「合歓扇」は、表裏から貼り合わせた扇(「合歓」は夫婦がともに楽しむこと(2))。

イギリスのH・A・ジャイルズ(Giles)は、有名な『中国文学史』(一九〇一)のなかで、この五行を次のような十行詩に訳した。

O fair white silk, fresh from the weaver's loom,
Clear as the frost, bright as the winter's snow—
See! friendship fashions out of thee a fan,
Round as the round moon shines in heaven above,
At home, abroad, a close companion thou,
Stirring at every move the grateful gale;
And yet I fear, ah me! that autumn chills,
Cooling the dying summer's torrid rage,
Will see thee laid neglected on the shelf,

All thought of by-gone days, like them by-gone.　[Giles 101]

ああ、いま機《はた》から織り出されたばかりで、
霜のように穢《けが》れなく、冬の雪のようにつややかな美しい白絹よ——
見よ！　友情がお前を扇に仕立て上げる、
空に輝くまるい月のようにまんまるな、一本の扇に。
家の内でも外でもお前はぴったり付き添って、
身動きしては、さわやかなそよ風を起こしてくれる。
でも悲しいことに、わたしは恐れる。秋の冷気が
去り行く夏の炎熱を冷《さ》ますころ、
お前が棚に置き忘れられて、
過ぎし日々と同様に、その日々の思い出までが過ぎ去ってしまうことを。　（拙訳）

この英訳は、感傷的で冗漫なきまり文句で飾り立てられているという点で、まさにパウンドたちが清算しようとした、ヴィクトリア朝の後期ロマン派スタイルの典型をなしている。例えば「織り子の機を離れたばかりの」fresh from the weaver's loom、「冬の雪のように輝かしい」bright as the winter's snow、「ああ悲しいかな」ah me! といった古風な常套句や、「さわやかな風」grateful gale の[g]音の頭韻などが、すぐ目につく。そして第四行の「まるい月が頭上の空に輝くようにまるい」は、構えの大仰さと内容の空疎さとで、こうした文体の自己パロディの観を呈している。

パウンドはこのくだくだしい英訳から、その基本的な発想と、「霜のように白い」という直喩だけを残し、白と緑の対照を際立たせながら、全体を五分の一に凝縮した。イメージのあざやかさと切れ味のよさにおいて、この短詩はジャイルズの十行にはるかに勝っている。

だがその反面、この三行から、「冬の扇」のように捨てられた女の怨み言を読み取ることは、あまりにも容易である。簡潔で寓意が鮮明なだけに、この詩はほとんど寸鉄詩のような印象さえ与えかねない。パウンドが「玉階の怨みごと」The Jewel Stairs' Grievance（李白「玉階怨」の英訳）について述べているように、この三行のなかに「すべてが読み取れる——それも、たんに『暗示』に頼るだけではなく、数学的な約分の方法によって。（……）お望みなら、コナン・ドイルのまねさえできるのだ」（"Chinese Poetry"）[Brooker 139]。簡潔さからくるインパクトの強さは別として、そうして「暗示」の力に頼る分が少ないだけ、詩はかなり底の浅いものになっている。もともと「瞬時における知的・感情的複合体の呈示」とシャーロック・ホームズは、あまり相性がいいとはいえないのだ。

そして、これとは違って、例えばパウンドの「地下鉄の駅で」やH・Dの「山の精」のように、作品が十分に「開かれて」いる場合でさえ、扱われるテーマが少々小粒に過ぎるために、パウンドのいう「あの突然の解放感」[Pound A 4]をおぼえるまでには至らない。触れ込みの壮大さとはうらはらに、イマジスムの詩は些末主義の気味があり、だからこそ人々の興味が長続きしなかったのである。そしてそうなった原因の一つは、彼らが日本や中国の短詩に並々ならぬ関心を寄せていながら、それらの詩を成り立たせている特殊な文化的条件をよく理解していなかったことである。

五

俳句はその短さと、さまざまな解釈を許すあいまいさにもかかわらず、一見そう見えるほど開放的ではない。わずか十七字という狭い範囲のなかで、発句は読者を詩的な回り道(「詩はあることを言いながら、別のことを意味する」(リファテール)[Riffaterre 1])に誘い込みながら、同時にありそうな全体の意義への道しるべをも用意するのであって、そうした道案内の標識はむろん決定的なものではないが、あまりにもとっぴな、あるいは気紛れな解釈を排除するには十分に特定的なのである。そのしくみはどうなっているだろうか。(3)

やまざとはまんざい遅《おそ》し梅花《うめのはな》　芭蕉　(六七二)

この句について、服部土芳《どほう》が『三冊子』で説いているように、「発句の事は、行きて帰る心の味ひ《あじわ》」である。「山里は萬歳遅し」と「いひはなして」、「梅は咲けり」と言う「心」のように、行って帰るのが発句なのであって、「山里は萬歳遅し」というだけの「ひとへ(一重)」は「平句の位《ひらく》」だという[奥田A　六二五]。そうした発句の二重構造を、文体と意味の両面から観察すると、土芳のいう「行き」と「帰り」の部分は、それぞれに固有の役目を果たしているのがわかる。

「山里は萬歳遅し」、つまり土芳の「行き」は、何か耳新しい、ふだん慣れっこになっているのとは異なる表現、ことば続きの面白さで読み手の興味をそそる部分である。土芳が「言い放つ」というのは、そうした表現の大胆さ、意外さを意味するのであって、この表現上の妙な引っかかりがあるために、読み手はいつものようにすらすらとことばを「読み流す」(ことばの意味を瞬時に読み取って、そのことば自体の存在を忘れてしまう)ことができない。そしてその意味するところを探るために、いつまでもことば続きそのもの、ことばの「形」そのものにこだわることになる。

「山里は萬歳遅し」の場合、そうした文体的興味を誘うのは、西行をはじめ多くの歌人の秀歌に詠み込まれてきた風雅な歌語「山里」と、不釣り合いに身近で俗っぽい「萬歳」のちぐはぐな組み合わせ、矛盾をはらむ結合である。歌語としての「山里」は、伝統的に、誰一人尋ねてくる者もない寂しさと、世の喧騒を逃れて自然のなかに住む安らかさとを含意とする。その「山里」が用意した古典的な文脈と、俗な萬歳とが衝突する部分を「基底部」と呼ぼう。これが発句の基幹をなす部分である。

その基底部が「一重の位」だというのは、いかにその表現が面白いにせよ、当然ながら、これだけではまったく全体の意義の見当がつかないからである。山里では、正月の付き物である萬歳のやってくるのが遅い。それが事実だとして、語り手はその事実をどう受け止め、そこに何を感じているのかがわからない。この人物はそういう田舎暮らしが不満なのか、それとも遅ればせの到着を喜んでいるのだろうか。田舎では萬歳が遅い――この発言の主旨のあいまいさ、無限定さの度合は、もはや意味の不確定性や「開放性」をうんぬんすることさえ無意味なほどに大きい。そうして宙吊りになった基底部に、意義読み取りの方向づけを与えるのが、「帰り」に当たる「梅花《うめのはな》」の五文字である。

「梅」もまたれっきとした歌語であって、古来、その清楚で気品のある花と、闇夜にもそれと知られる匂いが愛されてきた。いま山里にも遅い春がきて、梅の花が咲いている。そして、そのかぐわしい花をしみじみと賞翫する気持ちが基底部にも反映して、一句の意義の方向が見えてくる。語り手は、梅の遅い開花に時節を合わせて、ようやくここまでまわってきた萬歳を楽しみながら、春の到来を喜んでいるのである。ただし一説には、美しく咲いた梅の色や香を愛でながら、まだ来ない萬歳を今か今かと待ちわびる心だという解釈もある。萬歳が現に目の前にいるほうが、一句の活気が増すようにも思えるが、しかし解釈をそちらに限定する必要はまったくない。例えばこれを発句として連句を作る場合、まだ来ない萬歳を待ち望むという前提で脇(第二句)を付けても、少しもおかしくないからである。こうして基底部に干渉し、全体の意義を方向づける(むろん決定づけるわけではない)部分を、干渉部と呼ぼう。

干渉部はたいてい基底部よりも短く、「梅花」のように、季語(あるいは名所の名)が当てられることが多い。発句も詩であるからには、結局何が言いたいのか、その意義を直接明言したりせず、イメージや叙述の回り道を通って暗示するのがつねである。そして、これほどの短距離である程度はっきりしたヒントを与えるためには、長い歴史のなかで支配的な含意や連想の範囲が固定され、さらには規範化されてきた歌語、ことに季の詞や名所に頼るのが賢明なやり方である。というよりも、そうした歌語のめざましい働きがあればこそ、形式の上では和歌の片割れにすぎない発句が、それだけで完結した詩の形式として独立することができたのである。芭蕉の大きな功績の一つは、和歌とは異なった俗語(俳言《はいごん》)の使用という面ばかりが強調されていた俳諧で、伝統的な歌語が果たすことのできる役割を見定め、それを積極的に活用した点にある。

ごく簡単に言って、基底部の興味は、例えば歌語と俗語のぶつかり合いのように、ことば続きの意外性、どこかちぐはぐで引っかかりのある言い回しにある。そして、そうした文体特徴を生み出すためのレトリックには、大きく分けて、矛盾法と誇張法の二種類がある。例えば「山里」と「萬歳」の雅と俗の対立は、矛盾法に属する。誇張法というのは、「いざさらば〈雪見にころぶ所迄《まで》〉」(〈　〉内が基底部)のような、純然たる誇張ばかりではない。例えば「あらたふと〈青葉若葉の日の光〉」の「青葉若葉」のように、発句の極端に短いスペース内で、一見むだと思われるような類義語の反復が行なわれる場合にも、やはり誇張の効果が生じる。矛盾法と誇張法にはその他にも、さまざまな手法がある。

そしてここで重要なのは、矛盾と誇張のどちらにせよ、根本的には伝統的な歌語や、歌語がはらむ古典的な美意識を踏み台にしていることである。つまり矛盾法とは結局のところ、例えば「山里」に対する「萬歳」のように、和歌や連歌がつねにきびしく守ってきた風雅の詩趣に対立し、その文脈に俗っぽいからかいを仕掛けることである。ただしそれは、当世風の詩としての俳諧の独自性を維持するために(「俳諧」は滑稽を意味する)、字面の上でそうするだけであって、こうしたおかし味も、最終的には日本詩歌の正統をなす風雅の心、「もののあはれ」の風趣のなかに解消する。例えば「萬歳遅し」の句も、つまるところは「春遅し」「雪解《ゆきげ》遅し」「花遅し」といった「山里」固有の伝統的な詩情のカタログに、近世的な目新しい一項目を付け加えるにとどまるのである。

そして一方、誇張法は、同じ風雅の美意識をこんどは極端に誇張し、趣味と節度の限度をわざと突き破ることで、表面上の滑稽をかもし出す。例えば風流な雪見を楽しむのはいいとして、「ころぶ所迄」やり抜こうという悲壮な決意の表明が、俳諧特有のユーモア、つまり「風狂」を生み出すのである。この場合、誇張による驚きの向こうに透けて見えるのは、やはり伝統的な雅の美学であるのはいうまでもない。

六

ところがそれに対して、イギリスやアメリカのイマジストたちは、短詩本来の「開かれた」性質や、イメージを「重置」するやり方の重要性を正確に見抜いていたにもかかわらず、詩語というもののもつ連想喚起力については、十分な自覚をもっていなかった。彼らが「主観的なものだろうと客観的なものだろうと、ともかく『ものそれ自体』を直接扱うこと」（"A Retrospect"）［Pound A 3］を重んじたのは正しいだろう。だが実は、「もの自体」には名前があり、名前はさまざまな連想を呼び起こさずにはいない。どうやらパウンドと仲間の詩人たちは、ロマン派の感傷的な余韻、余情を警戒しすぎて、「すべてを一新する」Make It New ことばかりに気をとられたために、これほど単純な事実を見落としてしまったらしい。

例えば、フランス象徴派による象徴の用法を論じたパウンドの文章（"A Vorticism"）は、そっくりそのまま、日本の和歌や俳句にみられる詩語の用法を攻撃したものとも読み取れる。

象徴派の詩人たちは「連想」を相手にした――つまり一種の引喩〔古典の文句などの引用〕、いやほとんどアレゴリー〔寓喩〕に近いものをである。彼らは象徴を、ただのことばの地位にまでおとしめた。（……）象徴派の象徴は、固定した不変の価値をもっている、ちょうど算数の数字のように。

［Pound C 84］

象徴派の用いる象徴の意味的「価値」が、パウンドのいうほど確定的であるかどうかは大いに疑わしい。その問題を別にしても、彼がここですっかり忘れているように見えるのは、イマジスムの詩人たち自身、「ものそれ自体」をことばで提示するときに、語句のもつロマンティックな連想、それも文化のなかで固定した連想を最大限に利用しているという事実である。

その何よりの証拠は、彼らが妙に月のテーマを好んでいることである。例えばヒュームが秋の月を、垣根に寄りかかった赤ら顔の健康なお百姓の顔に譬えるとき、われわれが「認識のショック」を味わうのは、まさにこの比喩が伝統的な満月のイメージ(青白く、冷たく、高貴で近寄りがたい)と真っ向から衝突するからである。リチャード・オールディングトン(Richard Aldington)の「暮夜」Evening についても、まったく同じことが言える。

The chimneys, rank on rank,
Cut the clear sky;
The moon,
With a rag of gauze about her loins
Poses among them, an awkward Venus—

And here am I looking wantonly at her
Over the kitchen sink.

[Jones 58]

段々に立ち並ぶ煙突が、
澄んだ空を切り抜いている。
月は
薄織りのぼろ切れを腰にまとい、これ見よがしに
しなをつくって、まるでぶざまなヴィーナスといった風情《ふぜい》――

そうしてぼくは、台所の流しの上から
みだらな目つきで彼女をながめている。

（拙訳）

ここでもまた、きわめて現代的で俗っぽい風景のなかで、「月」が暗黙のうちに卑近化、あるいは「非詩語化」されている。そのやり方はまず、純潔な月の女神であるディアナ（ギリシャ神話ではアルテミス）を、官能的な愛と美と豊饒の女神ヴィーナス（アフロディテ。所によっては売笑の神でもあった）と故意に混同したことであり、しかも次にはそのヴィーナスを、チャーミングな蓮っ葉女に見立てたことである。したがってオールディングトンは、たんに「ものそれ自体」を直接取り扱うのとは正反対に、ギリシャ・ローマ神話の女神二人のイメージを、一種のクリシェ（紋切型）として活用し、その「固定した不変の」連想をずらし、はぐらかすことで、リアルな効果を挙げているのである。

ロマンティックな連想をぶちこわして新鮮な衝撃を生むためには、まず何よりも、そのロマンティックな連想を詩のなかに取り込み、利用しなければならない。そうして天上の月を地上に引きずり下ろすイマ

ジスムの常套手段を、典型的な形で示しているのは、ヒュームの「ドックの上で」Above the Dock だろう。

Above the quiet dock in mid night,
Tangled in the tall mast's corded height,
Hangs the moon. What seemed so far away
Is but a child's balloon, forgotten after play.

[Pound B 269]

しんとした真夜中の船渠《ドック》の上、
高いマストの綱にからまれて、
月がひっかかっている。あんなに遠く見えていたのに、
何のことはない、子供が置き忘れていった風船じゃないか。

(拙訳)

「あんなに遠く見えていたのに、何のことはない」。これこそまさに、発句の作者たちが和歌の優雅なクリシェを当世風に逆用することで、彼らの「もの自体」を提示したやり方そのままではないか。

実のところ、イマジストたちのジレンマにはかなり深刻なものがある。彼らは詩を「開放」したがっていたが、まったくのナンセンスに陥ることを恐れて、一方ではテーマを小さくしぼり、他方では無意識のうちに伝統的な連想の力を借りていたというわけである。すでに述べたように、短詩ではどうしても詩語とその豊富な含意を利用するほかはない。それならば、テーマを矮小化するよりも、むしろ芭蕉のしたよ

うに、文化の伝統のなかで慣習的に確立された連想の網の目——例えば西洋なら「今を楽しめ」carpe diem（「命短し恋せよ乙女」のたぐい）をはじめとする常套的話題（トポス）などを、積極的に生かす道があっただろう。

七

とはいえ、ここで忘れてならないのは、発句とイマジスムの詩が作られ、読まれていた環境、文化的文脈の大きな違いである。『源氏物語』の英訳者ウェイリーは、近代ヨーロッパの詩が「その重要な要素として、ますます文学的な引喩を多用する傾向」に触れて、その淵源の一つは「日本と中国の先例」にあると述べている。その中国や日本では、「教養のある人間なら誰でも、実人生から得たものに負けないほどに、本から得た印象やイメージで頭を一杯にしているので、そうした印象を排除するような詩人は、自分の芸術を貧しくするばかりだと、みんながとうの昔から気づいていた」のだという。

しかし文学的な引喩がうまい効果を挙げるためには、「ある種のかなり珍しい社会的情況」、すなわち「ごく限られた古典書目の勉強を含む、ある共通の教育を受けた公衆の存在」が必要である。かつては英国にも、それに似たような情況があった。そこでは「ウェルギリウス、ホラティウス、オウィディウス、それに何人かのロマン派詩人」が共通の教養を形作っていた。だが「近代の教科の多様性が（……）ずっと以前にそのすべてを押し流してしまった」。だからこそ、T・S・エリオットは「彼の古典のストックとして、あらゆる国の大作家たち——シェークスピア、ドライデン、ダンテ、ボードレール」を利用しようとして、結局『荒地《あれち》』の巻末に詳しい注を付けざるを得なかったのだという。西洋のモダニズムは、たしかに厄介な立場におかれていたといえるだろう。

ウェイリーによれば、詩の引喩が効果を発揮するために必要な土壌、つまり「共通の古典書目が(……)無数の恣意的な慣習や制限によってさらにしぼり込まれている」[Waley 528]状態は、一九二五年当時の日本や中国にも、もはや存在していなかったという。たしかに日本人は、圧倒的な西洋文化の影響のもとで、古典的な伝統とのつながりの多くを失ってしまった。とはいえ、例えば日本詩歌のもっとも重要なテーマ——破れた恋や、人生のはかなさ、そして何よりも季節の移り変わりなど——に対するわれわれの基本的な態度や感情は、程度の差こそあれ、いまだに古い伝統の刻印をとどめている(かもしれない)。

その兆候の一つは、ほとんどどこの書店でも見つかる歳時記のたぐいである。これは季語と、文化的に固定されたその含意と、そしてその季語を用いた代表的な句例とを列挙したもので、アマチュアとプロとを問わず、俳句を詠もう(あるいは読もう)という人間には欠かせない辞書体の手引である。辞書として見た場合、歳時記はいわば、日常言語の一段上のレベルで精密に組織化された詩的言語(言い換えれば、その日常言語が伝統詩歌のなかで自動的、排他的に帯びることになる含意)の専用辞書であって、その特殊な性質を思えば、今日もなお続くその売れ行きは、驚異的でさえある。

イマジストたちが短詩型の「開放性」に目をつけたのは、とりわけフレッシュな現実認識とその意味探究の手段としてであった。彼らの工夫した「重置法」の手法は、大胆な隠喩によって、目新しい現実の知覚に具体的な形を与え、そうすることで、従来のあらゆる分析や描写の方法を問いなおすことを可能にした。

しかし発句の「開放性」は、けっしてそうした既存の世界観の「一新」をめざすものではない。発句の作者や読者が、自由自在に意味の不確定性に遊ぶことができるのは、そうしてどのような回り道を通ろうと、やがてはどんな句も、上記の干渉部の「意味の方向づけ」(本書二四三ページを参照)などによって、数百年の伝統のなかで確立され、公認された本意にまで煮詰めることができるとわかっているからである。発句の手法は、文体面でも意味面でも、そうした周知の連想に頼る強い傾向をもっている。

イマジスムの詩と発句の際立った手法上、解読上の違いを示すために、たまたまイマジストたちときわめて縁の深い、荒木田守武の一句を最後に取り上げてみよう。パウンドはこの句を「単独イメージの詩」の例に挙げている。そこではイメージが一種の隠喩(譬え)として働くが、たんなる詩のお飾りではなく、「それ自体が何かを語っている」("Vorticism")[Pound C 88-89]という。

落花《らつくわ》枝にかへると見れば胡蝶《こてふ》かな　〔栗山　五六〕

この句では、ひらひらと舞う蝶の軽快な動きが、散る花びらが思いがけず枝に舞い戻るというイメージに譬えられ、あるいは重ね合わされることで、はっとするような発見のスリルを伝えている。パウンドによれば、これは「公式化された言語を越えることば」であり、「日本人は、こうしたたぐいの認識の美をよく理解してきた」という。この見方は、それなりに当たっているかもしれない。英訳では、この句はりっぱなイマジスムの詩になっている。

The fallen blossom flies back to its branch: a butterfly　[Pound C 88]

（散った花が枝に飛び返る――蝶だ）

しかし、伝統的な日本詩歌の文脈の上では、この句に対する読者の反応はかなり異なったものになるだろう。同じ「認識のショック」はたしかにある。だが第一に、周知のようにわが国では、この句は蝶と花の見立ての奇抜さで評判をとったとはいえ、その反面で、まさにその奇抜さのゆえに、底の浅い機知の句として軽視されてもきた。これほどにも水際だった隠喩の発見に対して、内外の評価がこんなに大きく食い違っているという事実は、それ自体、日本における隠喩の位置づけの微妙さを示している。

次に、枝に帰る花が実は蝶だったという当初の素直な驚きの感覚は、日本では文学上の通念によって、はるかに大きく増幅される。まず、「落花」というときの「花」は、約束にしたがって「桜」に限定される。次に、花びらの異常な動きは、たんに重力の法則に反するばかりではない。古来「命にかへて」（鴨長明『無名抄』）〔久松B　三八〕落花を惜しむというその花、そうして惜しまれながらも、つかの間に散り果てるいさぎよさを愛されてきたその桜の花が、なんと、ふたたび枝に戻っていくという。もしそれが本当ならば、それはただの珍事などではなく、いわばわが国の詩的伝統のすべてに逆らうほどの奇跡なのである。その上、耳慣れた禅の法語がさらにその念を押す。『伝灯録』には「破鏡《はきょう》重ネテ照《てら》サズ、落花《らっか》枝ニ上リ難シ」、謡曲『八島《やしま》』には「落花枝に帰らず、破鏡再び照さず」とある〔伊藤　三三七〕。

そして、こうした明らかな道理の矛盾に興味をそそられた読者は、あらためて、たんなる花と蝶との見立てを越えた意義の探索に向かうことになる。落花が枝に戻るというのは、去りゆく春の衣の裾をつかんででも、もう一度引き戻してみたいという切実な望みの実現である。そしてその奇跡が実は、たんなる目の錯覚にすぎないとわかったとき、一瞬の空しい夢から目覚めた語り手（そしてその語り手に同化した読み手）は、散りゆく花と舞い遊ぶ蝶とのコントラストのなかに、春から夏への季節の交替を実感し、誰にもとどめることのできない自然の推移の感覚をしみじみと噛みしめるのである。

したがってこの場合、蝶と花との「重置法」は、必ずしも純粋な隠喩として受け取られるわけではない。枝に帰る桜の花は何よりも、はかなく「散る」という本質に逆らうことで読者を驚かすのである。そして散る花や舞う蝶は、大きな季節のめぐり、避けがたい自然風物の変化を典型的に示す風物として働いている。隠喩そのものが「何かを語る」パウンドらの詩に対して、発句はむしろ、すでに確立された意味のネットワークのどこかにイメージを投げ返し、そこから意義を汲み取ることで成り立っている。それこそが、イマジスムの詩との対比から明瞭に浮かび上がる、発句のもっとも特徴的な性質だといえるだろう。

注

（1）　パウンドは「T・E・ヒューム全詩集」とれいれいしく銘打って、自分の詩集 *Ripostes*（1912）の巻末に、わずか五篇のヒュームの詩を収めている（［Pound B 268-70］を参照）。

（2）　訓読と語釈は［星川B　一〇〇］による。

（3）　以下、発句の文体と意味構造については、拙論「俳句の詩学」［川本A　九二以下］を参照されたい。

3　第二芸術論を疑う――桑原武夫とI・A・リチャーズ

一

　桑原武夫の「第二芸術――現代俳句について」〔桑原A　五五―六三〕が、敗戦直後の日本に与えた衝撃の大きさにくらべ、それが意外にお手軽な思いつきと放言の産物だったことについて、具体的に論証してみたい。それからすでに半世紀以上の時間が流れ、戦後すぐのただならぬ感情の昂揚ないし放心の空気のなかで書かれたことを割り引いた上で、ここでまだ若かった当時の桑原を相手に、その論旨を正面から冷静に問い直してみるのも、意味のないことではないだろう。いまならば彼の発言の骨組みや正体が、よく透けて見えそうだ。

　敗戦後間もない一九四六年、スタンダールやアランなどフランスの文学・思想の翻訳を手がけていた東北大学の若い助教授・桑原武夫が、雑誌『人間』二月号で、明治以後の日本の小説がつまらない理由の一つは「思想的社会的無自覚」〔孝橋　一三〕にあると難じた。ついでそうした「安易な創作態度の有力なモデル」〔桑原A　五五〕として「俳諧」を槍玉に挙げ、ある実験とその結果をめぐる所感を『世界』同年十一月号に掲載した。この狙いはみごとに的中して、「桑原旋風」〔孝橋　一四〕はたちまち俳壇から文学界にひろがり、さらには一般的な話題としてさかんに取り上げられた。それ以来、俳句は日本古来の悪しき伝統を温存する他愛ない、だが日本の「近代化」に害をなす二流芸術だという彼の断定によって、誇りや生きがいを傷つけられた俳人や俳句の読者・研究者は少なくないだろう[1]（桑原はのち、フランス百科全書やルソーなどの共同研究で知られる京都大学人文科学研究所長をつとめた）。

桑原の実験のいきさつは、以下のようだ。彼は初めに、自分はもともと俳句に興味がなく、最近まで「殆んど読んだことがなかつた」が、ついでに雑誌のカット（小挿し絵）などに注目したことも、一度もないと言う。この唐突な発言は、俳句をカットと同列に置いて、雑誌の余計な添え物扱いにするための皮肉なのだ。彼の娘が学校で俳句を習って、作品の解説と、作句の手伝いを自分にたのんできたので、ふと「かういふものを材料にして、たとへばイギリスのリチャーズが行つたやうな実験」［桑原A　五五］をしてみれば、面白い結果が得られるだろうと思いつく。

そこで彼は、当時の有名・無名の俳人の作品を、句の良し悪しとは無関係に十五句選び出し、わざとその作者名を記さずに書き並べ、「とりあへず同僚や学生など数人のインテリにこれを示して意見をもとめたのみである。読者諸君も（……）次の十五句をよく読んだ上で、一、優劣の順位をつけ、二、優劣にかかはらず、どれが名家の誰の作品であるか推測をこころみ、三、専門家の十句と普通人の五句との区別がつけられるかどうかを考へてみていただきたい」［桑原A　五六］と言う。歌人の久保田正文は、大石田に斎藤茂吉を訪れてから仙台にまわったとき、初対面の桑原が「いきなりいまかきあげたばかりという原稿をとりだして、十五句ならべた俳句作品をみせ、専門家のとシロオトの作とまぜてあるが、判定がつくか」［臼井　三〇二］とクイズを試みたと回想しているようだ。

桑原発言のインパクトは、おおむねこの「実験」の結果によるものらしいので、問題の十五句を、煩をいとわず左に書き写そう（わかる範囲でふりがなをあてた）。

1　芽ぐむかと大きな幹を撫でながら
2　初蝶《はっちょう》の吾を廻りていづこにか
3　咳《せ》くとポクリッとベートヴェンひびく朝（どうやら出典誌に誤植があったらしく、句の作者によれば、正しくは「咳くヒポクリット、ベートヴェンのひびく朝（2）」）
4　粥腹《かゆばら》のおぼつかなしや花の山
5　夕浪の刻みそめたる夕涼し
6　鯛敷やうねりの上の淡路島（「鯛敷《たいしき》」は夜の海面に白く見える魚群か。未詳）
7　爰《ここ》に寝てゐましたといふ山吹《やまぶき》生けてあるに泊《とま》り
8　麦踏むやつめたき風の日のつづく
9　終戦の夜のあけしらむ天の川
10　椅子に在り冬日は燃えて近づき来《く》（「チカヅキキ」ではあるまい）
11　腰立てし焦土の麦に南風《はえ》荒き
12　囀《さえずり》や風少しある峠道
13　防風のここ迄砂に埋もれしと
14　大揖斐《おおいび》の川面《かわも》を打ちて氷雨《ひさめ》かな
15　柿干して今日の独《ひと》り居《い》雲もなし

その結果は（おそらく桑原がひそかに予期したとおり）、著名大家の作が軽んじられ、素人の句が褒めそやされたばかりか、ほとんどの句が意味不明だと不評だった。ここで桑原は、中学生のころの「菊見」（漱石の三四郎が、野々宮や美禰子らと連れだって行ったような菊人形の見物）で退屈し、いらいらしたことを思い出す。これも「カット」のように、俳句をただの職人仕事として卑小化するためだ。菊のあんどん、懸崖などは退屈だが、ただ菊のこしらえものは「私の心の中で一つのまとまつた形」をとるのに対して、俳句の多くは何のことかわからないし、「数人のインテリ」もよくわからぬという。

「これらが大家の作品だと知らなければ（……）誰もこれを理解しようとする忍耐心が出ないのではなからうか」［桑原A　五六］と桑原はいう（伏せられた作者名は、1青畝、3草田男、4草城、5風生、7井泉水、9蛇笏、10たかし、11亜浪、13虚子、15秋桜子。他は新人または無名の人だという）。

作者の名前を知らずに作品を読んでみて、一流か三流かわからないような作品は、芸術の名に価しないのかどうか。今日ではこの問題には、すでに一応の答えが出ている。イギリスの上流人士やインテリは（と桑原の論法を借りて言えば）、旅行や美術館の案内書、ガイドブックの類を軽蔑し、誰の助けも借りない「自分の目」で景勝や絵画の良し悪しを見分けることを良しとする。私は数十年前、学会で訪れたウィーンのベルヴェデーレ美術館で、誰に教わることもなく、ひそかにクリムトとエゴン・シーレを「発見」した。だから私の鑑識眼は、なかなか隅に置けないかもしれない。だがよく考えてみると、これら二人はウィーンの誇る大世紀末画家で、当然ながら、ベルヴェデーレの一室に大きなスペースを与えられ、美々しく展示されていた。そこでは二人の絵が、下へも置かぬ扱いを受けていたのだ。だから実は、彼らに感心することは、そう難しいことではなかったかもしれない。

たった「一句だけではその作者の優劣が」わかりにくいことについて、桑原は、

私はロダンやブウルデルの小品をパリで沢山見たが、いかに小さいものでも帝展の特選などとははっきり違ふのである。〔桑原A　五七〕

と、憧れと軽蔑の露骨に入り交じった感想を吐露している。だが、ロダンの小品一つでも、ほかならぬロダンの作として、とくに見栄えのするように展示されていることを、彼は忘れているのだ。一方、「帝展」という日本の国家的展示システムも、彼にはむしろマイナスの方向にしか働かなかったらしい。

草田男は桑原への反論「教授病」で、

桑原氏をもこめて、世人にロダンがある程度まで理解されるようになつたのは、直接間接に傑《すぐ》れた先人の鑑賞理解の解説が伝わり、人々が多年素朴な敬意を以てロダン作品を理解しようと努力しつづけたからの結果である。

とし、ついで

初期のロダン作品が奇矯な悪趣味のものとして官展からさえ締め出された当時にあつても、若《も》し俺が

見たとしたならば、卒然と見た瞬間に真価を直《ただ》ちに看破しただらう——と言切るだけの勇気は、桑原氏だつて持合《もちあわ》して無い筈《はず》である。
［孝橋　八］

と鋭く斬り込んでいる。

芭蕉やボードレール、ホメロスやシェークスピア、ダ＝ヴィンチやゴッホ、モーツァルトやドビュッシーの作品が、生《なま》でじかにわれわれの手もとに届くことは決してない。彼らの作品のただ一つでも、世にある無数の作品の山のなかから、われわれが「自分の目や耳」で発掘し、これはと認めたと言えるものがあるだろうか。教科書で習い、試験にまで出る文学や絵や音楽は、まるで美術館の真ん中に堂々と飾られた絵のようなものだ。われわれ独自の「発見」や値踏みどころの騒ぎではない。それらはすべて作者の名前や国名、経歴や評価、歴史的位置づけとともに、われわれに伝えられる。たとえ学校で習わなくても、本屋へ行けば、それらの作品は過去の膨大な作品群のなかからあらかじめ選り抜かれ、解説や注付きで出版されて棚に並び、新聞や雑誌にその広告や紹介が載る。それらに対して自分なりの好みを見定め、個々に判断を下すのは、やっとその先のことだ。

われわれは作品を、そのまわりを取り囲む出来合いの言説ぐるみで受け取るのであって、そうした言説からまったく自由であるという状態は、作品自体をまるで知らなかった時、あるいは桑原やリチャーズが意図的・人工的に作り出したような「匿名性」の実験の場以外には、めったになさそうだ。こうして学校で教わる重要な作品群、教養の一部として要求される作品のレパートリーは、カノン(正典)と呼ばれる。カノンは時と場所によって変わっていくが、それらの作品は、いつもその「意味」や「定評」とセットになって、われわれに届けられるのだ。

桑原は冒頭近くで、まるで自分の「実験」を裏付ける先例であるかのように、まるでどちらもよく似た性格の試みであるかのように、「たとへばイギリスのリチャーズの行つたやうな実験を試みたならば（Richards, Practical criticism, a Study of Literary Judgement《ママ》, London, 1930）」（原書名では Judgment）［桑原Ａ　五五―五六］と述べているが、そのリチャーズとはいったい何者か、「実験」で何をしたのか。

『世界』に載った論が三十年後、講談社学術文庫に再録されるさい、桑原は「まえがき」で、論争の対象にもなっている文章を「いま改めることは公正でないような気がする」ので、「一、二の例外をのぞき、すべてもとのままとした。ただ編集部の裁量によって若干の言葉に簡単な注を加えてもらった」として、リチャーズには「文学言語研究の大家、ハーヴァード大学教授、一八九三―」［桑原Ｂ　一七］という注記を加えている（リチャーズはケンブリッジ大学フェローを務めたのち、ハーヴァード大学教授に転じた）。

「公正」であるためとわざわざ断るこの注の追加は、なぜ後から必要になったのだろうか。というのは、もし最初の機会に桑原がより詳しい注をつけていたら――もっとリチャーズの仕事が人々の注意をひいて、（桑原本人をも含め）一人でもその本を実際に読んでいたとすれば――桑原が簡単に言う「リチャーズの実験」が、実はどれほどの年月をかけて、どれほどの準備のもとに実行され、どれほど慎重な分析と考察を重ねた結果、それがどんな章立てや版面の工夫のもとに公刊されたのかが、すぐにわかったはずだからである。この書はキーガン・ポール社から出たが、後のラトレッジ版で大小の活字をとり混ぜて三七〇ページもある大著なのだ。

リチャーズの実験とその収穫については、あとで簡単に述べることにする。実はこれに照らしてみると、桑原の「テスト」の結果と、そのあとで彼が展開する痛烈な俳句批判との間には、何のつながりもないことがはっきり見えてくる。〈作者がわからなければ、俳句のいいも悪いもわからない〉という前提から、〈俳句が短小で非芸術的〉だとか、〈俳人が結社で勢力を張りたがるので非近代的だ〉といった彼の結論を導き出す論理的な必然性は、何もない。桑原は人目を引きそうな「まくら」を置いたあとで、それを適当な口実として、日本の「古いもの」、わけても俳句に対する日ごろの鬱憤や憤懣を、一気呵成に並べ立てているだけだ。(3) 桑原は俳句の短小さが些末さを招くと詰め寄っている。そして山口誓子、中村草田男らの反論からも逆に見えてくるように、独特の結社組織の古さ(草田男[孝橋　一〇])、三谷明[同　一六九])やマンネリズム(句の凡庸さ)の蔓延(誓子[同　二]、草田男[同　一〇])など、批判される側にもかなり思い当たるふしがあったようだ。だが、実は桑原の「実験」の手続きと結論自体にも、「日本的」な軽小・速成・薄手のきらいはなかっただろうか。

そうしたしかけにいったん気がつくと、あと論の三分の二以上を占める俳句批判や観察の数々にも、たがいに何の脈絡もないこともよくわかる。だから、次々と繰り出される桑原の所感の数々に、何とか一貫した筋道をつけようとすることは、あまり意味がないだろう。話のゆくえを克明にたどって、そこに論理の糸を探ろうとした、赤城さかえの「『第二芸術論』論争」[赤城　四―三七]の努力を大いに多として、梗概の試みはそちらに譲りたい。

ここでは桑原のランダムな発言から、注目すべきものを順に拾い出して、いちいちコメントを加えるにとどめよう。といっても、すでに半世紀以上も前に書かれた文章を前にして、いまさら揚げ足をとり、時代遅れのあら捜しをしようというわけではない。わざわざそうするのは、当時、俳壇にあえて苦言を呈することで、新しい「文化国家建設」〔桑原A　六二〕に寄与しようとした桑原の提言の当否を細かく検討し、戦後文化の形成に少なからぬ力を及ぼしたその発言の、誠意と見識の深さを見きわめるためだ。

二

「わかりやすいといふことが芸術品の価値を決定するものでは、もとよりないが、作品を通して作者の経験が鑑賞者のうちに再生産されるといふのでなければ芸術の意味はない」〔桑原A　五六〕という。前半はもとよりその通りだが、後半はそれとどうつながるのか。この断定も数ある芸術観の一つに過ぎない。桑原はマラルメ後期の詩やヴァレリーの詩からも、作者の経験をぶじ再生産することができたのだろうか。彼らの芸術が、そういうたぐいの「体験」とはかけ放れたところに重きを置いていただけに、できるものなら訊ねてみたいところだ。

古い時代の読みにくい作品でもないのに、「現代俳人の作品の鑑賞あるひは解釈といふやうな文章や書物が(……)はなはだ多く存在するといふ現象」は、現代俳句の「弱点を示す」〔桑原A　五六〕ものだ。多くは「パラフレーズ〔散文による詩句の言い換え〕」という非詩的な形をとるので、なおいけないという。もっとも、アランにはヴァレリーの詩の注解という仕事もあるが、

ヴァレリの詩は極度に完成して、完全に「もの」になつてゐるから、アランが安心してその上に思想を展開してなぐさんでゐる(……)アランの言葉に拘〔「救」か〕はれて詩が完成するといふやうなもの

では全くない。そしてボードレール詩鑑賞とかヴェルレーヌ詩釈などといふ本はフランスにはないのである。［桑原A　五七］

これはこの論中でも、桑原のヨーロッパ（ことにフランス）への一途な憧れと拝跪（裏返せば日本の伝統への反撥と蔑視）が、もっとも手放しでのぞく箇所の一つだ。ある詩が「極度に完成して」いるかどうか、誰にどうしてわかるのか。詩は「もの」になるかならないかといった、職人的な熟練の所産なのだろうか。

私はたまたまフランスの詩を勉強していたので、フランス詩の注解や研究書をたくさんもっている。ボードレールやヴェルレーヌなど、近代詩を扱うものも少なくない。なかにはソルボンヌの中世文学の権威、ギュスターヴ・コアン（Gustave Cohen）の書いた『「海辺の墓」釈義の試み』*Essai d'explication du Cimetière marin*(Gallimard, 1933)というものがある。これは同時代の先輩ヴァレリーの長詩を細切れにしながら、それにいちいち詳細きわまる解釈を施したもので、もちろんパラフレーズがほとんどである。ところがヴァレリーは、「極度に完成した」自分の詩に余計なお節介はいらないという代わりに、喜んでそこに長文の序を書いている。この本は桑原論のほぼ十年前に出版されているはずだ。相手が専門家でないからといって、無謀な断定はするものではない。

「そもそも俳句が、附合《つけあ》ひの発句であることを止めて独立したところに、ジャンルとしての無理があったのであらう」［桑原A　五八］。このわけ知りの所感のあと、かの有名な俳句結社の批判・攻撃が続く。俳句の場合、「芸術作品自体（句一つ）ではその作者の地位を決定することが困難」だから、「俳人の地位」は「弟子の多少とか、その主宰する雑誌の発行部数」［桑原A　五八］など、俗世界で彼がふるう勢力で決まるという。それでは、もし発句でなく連句が今日まで人気を保っていたとしたら、結社化は進まなかったというのだろうか（むしろその逆ではないか）。また「芸術作品自体」と「句一つ」という、かなり異なるものをかっこ内で同一視するのは、当を得ないだろう。

「俳諧は（……）離俗脱俗の理想を説くと同時に、俗談平語をむねとする大衆芸術で（……）がんらい相反する二方向を同時に含むものである」［桑原A　五九］。これは重要な点で、さらなる展開が期待できそうだが、桑原は話をあらぬ方にもっていく。「四方を封建社会の鉄壁をもつてかこまれた中にあつて」、芭蕉のごとき天才でさえ、ただ胸中で杜甫らの高雅を仰ぐのみで、俗世の身は「地をは」い、やむなく党派を作って、生活の資を稼ぐほかなかったという。

芭蕉がつねに旅に出て「身をささやかな危機にお」いたのは、「さきの矛盾を（……）せめて消さうとする手段」だっただろう。そしてそのあとに、「子規が俳句の革新をはかつたのが、不治の病床においてであつたことは、意味ふかく思はれる」［桑原A　五九］という驚くべき付け足しがくる。外から強いられた窮屈な限界のなかでこそ、俳句はたとえ不健全であれ、何とか生き延びる方向が見出せるということだろうか。

戦時中の経験を振り返ると、「小説家にも便乗や迎合はあつたが、さうした作家は今日すぐれた作品を書けなくなつてゐる」。小説という「近代的ジャンル」がそれを許さないからだ。ところが俳壇では、大家たちは時勢の大きな変化のなかで器用に立ち回り、それが作品には何の痕跡も残さないという顔をしている。「俳句とはさういふジャンル」［桑原A　六〇］なのだ。そして、次のような露骨なあてこすりが、よく大目に見られたものと感心する。

文学ずきの青年が役所や会社へ勤めたとき、俳句をたしなむものは概して上役の覚えよく、小説を作るものは評判の悪かつたことを私は理由のあることと思ふ。〔桑原Ａ　六〇〕

俳句が地を這う花だったのに対して、

西洋近代芸術は大地に根はあつても理想の空高く花咲かうとする巨樹である。ともに美しい花とはいへ、草と木の区別は如何ともしがたい（……）俳句が西洋文学に学ばうとするなら、成否は別として、せめてニヒリスムに注目すべきであつたが、俳人はそれすら気付かなかつたやうである。〔桑原Ａ　六一〕

あとのセンテンスは、意味がよくわからない。ニーチェかキルケゴールでも匂わせているのだろうか。それは俳句と何の関係があるのか。これもその場の思い付きなのだろう。

話の前置きのつもりだろうか、唐突に以下の観察が述べられる。

「世人の憬れは西洋近代芸術にある」〔桑原Ａ　六〇〕。頭の古い「世人」と桑原の見解が一致するのは珍しく、ここでは思わず本音が漏れたものだろう。「その〔西洋近代芸術の〕精神を句に取り入れるといふことは一つの賢明な道である」と桑原は賛同する。だが、「俳句に新しさを出さうとして、人生をもり込まうといふ傾向があるが、人生そのものが近代化しつつある以上、いまの現実的人生は俳句には入り得ない」

［桑原Ａ　六二］。これも意味不明で、もし人生そのものが近代化しているのならば、俳句で誰が何を詠もうと、それは近代的人格の表現ではないのか。現代詩人トランストロンメルが、スウェーデン語できちんと五・七・五の約束を守ったハイクをたくさん書いて、二〇一一年にノーベル賞を受賞したのは、どう考えればいいのだろうか。また、そもそも近代ヨーロッパでも、詩にはうまく詠み込めない現実が出てきたため、別に小説が発達したのではないか。

最後に近く、ちょっと見逃すことができないのは、次の途方もない断定である。秋桜子が俳人たちに、絵画に学べと教えていることについて、桑原はあろうことか、次のように断定する。

およそ芸術において、一つのジャンルが他のジャンルに心ひかれ、その方法を学ばんとすることは、あへてアランを引合ひに出すまでもなく、常にその芸術を衰退せしめる筈のものである。しかるにかかる修業法が、その指導者によつて説かれるといふところに、私は俳句の命脈を示すものを感じる。
［桑原Ａ　六一―六二］

アランがどこで何と言ったかは知らないが、古代ローマ黄金期の詩人ホラティウス『詩論』の「詩は絵と同じ」(ut pictura poesis)［松本　二五一］という有名なことばは、詩と絵画は姉妹芸術だという意味において、のちのヨーロッパ文学に大きな影響を与えた。またイギリス十九世紀後半のウォルター・ペイター『ルネッサンス』(一八七三)には、「すべての芸術はたえず音楽の状態に憧れる」(「ジョルジョーネ派」第五段落冒頭)とあって、こちらも世紀末ヨーロッパに広く浸透した。ボードレールやマラルメが、ワグナーのパリ公演に打ちのめされてしげしげコンサートに通い、詩人として音楽の力に敵愾心を燃やした結果、のちヴァレリーが自分たち象徴派の企てを「音楽からその富を奪い返す」(「『女神を知る』へのまえがき」)[Valéry 1272] 試みと要約したではないか。

先に触れたギュスターヴ・コアンのヴァレリー注解書の序で、ヴァレリーはこう述べている。

だが、詩はまったく違う《世界》を要求し匂わせる。それは音の世界とよく似た、相互関係の織り成す世界であり、そこで生動するのは、音楽的な思考なのだ。この詩的世界では、因果関係よりも響き合いのほうが優先され、《形式》は効果を挙げれば消え去るのではなく、むしろ効果に呼び戻される。「思考」が自分の声を主張するのだ。 [Cohen 20]

しばしばヴァレリーを引き合いに出す桑原が、こうしたヴァレリーのかねての主張を知らなかったのが、むしろ不思議に思われる。T・S・エリオットの詩に「プレリュード(前奏曲)」「ラプソディ(狂詩曲)」「四重奏曲」など、音楽を思わせるタイトルがついているのも、同じような理由からだ。

ここまでさまざまな考えを順不同に披露したあと、桑原はよく知られた結論に達する。例えば「小説や近代劇」のような「現代人が心魂を打ち込むべき芸術」と、俳句とを同列に並べることは「現代的常識ではない。「かかるもの」は、「他に職業を有する老人や病人が余技とし、消閑の具とするにふさはしい」[桑原A 六二]。俳句は盆栽や菊作りと同様、暇人の暇つぶしには適しているが、しかし、菊作りを芸術といふことは躊躇される。「芸」といふがよい。しひて芸術の名を要求するならば、私は現代俳句を「第二芸術」と呼んで、他と区別するがよいと思ふ。第二芸術たる限り、もはや何のむづかしい理窟もいらぬ訳である。

〔桑原A　六二〕

「日本ほど素人芸術家の多い国はないであらう」。これはむしろ誇るべき（少なくともとりわけ風雅な）日本の特性かと思われるが、桑原によれば、ちょっと俳句を作っただけでいっぱしの芸術家になったと考えるような「安易な態度の存するかぎり、ヨーロッパの偉大な近代芸術のごときは何時になっても正しく理解されぬであらう」〔桑原A　六三〕。

ではフランスでならどのように芸術が敬愛されているか。これについて桑原の語るところは、書き写すのが気恥ずかしいとはいえ、引用せずにはいられない。

私はフランス滞在中、インテリの会話さらに下宿の食卓の談話にすら、（連句の）下手な附合《つけあ》ひに劣らぬ言語の芸術的使用を認めることがよくあつた。ところがフランス人はその巧妙な言葉のやりとりを楽しんではゐるが、これを芸術などとは夢にも思つてゐない。彼らは芸術といふものをもつと高いものと考へてゐる。（……）フランスに生活したことのある人なら、そこではエクリヴァン（作家・文筆家）といふ言葉が民衆によつていかに敬意をもつて発音せられるかを知つてゐるだらう。

〔桑原A　六二―六三〕

もっとも、いかに気が利いているにせよ、下宿の談話「ごとき」を「芸術的」と感心しているようでは、「偉大な芸術」への敬意が不足しそうではないか。

だが、事はそれだけで終わらない。この結論から、桑原は一気に思いがけない提言に向かっていく。今日、「文化国家」などということが言われているのであれば、この第二芸術に対しても「若干の封鎖」(傍点川本)が必要ではないか。

> 近代芸術は全人格をかけての、つまり一つの作品をつくることが、その作者を成長させるか、堕落させるか、いづれかとなるごとき、厳しい仕事である(……)〔桑原A　六二〕

桑原はロマン・ロランの『ジャン・クリストフ』などを念頭に置いているのだろうか。だが、これは一般論にはなりえない。例えばプルーストやエリオットの創作人生に、人格の「成長」や「堕落」といった修養主義的な道程があったとは思えない。

> そこで、私の希望するところは、成年者が俳句をたしなむのはもとより自由として、国民学校、中等学校の教育からは、江戸音曲と同じやうに、俳諧的なものをしめ出してもらひたい、といふことである。〔桑原A　六三〕

まるで理想の『国家』を説くプラトンのような、いや、戦後一年ではやくも現われた統制主義者の酷薄な口ぶりで、桑原は、これから築くべき「近代国家」日本では、初等・中等教育のカリキュラムから俳句を追放せよという。

今から見れば、ここには「封建的」伝統への反省や嫌悪など、敗戦直後の時代背景に由来する強い思考や感情の傾きがあったことだろう。いまさらそれをあげつらうことは不毛のきわみかもしれない。だが、どう割り引いてみても、戦争責任や、新時代建設の一翼を、俳句という一文学ジャンルに背負わせるのは、「公正」ではあるまい。あとで触れるリチャーズの業績もそうだが、桑原の発言はのちに伝説となって単純化され、誤解されてきた点が少なくないように思われる。小論の目的は、その歪みを少しでも匡《ただ》すことだ。

三

のちにリチャーズの名に目をとめて、その仕事に何度か触れた例外的な存在は、外山滋比古である。

今から五十年前、イギリスはケインブリッジ大学に、すこし風変りな英文学の教師がいた。あるとき、彼は学生に作者の名を伏せた詩をいくつも読ませて批評を書かせた。こういう方法で読者にとって作者名がいかに作品の評価に影響を与えるか、或いは誤解のもとになるかを実証的に追求しようとしたのである。

この人がI・A・リチャーズで、そのときの記録をもとにして書かれた『実践批評』(一九二九年)は、文学批評に大きな一石を投じることになった。

(「俳句における近代と反近代」)〔外山　三八〕

案の定、とんでもない見当違いの評言が続出して、実験者の思うツボにはまった。やはり、作者の名がついていないと批評の手許が狂うらしい。彼は満足した。

（『俳句的』「人脈」）［外山　二一四］

だがリチャーズは、ただの奇抜な発想から、このような実験を思い立ったのではない。彼はケンブリッジ大学その他の講師として英語英文学を教えていた。当時、第一次世界大戦で激変したヨーロッパの社会情勢（信仰の退潮は、いよいよ顕著になっていた）のなかで、ケンブリッジ大学が従来、紳士階級の子弟育成にとってきた方針の独善性や偏狭さが露呈し始め、より広く雑多な現代世界に対応できるような知的エリートの教育法が模索され、急がれていた。その際、どの分野でも基礎となる「どう読むか」の問題――余計な偏見や古い常識にゆがめられないコミュニケーションの力をどう鍛えるかの問題――を扱う文学・言語教科はどのような方向を目指すべきか、差し当たりカリキュラムをどう切り替えるかは、リチャーズにとって喫緊の課題だった。

近時のメディアの横行による人々の「読み」の粗雑化・散漫化を嘆き、イギリス、ひいては世界の文明の行く末を憂慮したリチャーズが、試みに私案の体系化を目指した書が『文学批評の原理』（一九二四）である。また、それを実地に移す第一歩としての実験と、その結果を踏まえた省察を盛り込んだのが大冊『実践批評』（一九二九、改訂版一九三〇）である。リチャーズ自身によれば、この実験は授業で「数年間」にわたったようだ［Richards 3］。

しかも、それは作者名が作品の理解や評価に及ぼす影響を実証的に突き止めるのが目的だったわけではない。問題なのは作者名ではない。話はむしろその逆で、作者名や制作年代を隠してしまえば、作品への読者の判断が不安定になり、誤解が増すというのは、リチャーズにとってはわかりきった前提、すべての出発点だった。だから彼は思ったとおりの結果が出たのを喜んで、実験をそこで終了したわけでもない。彼は学生を試すどころではなく、壮大な研究に向けての着実な手がかりを得ようと真剣だったのだ。

この実験で彼が知りたかったのは、作者や作詩の状況を知らされず、自分の頭だけでじかに作品に向き合った学生たちが、とかくどういう種類の誤解をおかしやすいか、知らず知らずどんな偏見に惑わされやすいか——その偏見の性質や由来が何々であるか、そして何よりも、「読み」になくてはならない誠実な注意を怠れば、どんな結果を招くかを、できるだけ明らかにする材料を得ることだった。彼はそのために、大著の半分を、学生たちのレポートの抜粋と、それに対する具体的で詳細なコメントに割き、また残る半分を、そこで観察された、読者の判断を狂わせやすい十の「困難」の解明と、今後の研究の見通しなどにあてた。

ただしそれは、過去に行なわれてきたように、紳士や「インテリ」向けの唯一の「正しい」読み方を説くためではない。それは、今後ますます多様化していくであろう世界の人間が、各人各様に、誰もが刷り込まれている錯覚や先入見に左右されることなく、作者の伝えんとしたことをありのままに受け取るためのていねいな「読み方」——これまで余りにもないがしろにされてきた、あるべき「読み方」の理論化・方法化が急がれるという危機感に発したものだ。

授業の聴講者は、大部分は専攻の学部学生で、ほんの一部が大学院生と学外者、ほぼ同数の男女がいた。彼は古くて難解なものを除き、できるだけ幅広く「ピンからキリまでの詩」十三篇を選び出した。それらの作者名と年代を伏せ、「玉石混淆」とだけ警告しながら、四度に分けてプリントを配った。そして学生たちに、作者や時代の知識なしで自由に作品に接し、自由にコメントを書いて、それぞれ一週間後にレポートを提出せよと要求した。そのさい、提出しない自由も保証したので、提出率はほぼ六〇パーセント、出した者たちの関心の高さがうかがわれるという。

その上、レポートでは、それぞれの作品を何度読んだかを記録させ、一度の読書で何度も読んだ場合にも一回と数えるなどの条件をつけた。結果として学生たちは、少なくとも四度、多い者は十回以上も読んだらしいので、「読み飛ばし」を避けることはできたようだ。翌週の授業で、リチャーズはそれらの詩について、またそれ以上に、返ってきたレポートの中味について講義した。伝えられるところによると、大変な人気授業だったらしい。

作者名を隠すためのリチャーズの用心は、ただごとではない。これは、桑原が何度も言うように、〈作者がわからなければ、作品の評価がぶれる〉ことの証左ではないし、〈そんな作品は芸術ではない〉と頭から断罪するためでもない。リチャーズによれば作品の匿名性が、まさにそれだけが、レポートを書く学生の脳裡に潜むさまざまな偏見や先入主をあぶり出すのだ(人が白紙状態で「ページ上の語句」words on the page に立ち向かうことなどあり得ない——いかなる予断も思い込みもなく、一人の人間が虚心坦懐にテクストに向かうというイメージは、フィクションにすぎない)。この実験を本にして出すときでさえ、「作者不明」の意義を読者に実感してもらうため、彼は十三篇の詩の作者名を、わざわざダ゠ヴィンチのような「裏文字」で印刷させ、巻末に載せたほどだ。それらの作品がどういうものか、こちらも重要なデータなので、左に記しておこう。いま日本で多少とも知られていそうな人や作品は、日本語で表記する(生没年を欠くのは存命者)。

記された順に、Phillip James Bailey（一八一六―一九〇二）、クリスティーナ・ロセッティ（一八三〇―九四）、ジョン・ダン（一五七三―一六三一）『聖なるソネット』第七番、G. A. Studdert Kennedy、エドナ・セント・ヴィンセント・ミレイ、ジェラード・マンリー・ホプキンズ「春と秋――少女子《おとめご》に」、J. D. C. Pellew、D・H・ロレンス「ピアノ」、アルフレッド・ノイズ、G. H. Luce（一九〇〇―一三）（誤写ではない）、トマス・ハーディ、Wilfred Rowland Childe、ヘンリー・ウォズウォース・ロングフェロー。たしかに玉石混淆で、今ではすぐ気づかれそうなダンやホプキンズ、ロレンスの作品が含まれていること、当時とかく評判の悪かった「感傷性」のゆえに、「ピアノ」の評価が最低だったことなどが、時代的な興味を引く。

彼がこの実験で、特に何を探っていたかを示すために、学生が提出したレポートの一つと、リチャーズがそれに加えた評語との、それぞれほんの一部だけを抜いておこう。課題は、上記ロレンス「ピアノ」から名前や年代を隠したものだ。

〈レポート八・一三〉詩についての自分の意見が固まったので、一、二人の友達に試してみたら、「子供がピアノの下に座ると、ボロンボロン(tingling)と鳴る弦がボーン(boom)とひびいて」という箇所にさしかかると、みんなにやりとした。子供が下に座っていたのは、ことによれば、アップライト・ピアノではなくグランド・ピアノだったかもしれないが〔グランド・ピアノなら、「下に」座れる〕、それでもポロンポロン(tinkling)と鳴る同じ弦が、ボーンとひびくものかどうか、怪しいという疑問が残る。（……）

〈リチャーズの評語〉こういう提出文を見ていくと、いつも、学生が詩をどれだけていねいに読んだらしいかで、どんなタイプのレポートを書いてくるかがわかって参考になる。だからここでは、学生が tinkling〔ポロンポロン〕と tingling〔ボロンボロン。g のほうが、やや重そうだ〕の違いにもまったく気づかず、〔詩で〕どちらがいつ使われているのかさえ観察していない点に、とくに注意を促したい。子供の耳とピアノの弦との距離いかんで、聞こえる音が違ってくるのではないかとか、子供が立ち上がって歌う時には、〔ピアノの下で聞いた〕「ボロンボロンと鳴る(tingling)弦のボーンというひびき」が、「ポロンポロン(tinkling)」に変わるのではないかとか、彼にわかってほしかったなどと期待するのは無駄だろう。(……)

[Richards 106–07]

彼は実験の結果に喜ぶどころか、むしろ、学生たちの集中度がまだまだ足りないことに、たびたび苛立ったりしている様子が見える。彼はそこで何がなぜ誤読されたか、その原因を特定するため、神経を研ぎすましていたのだ。〈レポート八・一三〉について言えば、学生が自分の無知や誤解を棚に上げて「わけ知り顔」を見せるのに、彼は腹を立てている。

「精読」についてのこうしたリチャーズの考え方は、ケンブリッジ大学の伝統となった。それはのちアメリカの「新批評」の礎石の一つとなり、また『曖昧の七つの型』(一九三〇)のエンプソンや、メディア論のマクルーハンを生み出した。だが残念ながら、『偉大な伝統』(一九四八)のF・R・リーヴィスらによって、ふたたび倫理的裁断の色付けがなされるようになった。そして今日の目から見て、リチャーズのあまりにも遠大な企図が、大きな実を結んだとは、まだ言い難いのではないか。

たしかに彼の言うとおり、一方の端には数学や物理学のように、仮説を確実に検証することのできる科学の世界があり、もう一方の端には、商業や法律など、経験則と慣習にしたがって具体的に処理すればいい分野がある。ところが両者の中間には、哲学、道徳、宗教、美など、文明社会の人間がもっとも深い関心をもつ膨大な領域があって、そこでは自由、国民、正義、愛、真理、信仰、知識などをめぐる議論が絶えない。だが、これこそは疑問、憶測、ぼやかし、虚構、偏見、信条などといった、意見や感情がものをいう世界なのだ（[Richards 5-6]を参照）。

だから、ここではいつもことばの上での誤解や曲解が絶えないのだが、そもそもことばが社会的約束の産物であるだけに、それをごく一部にせよ人工的に修正するのも、またその用法（考えや議論の進め方）に、何らかの合理的なルールを取り入れるのも、想像を絶するような至難の業なのだ。

念のために言い添えておくと、リチャーズが学生たちのレポートに見られる誤解や無理解の例から引き出した「読みにおける十の困難」とは、四種の異なる「意味」（意味《センス》（語られている中味）、感情（意味《センス》への語り手の態度）、語調（聴き手への語り手の態度）、意図（語る目的））、譬え表現、見当違いの連想とでき合いの反応、感傷性と抑圧、〔詩の〕技巧や批評についての予断など[Richards 175-305]である。この実験は、方法的には、心理学のロールシャッハ・テストや、コミュニケーション研究の「内容分析」など、のちに開拓された方法の先駆けをなすとも言われる。

いずれにせよ、リチャーズは桑原のように、一目見ただけで作品の優劣の順位をつけよとか、著名作家の名を当てよとか、できれば専門家とアマチュアを区別せよなどと、無理なことを何も学生に求めてはいない。誰にもそんなことは、できるわけがない。まして、作者を知らなければ良し悪しさえわからないような詩は、芸術とは呼べないなどという的外れな結論を、彼は思いつきさえしなかった。彼の出した課題詩はたしかに「玉石混淆」だったが、被験者が読んでわからないから詩ではない、芸術ではないという奇妙な理屈は、彼の頭の片隅にもなかった。仮にそれが正しいとすれば、学生たちの理解が及ばないものは、すべて詩でなくなってしまう。小説でさえ、多くは芸術でなくなるかもしれない。リチャーズの問題は、芸術かどうかではなく、無理解や誤読の原因なのだ。

だから、桑原論文がI・A・リチャーズの『実践批評』の方法を模したものというのは、正確ではない。桑原はリチャーズの名前を挙げてはいるが、「方法を模して」はいない。方法を理解してさえいなかっただろう。というわけで、安直な「実験」結果からただちに俳句と俳句界への攻撃に移った桑原の発言には、たしかな根拠もないし、ましてリチャーズの本にはほとんど縁がない。

ひょっとして、小論もまた桑原のような西洋鑽仰の一形態に過ぎないと受け取られるかもしれないが、それは本意ではない。おそらく彼は時代を先取りしすぎたのだ。のちに「テクスト言語学」(text linguistics)が、文法が扱わない長いテクスト(二センテンス以上)を「コミュニケーション」のシステムとしてとらえ、目の前のテクストが既知か未知かを問う「情報性」(informativity)や、発信者の意図にかかわる「意図性」(intentionality)、受信者の知識をめぐる「容認性」(acceptability)などの概念を問題にし始めるのは、ほぼ五十年後のことにすぎない。だが、少なくとも「実験」の規模と一貫性、そして用意の周到さにおいて、先に述べたような大きな差があることは、認めるほかはない。

もっとも外山によれば、戦後俳句の大きな「変化のきっかけをつくった」のも、ほかならぬ桑原の「第二芸術」だった。この出版で、俳人たちは驚倒、自失、しばしはなすところを知らない有様であった。現代俳句はその荒涼から萌え出した新しい生命によって支えられてきたと言ってもよいように思われる。俳句の性格がそれによって変貌したのは自然のことである。

（「清水に魚棲まず」）〔外山　三三二〕

そうだとすれば、あの酷評にも、それなりの効き目はあったのだ。
最後に、栗林農夫の反論「『第二芸術論』以後」からの引用で締めくくるとしよう。

全く階級というもののない平和な文化的な社会ができたら、（……）ふたたび極めて短い詩形式が安定し、それによって十分に人々の感情がうたわれ、それが今よりもずっとひろい普遍性をもつのではなかろうかと。（……）俳句の形式はその単純さのゆえに全世界の民衆に愛されるであろう。（……）現在はただその過渡的な混乱と動揺の時代にすぎないのではないかとおもわれるのである。
（……）やがて俳句が各国のことばで作られることも考えられる（……）そうすれば、俳句は現在の社会においても世界文化の中へひろまることができるし、そういう過程をへてほかの民主的な文化とともに次の時代に発展することができるであろう。そういう見とおしをもちつつその努力をすることが、ほんとうにわたしたちの祖先がのこしてくれた文化を正しくうけつぐ態度だと考えるのである。

（一九四七、八、二四）〔孝橋　一六四―一六五〕

これは将来、もし世界に無階級社会が成立して、人々を隔てる偏差がなくなり、複雑な個性的表現が不要になればという仮定の上に立つ、きわめて楽天的な空想だ。しかし、これが戦後わずか二年目に見られた夢であることを思えば、桑原が、まるで田舎の家族を恥じる都会移住者のように、「憧れ」の西洋を背に負って、いらいらと故国に雑言を浴びせるのに比べて、はるかに「民主的」、建設的で、今日にも通じそうな夢ではないか。小文によって、俳句の作者や読者諸氏の肩の荷が、少しは軽くなることを願っている。

注

（1） 第二芸術論の生んだ波紋については、臼井吉見編『戦後文学論争　上』の「短詩型芸術をめぐる論争」に集められた諸篇［臼井　二五五―三〇六］、臼井吉見による「展望」と紅野敏郎による「解題」、また孝橋《こうはし》健二編『現代俳句の為に――第二芸術論への反撃』に集められた諸篇［孝橋］などを参照した。

『現代俳句の為に』に収められた十八篇のうち、真に「反撃」の名に値しそうなのは三篇ほどで、なかでも編者孝橋の「俳句は現代詩である」［孝橋　一八九―二一九］は、東西の文学・文化についての広い識見と、俳人としてのゆるぎない自負を踏まえた堂々たる反論だ。ただこれは、桑原の一連の発言に対する反駁と、現代俳句の内側からの俳句の「擁護と顕揚」であって、桑原「第二芸術」そのものの批判ではない。孝橋は一九〇八年生まれの俳人・批評家。現代俳句協会の設立メンバー。没年は未詳。

ほかに目を引くのは、中村草田男「教授病」［孝橋　四―一九］と、潁原退蔵「現代俳句は第二芸術か」［潁原　四七―五五］だ。前者は知識と達見に富む実作者の舌鋒の鋭さで、また後者は悠揚せまらず説き起こす芭蕉専門家の俳句本質論の重厚さで、どちらも群を抜いている。

（2） 中村草田男「教授病」［孝橋　六］。

（3）　草田男も「これだけの実験の結果を見るに及んで、氏はそれを唯一の証明の基礎として、何の顧慮もなく、直ちに現代俳句即非芸術の結論につつ走つてしまつた。はなはだしい暴挙といはざるを得ない」［孝橋　五］と、前提と結論のすれ違いを正しく突いている。

引用・参照文献一覧

原則として、編著者名の五十音順（外国語文献についてはアルファベット順）で項目を立てる。同じ編著者の文献については、単独編著の刊行年が古いものから、ＡＢＣ……の記号を付して提示する。刊行年の［　］内は初版刊行年を示す。本文中の引用・参照箇所では、筆頭編著者名に適宜ページ数を付し、［川本Ａ　三五］［Pound A 37］のように表記する。

赤城さかえ　一九九〇［六八］『戦後俳句論争史』（青磁社）
浅野信
　Ａ一九六二『切字の研究』（桜楓社）
　Ｂ一九六三『切字の研究《資料編》』（桜楓社）
東明雅・杉内徒司・大畑健治（編）　一九九四［八六］『連句辞典』（東京堂出版）
阿部完市・乾裕幸・上野洋三・櫻井武次郎・白石悌三・坪内稔典・松尾美恵子　一九七七『芭蕉へ――芭蕉をどう読むか』（ぬ書房）
阿部良雄　一九九五『シャルル・ボードレール――現代性《モデルニテ》の成立』（河出書房新社）
安東次男　一九九六『古典を読む　おくのほそ道』（岩波書店）
池上嘉彦　一九九二［八三］『詩学と文化記号論』（講談社学術文庫）
石川忠久（編）　一九九三『中国の名詩鑑賞　三』（明治書院）
石川真弘ほか（編）　二〇〇四『西山宗因全集三　俳諧篇』（八木書店）
石田波郷　一九八四『現代俳句の世界七　石田波郷集』岸田稚魚編（朝日新聞社）

伊地知鐵男(編)
A一九五三『連歌論集　上』(岩波文庫)
B一九五三『連歌論集　下』(岩波文庫)
C一九六〇『日本古典文学大系三九　連歌集』(岩波書店)
伊地知鐵男・表章・栗山理一(編)
D一九七三『日本古典文学全集五一　連歌論集・能楽論集・俳論集』(小学館)
伊藤正義(編)　一九八八『新潮日本古典集成七九　謡曲集　下』(新潮社)
稲畑汀子・大岡信・鷹羽狩行(編)　二〇〇八『現代俳句大事典』(三省堂)
乾裕幸　一九九一『芭蕉歳時記』(富士見書房)
今井宇三郎　一九九三『新釈漢文大系二四　易経(中)』(明治書院)
井本農一・久富哲雄・村松友次・堀切実(編)
A二〇〇三[一九九五]『新編日本古典文学全集七〇　松尾芭蕉集一　全発句』(小学館)
B一九九七『新編日本古典文学全集七一　松尾芭蕉集二　紀行・日記編 俳文編 連句編』(小学館)
巌谷小波・伊藤松宇・橋本小舸(編)　一九二九『俳文学大系　作法編第一』(俳文学大系刊行会)
植木正行　一九八〇『唐詩歳時記——四季と風俗』(明治書院)
臼井吉見(編)　一九七二『戦後文学論争　上』(番町書房)
『江戸文学』　二〇〇二　二六号(ぺりかん社)
頴原退蔵・尾形仂(編)　二〇〇三『新版　おくのほそ道』(角川書店)
大礒義雄・大内初夫(編)　一九七〇『古典俳文学大系一〇　蕉門俳論俳文集』(集英社)
大岡信　二〇一八[一九七一]『紀貫之』(ちくま学芸文庫)
大曽根章介・堀内秀晃(編)　一九八三『新潮日本古典集成　和漢朗詠集』(新潮社)
太田水穂　一九六六『芭蕉連句の根本解説』(名著刊行会)

大野實之介　一九八〇『李太白詩歌全解』(早稲田大学出版部)
大野晋(編)　二〇一一『古典基礎語辞典』(角川学芸出版)
尾形仂
　A一九八九[七二]『日本詩人選一七　松尾芭蕉』(筑摩書房)
　B一九八〇『別冊國文學八　芭蕉必携』(學燈社)
　C一九八九[八六]『歌仙の世界——芭蕉連句の鑑賞と考察』(講談社学術文庫)
　D二〇〇九[一九八九](編)『蕪村俳句集』(岩波文庫)
　E二〇〇一『日本古典評釈・全注釈叢書　おくのほそ道評釈』(古典文庫、角川書店)
尾形仂・加藤秋邨・小西甚一・広田二郎・峰村文人(編)
　F一九八九[八六]『定本芭蕉大成』(三省堂)
　G一九九九『新編芭蕉大成』(三省堂)
尾形仂・小林祥次郎・嶋中道則・中野沙恵・宮脇真彦(編)
荻原井泉水　一九八三[五六]『奥の細道ノート』(新潮社)
奥田勲・表章・堀切実・復本一郎(編)
　A二〇〇一『新編日本古典文学全集八八　連歌論集・能楽論集・俳論集』(小学館)
奥田勲・岸田依子・廣木一人・宮脇真彦(編)
　B二〇〇七『新撰菟玖波集全釈　八』(三弥井書店)
片桐洋一　一九九九『歌枕歌ことば辞典　増訂版』(笠間書院)
片野達郎・松野陽一(編)　一九九三『新日本古典文学大系一〇　千載和歌集』(岩波書店)
片山由美子・谷地快一・筑紫磐井・宮脇真彦(編)　二〇〇九『俳句教養講座二　俳句の詩学・美学』(角川学芸出版)
加藤文三　一九七八『「奥の細道」歌仙の評釈』(地歴社)
角川源義(編)　一九七〇『芭蕉の本4　発想と表現』(角川書店)

角川書店（編）　一九七三　『図説俳句大歳時記　秋』（角川書店）
金子金治郎　一九六五　『菟玖波集の研究』（風間書房）
金子美都子　二〇一五　『フランス二〇世紀詩と俳句――ジャポニスムから前衛へ』（平凡社）
亀井俊介・川本皓嗣（編）　一九九三　『アメリカ名詩選』（岩波文庫）
亀井秀雄　一九九九　『「小説」論』（岩波書店）
カリネスク、マテイ　一九九五　『モダンの五つの顔――モダン・アヴァンギャルド・デカダンス・キッチュ・ポストモダン』富山英俊・栂正行訳（せりか書房。原書第二版の発行は一九八七年）
川本皓嗣
　A一九九一　『日本詩歌の伝統――七と五の詩学』（岩波書店）
　B二〇〇〇　『比較文学研究』七六（東大比較文学会）
木藤才蔵・井本農一（編）　一九六一　『日本古典文学大系六六　連歌論集・俳論集』（岩波書店）
木村三四吾・井口壽　一九八八（編）　『新潮日本古典集成　竹馬狂吟集・新撰犬筑波集』（新潮社）
久曽神昇《きゅうそじんひたく》（編）　一九六四　『日本歌学大系　別巻三』（風間書房）
雲英《きら》末雄（編）　一九八七　『芭蕉連句古注集　猿蓑篇』（汲古書院）
『近世文芸　研究と評論』　二〇〇五　第六八号
久保天随　一九七八　『続国訳漢文大成　李白全詩集下巻　復刻愛蔵版』（日本図書センター）
クリステワ、ツベタナ　二〇一一　『心づくしの日本語――和歌でよむ古代の思想』（ちくま新書）
栗山理一・山下一海・丸山一彦・松尾靖秋（編）　一九七二　『日本古典文学全集四二　近世俳句俳文集』（小学館）
桑原武夫
　A一九四六　『世界』一一月号
　B一九八八［七六］　『第二芸術』（講談社学術文庫）
興膳宏　二〇〇八　『中国名文選』（岩波新書）

孝橋謙二(編)　一九四七　『現代俳句の為に――第二芸術論への反撃』(ふもと社)
コクトー、ジャン　一九五四　『コクトオ詩集』堀口大学訳(新潮文庫)
『國文學』　一九八六　第三一巻第一号
小島憲之(編)　一九八七　『王朝漢詩選』(岩波文庫)
小西甚一(編)　一九七〇　『芭蕉の本7　風雅のまこと』(角川書店)
小林幸彦・鈴木健一・錦仁・品田悦一・高田祐彦・渡部泰明(編)　一九六六　『「うた」を読む――三十一字の詩学』
(三省堂)
小町谷照彦(編)　二〇一〇　『古今和歌集』(ちくま学芸文庫)
小松英雄　二〇〇〇　『古典和歌解読――和歌表現はどのように深化したか』(笠間書院)
小南一郎　一九七三　『中国詩文選六　楚辞』(筑摩書房)
今栄蔵(編)　一九八二　『新潮日本古典集成五一　芭蕉句集』(新潮社)
相良亨・尾藤正英・秋山虔(編)　一九八四　『講座日本思想五　美』(東京大学出版会)
柴田奈美　二〇〇一　『正岡子規と俳句分類』(思文閣出版)
島居清・久富哲雄(編)　一九九〇　『校本芭蕉全集一〇　俳書解題・綜合索引』(富士見書房)
島津忠夫
A一九七九　『新潮日本古典集成　連歌集』(新潮社)
島津忠夫・乾安代・鶴崎裕雄・寺島樵一・光田和伸(編)
B一九九一　『新日本古典文学大系四九　竹林抄』(岩波書店)
白石悌三・上野洋三(編)　一九九〇　『新日本古典文学大系七〇　芭蕉七部集』(岩波書店)
鈴木棠三
A一九七三[五九]　『ことば遊び辞典』(東京堂出版)
B一九七九　『日本語のしゃれ』(講談社学術文庫)

高橋睦郎　一九九九　『百人一句――俳句とは何か』（中央公論社）
高浜虚子　一九五一　『新歳時記　増訂版』（三省堂）
高藤武馬　一九六六　『奥の細道歌仙評釈』（筑摩書房）
竹内若（編）　一九四三　『毛吹草』（岩波文庫）
田澤佳子　二〇一五　『俳句とスペインの詩人たち――マチャード、ヒメネス、ロルカとカタルーニャの詩人』（思文閣出版）
玉城司・越後敬子・山下一海・雲英英雄ほか（編）　二〇〇四　『古典俳文学大系　CD-ROM版』（集英社）
張玉書ほか（編）　一九八六　『佩文斎詠物詩選（上・下）』（京都・中文出版社）
坪内逍遥　一九四八［一八八五―八六］　『小説神髄』（岩波文庫）
寺田寅彦　一九五〇［三二］　『寺田寅彦全集七　文学編』（岩波書店）
外山滋比古　二〇〇三　『外山滋比古著作集六　短詩型の文学』（みすず書房）
中田武司・根本欣哉・吉田輝義（編）　一九八九　『和歌題林抄』（専修大学出版局）
仁枝忠　一九七二　『芭蕉に影響した漢詩文』（教育出版センター）
日栄社編集所　一九八四［六三］　『要説　奥の細道』（日栄社）
仁平勝　一九八六　『詩的ナショナリズム』（冨岡書房）
日本俳書大系刊行会（編）　一九二六　『日本俳書大系四　蕉門俳話文集』（春秋社）
日本文学研究資料刊行会（編）
　A一九六九［五四］　『芭蕉Ⅰ』（有精堂）
　B一九七七［五六］　『芭蕉Ⅱ』（有精堂）
能勢朝次　一九七〇［四三］　『連句芸術の性格』（角川叢書）
芳賀徹
　A二〇〇二　『ひびきあう詩心――俳句とフランスの詩人たち』（TBSブリタニカ）

芳賀徹・平川祐弘・亀井俊介・小堀桂一郎(編)
　B一九七三『講座比較文学一　世界の中の日本文学』(東京大学出版会)
萩原恭男(編)　一九九〇[七六]『芭蕉書簡集』(岩波文庫)
橋本不美男・有吉保・藤平春男(編)　一九八二[七五]『日本古典文学全集五〇　歌論集』(小学館)
久松潜一(編)
　A一九三四『中世歌論集』(岩波文庫)
久松潜一・西尾実(編)
　B一九六一『日本古典文学大系六五　歌論集・能楽論集』(岩波書店)
福井久蔵(編)　一九五一『日本古典全書　菟玖波集　下』(朝日新聞社)
福永光司(編)　一九七八『中国古典選一二　荘子(内篇)』(朝日新聞社)
復本一郎
　A一九七四『芭蕉連句評釈――杜哉連句抄』(雄山閣出版)
復本一郎・夏石番矢・川本皓嗣(編)
　B一九九七『芭蕉解体新書』(雄山閣出版)
ベルク、オギュスタン　一九九二[一九八八]『風土の日本』篠田勝英訳(ちくま学芸文庫)
ベン＝ポラート、ジヴァ　一九九九『日本大学比較文化比較文学』四
星川清孝
　A一九六三『新釈漢文大系一六　古文真宝(後集)』(明治書院)
　B一九六七『新釈漢文大系九　古文真宝(前集)上』(明治書院)
ボヌフォワ、イヴ　二〇〇〇『新潮』、第九七巻第一二号
堀切実
　A二〇〇三(編)『『おくのほそ道』解釈事典――諸説一覧』(東京堂出版)

B二〇〇九(編)『新版　日本永代蔵』(角川学芸出版)
C二〇一三『最短詩型表現史の構想——発句から俳句へ』(岩波書店)
堀切実・田中善信・佐藤勝明(編)
D二〇一四『諸註評釈　新芭蕉俳句大成』(明治書院)
正岡子規
A一九七五『子規全集四　俳論俳話一』(講談社)
B一九七九[七六]『子規全集五　俳論俳話二』(講談社)
C一九七七『子規全集三　俳句三』(講談社)
D一九七七『子規全集一八　書簡一』(講談社)
松井貴子　二〇〇二『写生の変容——フォンタネージから子規、そして直哉へ』(明治書院)
松井利彦
A一九九三[七二](編)『日本近代文学大系一六　正岡子規集』(角川書店)
B一九七六『正岡子規の研究　上・下』(明治書院)
松本仁助・岡道夫(訳)一九九七『アリストテレース　詩学・ホラーティウス　詩論』(岩波文庫)
丸山一彦(編)一九九一[一九九〇]『新訂　一茶俳句集』(岩波文庫)
三木紀人(編)一九八五[七六]『新潮日本古典集成　方丈記・発心集』(新潮社)
峯岸義秋(編)一九八四[三八]『歌合集』(岩波文庫)
宮本三郎
A一九七四『蕉風俳諧論考』(笠間書院)
B一九九三(編)『校本芭蕉全集四　連句編(中)』(富士見書房)
村松友次(編)一九八四『古典文庫四五五　芭蕉伝書集二』
村山古郷(編)一九七八『大須賀乙字俳論集』(講談社学術文庫)

森川昭・加藤定彦・乾裕幸（編） 一九九一 『新日本古典文学大系六九 初期俳諧集』（岩波書店）
ヤーコブソン、ロマーン 一九八五［七三］ 『一般言語学』川本茂雄監修、田村すゞ子・村崎恭子・長嶋善郎・中野直子訳（みすず書房）
山中桂一 一九八九 『ヤコブソンの言語科学Ⅰ 詩とことば』（勁草書房）
山本健吉（編）
　A一九七〇 『芭蕉の本5 歌仙の世界』（角川書店）
　B一九七七［六四］ 『現代俳句』（角川文庫）
『游星』 二〇〇〇 第一四巻第二四号（游星発行所）
和田茂樹（編） 二〇〇二 『漱石・子規往復書簡集』（岩波文庫）
和辻哲郎 一九七九［三五］ 『風土――人間学的考察』（岩波文庫）

Apollinaire, Guillaume 1966[18] *Calligrammes* (Paris: Gallimard).
Attridge, Derek 1974 *Well-Weighed Syllables: Elizabethan verse in classical meters* (Cambridge: Cambridge University Press).
Baudelaire, Charles 1961[1863] "Le peintre de la vie moderne," *Œuvres complètes*, ed. Y.-G. Le Dantec and Claude Pichois (Paris: Gallimard).
Ben-Porat, Ziva 2001 "'Sad Autumn' and Cultural Representation: A Comparative Study of Japanese and Israeli 'Autumn'," in *The Psychology and Sociology of Literature*, eds. Dick Schram et al. (Amsterdam: John Benjamins).
Brooker, Peter 1979 *A Student's Guide to the Selected Poems of Ezra Pound* (London: Faber and Faber). ("Chinese Poetry" の初出は *To-Day* 誌の一九一八年四月号)
Cohen, Gustave 1958[33] *Essai d'explication du Cimetière marin* (Paris: Gallimard).

Culler, Jonathan 1976[75] "Jakobson's Poetic Analysis," *Structuralist Poetics* (Ithaca, New York: Cornell University Press).

Eco, Umberto 1981 "The Poetics of the Open Work," *The Role of the Reader* (London: Hutchinson).

Giles, Herbert A. 1909[01] *A History of Chinese Literature* (New York: D. Appleton and Company).

Hulme, T. E. 1968 "Autumn," in Ezra Pound, *Collected Shorter Poems*, 2nd ed. (London: Faber and Faber).

Jones, Peter (ed.) 1972 *Imagist Poetry* (London: Penguin Books).

Kavanagh, P. J. and James Michie (eds.) 1987 *The Oxford Book of Short Poems* (Oxford and New York: Oxford University Press).

Kawamoto Koji 1999 "Use and Disuse of Tradition in Basho's Haiku and Imagist Poetry," *Poetics Today*, 20: 4 (Tel Aviv: Porter Institute for Poetics and Semiotics).

Lakoff, George and Mark Turner 1989 *More than Cool Reason: A Field Guide to Poetic Metaphor* (The University of Chicago Press). (大堀俊夫訳『詩と認知』紀伊國屋書店、一九九四)

Mallarmé, Stéphane 1974 *Oeuvres complètes* (Paris: Gallimard).

Poe, Edgar Allan 1914[1846] "The Philosophy of Composition," *The Works of Edgar Allan Poe*, vol. 6: Literary Criticism 1 (New York: Charles Scribner's Sons).

Pound, Ezra

A 1960 *Literary Essays of Ezra Pound*, ed. T. S. Eliot (London: Faber and Faber). ("A Few Don'ts" の初出は *Poetry* 誌の一九一三年三月号)

B 1968 *Collected Shorter Poems*, 2nd ed. (London: Faber and Faber).

C 1970 *Gaudier-Brzeska: A Memoir* (New York: New Directions). ("Vorticism" の初出は *The Fortnightly Review* 誌の一九一四年九月一日号)

Richards, I. A. 1991[29] *Practical Criticism* (London: Routledge).

Riffaterre, Michael 1978 *Semiotics of Poetry* (Bloomington: Indiana University Press).（斉藤兆史訳『詩の記号論』勁草書房、二〇〇〇）

Sarocchi, Jean 1997 "Traduire le *haiku*?," *Daruma* (Toulouse: Éditions Philippe Picquier), 1, printemps.

Valéry, Paul 1957 *Oeuvres I*, éd. Jean Hytier (Paris: Gallimard).

Waley, Arthur 1925 "Allusion as an Element in Poetry," *The New Statesman* (London), August 22.

あとがき

一九九一年に岩波書店から『日本詩歌の伝統――七と五の詩学』を出版したとき、和歌と俳句について言いたいことは、すべて語ったと書いた。ところがこの本は、幸いに好意をもって迎えられ、その後和歌や俳句に始まって、より広く連歌や連句、そして近代俳句、ことに正岡子規などについて、書くことを求められる機会が多くなった。

これはそれらの論考から十一篇を選び、そこに新しく一章を加えて一書としたものだが、書くときに注意した点が一つある。それは、われわれが長い間、和歌や俳句など日本の伝統詩歌に馴れ親しんで、その存在を空気のようにごく当然のものと思い込んで接してきたために、それらを論じる際にともすれば、日本の内と外からの広い視野を欠いた、一方的な見方に固まりやすいことだ。

だから、どの問題を取り上げるどの章でも、できるだけ従来のそうした通念を問い直し、もっと見晴しの良い視角を提供しようと努めた。去年の暮から今年の夏にかけて、いまの観点から全篇に手を入れたが、なかでも大部分を書き加えた「新切字論」や、今度書き下ろした「第二芸術論を疑う」などは、そのささやかな例に挙げられるかもしれない。俳句や俳諧の研究者と実作者、愛好者とを問わず、これらの議論が今後への刺激になれば、喜びそれに過ぎることはない。

十二篇の初出は、以下のとおり。

「俳句の意味とは」――「序――文学研究とは何か」『文学の方法』（東京大学出版会）、一九九六
「短詩型とは何か」――「短詩型の可能性」『岩波講座文学四　詩歌の饗宴』（岩波書店）および「いひおほせて何かある」『歴路』（五千石俳句研究会）第七〇号、二〇〇三
「日本の『秋』」――「日本の秋」『is』（ポーラ文化研究所）第六五号、一九九四
「芭蕉の桜」――「芭蕉の桜」『國文學』（學燈社）第四六巻五号、二〇〇一
「新切字論」――「切字論」『シリーズ俳句世界別冊1　芭蕉解体新書』（雄山閣出版）、一九九七および「切字の詩学」『俳句教養講座二　俳句の詩学・美学』（角川学芸出版）（これら二篇の論旨を別の視点から要約し、後半部は新たに書き加えた）、二〇〇九
「『三句放れ』と『匂付け』」――「連句の詩学」『江戸文学』（ぺりかん社）第二六号、二〇〇二
「芭蕉の旅」――「隠喩としての芭蕉の旅――『奥の細道』冒頭部をめぐって」『旅の表象をめぐって』（中日国交正常化四〇周年記念国際シンポジウム、清華大学）講演、二〇一二
「子規の『写生』」――「子規の『写生』」『俳句』（角川書店）第五〇巻第一〇号、二〇〇一
「漢学書生子規」――「漢学書生子規――俳論とその文体」『國文學』（學燈社）第四九巻第四号、二〇〇四
「『不易流行』とは何か」――「『不易流行』試論――ボードレールの『モダン』を手がかりに」『天為』（天為俳句会）第一五〇号記念号、二〇〇三
「詩語の力」――「伝統のなかの短詩型――俳句とイマジズムの詩」『叢書比較文学比較文化五　歌と

詩の系譜』(中央公論社)、一九九四
「第二芸術論を疑う――桑原武夫とI・A・リチャーズ」(書き下ろし)、二〇一九

思い返せば、そもそも俳句の文体論的・構造主義的考察の可能性に目を開かれたのは、復本一郎『笑いと謎――俳諧から俳句へ』(角川選書、一九八四)という歯切れのいい俳句論と、続いて乾裕幸『ことばの内なる芭蕉』(未来社、一九八一)という革新的な俳句記号論に出会ったおかげだった。その後、俳句・俳諧研究界の西も東もわからない筆者に目を止め、いろいろと道をつけて、発表その他の機会を与えてくださった有馬朗人、堀切実、復本一郎、筑紫磐井、そして今は亡き尾形仂の諸先生に感謝をささげたい。なかでも、領域と方法の両面で意欲的・開拓的な姿勢を保ちながら、つねに総合的で用意周到な堀切氏の数多くの研究から学んだことは多い。

編集のベテラン古川義子さんとは、二〇〇三年に『岩波講座文学四　詩歌の饗宴』に加えていただいて以来だから、もう十五年以上のお付き合いになる。以来、せかずあわてず、しかし終止手綱をはなさず、本書の完成を見守ってくださったご厚誼は、忘れがたい。雑多な原稿を集成整理し、みごとにまとめ上げていただいた手腕に、心からお礼を申し上げる。

二〇一九年七月

川本皓嗣

川本皓嗣

1939年生．比較文学・比較文化研究．文学博士．東京大学教養学部教養学科フランス分科卒，同大学院比較文学比較文化専攻を経て，パリ大学に留学．のち，東京大学教授，大手前大学学長を歴任，現在，東京大学・大手前大学名誉教授，日本学士院会員．国際比較文学会会長，日本比較文学会会長などを務めた．

著書：『日本詩歌の伝統――七と五の詩学』(岩波書店，1991．サントリー学芸賞，小泉八雲賞受賞．英訳 *The Poetics of Japanese Verse - Imagery, Structure, Meter*, University of Tokyo Press, 2000，中国語訳『日本詩歌的伝統――七与五的詩学』2004)

『アメリカの詩を読む』(岩波書店，1998)

The Cambridge History of Japanese Literature (共著，Cambridge University Press, 2016) ほか

訳書：『アメリカ名詩選』(亀井俊介と共編訳，岩波文庫，1993)

テリー・イーグルトン『詩をどう読むか』(岩波書店，2011)

ロバート・フロスト『対訳フロスト詩集』(編訳，岩波文庫，2018)

俳諧の詩学

2019年9月26日　第1刷発行
2020年2月14日　第2刷発行

著　者　川本皓嗣《かわもとこうじ》

発行者　岡本　厚

発行所　株式会社 岩波書店
〒101-8002 東京都千代田区一ツ橋2-5-5
電話案内 03-5210-4000
https://www.iwanami.co.jp/

印刷・精興社　製本・牧製本

ISBN 978-4-00-024489-3　　Printed in Japan

句・歌・詩索引

句・和歌・詩の冒頭を示す．連句は発句・付句ともに挙げる．
現代仮名遣いの五十音順．

主要人名・書名・作品名索引

主要事項索引